ТАТЬЯНА Устинова

~ первая среди лучших ~

В командировке в Нижний Новгород режиссеру Максиму Озерову и его напарнику Феде Величковскому предстоит записать спектакль для радио! Старинный драматический театр встречает москвичей загадками и тайнами! А прямо во время спектакля происходит убийство!.. Странной смертью умирает главный режиссер Верховенцев, и на ведущую актрису тоже покушались!.. Максим Озеров начинает собственное расследование, в котором ему активно помогает молодой напарник Федя. Порой им кажется: они не столько записывают спектакль, сколько сами участвуют в невероятном, фантасмагорическом спектакле, где всё по правилам - есть неуловимый, как тень, злодей, есть красавицы, есть чудовища, есть даже самый настоящий призрак!.. Самое удивительное, что Федя Величковский встречает там свою любовь - вовсе не театральную, не придуманную драматургом, а самую настоящую!.. И время от времени, и Максиму Озерову, и Феде чудится, будто вся эта поездка была придумана не ими, а кем-то неизвестным и всесильным, кто просто захотел поговорить с ними о любви!..

Весь мир — театр,
И люди в нем — актеры,
И каждый не одну играет роль…

ТАТЬЯНА Устинова

Вселенский заговор

Москва
2016

УДК 821.161.1-312.4
ББК 84(2Рос=Рус)6-44
У80

Оформление серии *С. Груздева*

Под редакцией *О. Рубис*

Устинова, Татьяна Витальевна.
У80   Вселенский заговор ; Вечное свидание : повести / Татьяна Устинова. — Москва : Издательство «Э», 2016. — 352 с. — (Татьяна Устинова. Первая среди лучших).

ISBN 978-5-699-87934-2

...Конец света близок, грядет нашествие грозных инопланетных цивилизаций, и изменить уже ничего нельзя. Нет, это не реклама нового фантастического блокбастера, а часть научно-популярного фильма в планетарии, на который Гриша в прекрасный летний день потащил Марусю.

...Конца света не случилось, однако в коридоре планетария найден труп. А самое ужасное, Маруся и ее друг детства Гриша только что беседовали с уфологом Юрием Федоровичем. Он был жив и здоров и предостерегал человечество от страшной катастрофы.

Маруся — девица двадцати четырех лет от роду, преподаватель французского — живет очень скучно. Всего-то и развлечений в ее жизни — тяга к детективным расследованиям. Маруся с Гришей начинают «расследовать»!.. На пути этого самого «следования» им попадутся хорошие люди и не очень, произойдут странные события и непонятные случайности. Вдвоем с Гришей они установят истину — уфолога убили, и вовсе не инопланетные пришельцы...

УДК 821.161.1-312.4
ББК 84(2Рос=Рус)6-44

Вселенский заговор

— Что это ты так вырядилась?!

Маруся приткнула чашку на блюдце и оглядела себя. Она всегда немного терялась, когда отец принимался разговаривать с ней грозным голосом. Он то и дело принимался, а она то и дело терялась!..

— А что такое? — спросила она осторожно.

— Да ничего! — сказал отец и раздул ноздри. — Это современная мода такая, голышом ходить?!

— Пап, у тебя бок болит, что ли?

Он налил себе чаю, уселся и нацелил на дочь цепкий полковничий взгляд. Маруся знала — когда он смотрит «полковничьим» взглядом, добра не жди. Значит, и бок болит, и ночь не спал, и настроение ужасное, и она во всём виновата!..

Маруся и современная мода.

— Ты же взрослый человек, — продолжал отец. — Ты же не кто-нибудь!.. Ты французскому языку студентов обучаешь! А одеваешься, как... как будто...

Она тихонько и коротко вздохнула.

— Как будто ты в стриптизе работаешь, а не в университете!

— А... тебе что, не нравится? Верх или низ?

— Ничего мне не нравится! Где тут верх, где низ?! Одно голое тело кругом! Марш переодеваться!

— Пап...

— Ты меня услышала?

Ах ты, боже мой. Это его любимое выражение с самого Марусиного детства, не сулившее ничего хорошего! «Моя дочь будет заниматься музыкой, ты меня услышала?» — и Маруся тащилась на сольфеджио и в хор, хотя ни слуха, ни голоса у неё не было. «В этой четверти должны быть пятёрки не только по основным предметам, но и по физкультуре! Моя дочь не может быть размазнёй! Ты меня услышала?» — и Маруся, обливаясь слезами и в кровь обдирая ладони, съезжала по канату и грохалась попой на жёсткий пыльный мат и лезла снова. «В этом году мы проводим отпуск с моими сослуживцами. Они идут на байдарках по Чае. Моя дочь должна с пользой проводить каникулы! Ты меня услышала?» — и Маруся, вместо того чтоб валяться в гамаке у тёти на участке, тащила на худосочных плечах пудовый рюкзачище и до мяса стирала ноги туристскими ботинками.

— Твоё дело такое — слушать отца, — говорила тётя, когда Маруся ей жаловалась на свою трудную судьбу. — Он тебя один вырастил, всю жизнь на тебя положил! Ты его надежда и опора, так что будь добра!..

С тех пор прошло много лет, Маруся давно выросла и перестала жаловаться, и поняла, что ничего и никогда не изменится, но этот вопрос — «Ты меня услышала?» — по-прежнему вызывал в ней тоску и ужас.

— Я переоденусь, — сказала она. — Ты не расстраивайся. Если у тебя бок болит, выпей таблетку, там с левой стороны в ящике, знаешь?.. И я тебе сейчас кашу сварю.

Отец посопел носом над чаем, пожал плечами, покосился на неё — и полез за лекарством. Так и есть!.. Всю ночь промаялся, вот теперь всё и не слава богу, и она виновата.

— Куда собралась-то?

— А?.. Вот вода, запей. В планетарий, пап. Гриша сейчас должен зайти.

Сергей Витальевич дёрнул головой и сделал движение горлом, чтобы таблетка с гарантией проскочила куда следует, и сказал примирительно:

— Планетарий — это хорошо. Это полезно. Вот правильно придумала, Маруся.

На самом деле дурацкий планетарий придумал Гриша, а вовсе не она!.. Гриша сказал, что нужно пойти, там сегодня какая-то лекция. Он ехал мимо на троллейбусе, видел объявление. Пойдём вместе, сказал Гриша, сначала на лекцию, а потом кофе где-нибудь попьём!..

...Собственно, в кофе было всё дело. Летним воскресным днём в планетарий Марусю не очень тянуло, а вот кофе... «Попить кофе» — словосочетание совершенно магическое для любой современной девушки. Есть в нём что-то очень правильное и красивое, как из глянцевого журнала. Подругу Дашу кавалер то и дело приглашал «попить кофе», и она каждый раз рассказывала, как это было, выкладывала фотографии кофе, булочки и кавалера в Инстаграм, собирала «лайки» и «комменты», «делилась с друзьями». Ведь это очень, очень важно — обсудить с наибольшим количеством посторонних людей свой кофе, свою булку и своего кавалера!

Даша учила Марусю жизни несколько... свысока, хоть и значилась её лучшей подругой. Даша, конечно, достигла значительно больших успехов: у неё есть кавалер, вполне постоянный и «надёжный», вот-вот сделает предложение — тьфу-тьфу-тьфу!.. Вся кафедра французского в университете с нетерпением ожидает предложения и назначения даты свадьбы. Мария Никитична то и дело заговаривает о том, что платье на свадьбу нужно шить, а не покупать готовое. Марусе до таких успехов далеко-далёко. У неё только Гриша, а какой из него... кавалер? Так, друг детства, сосед по даче, скромный инженеришка из ЦАГИ, двадцать восемь тысяч рублей плюс премии. Даже в смысле кофе не разгуляешься! Хорошо хоть в планетарий ему понадобилось, а то бы ещё месяц не пошли, и нечего выложить в Инстаграм!

Совершенно нечего и некого.

Поставив кашу на огонь, Маруся потащилась переодеваться. Ничего не поделаешь — папа сказал, и она его услышала. Что бы такое надеть, а?.. Она стащила джинсы — новые, ещё не надёванные, с совершенно целомудренными дырками, — положила их на кровать и даже погладила. Так они ей нравились!.. В таких джинсах не стыдно пойти «на кофе» в самое гламурное и модное место, и вообще куда угодно пойти! Маруся купила их, подкопив денег от учеников, в самом дорогом и центральном московском магазине, а папе ничего не сказала!.. Так и знала, что ничего хорошего не выйдет. И маечку сняла — лёгонькую, шёлковую, на бретельках, — и пристроила её так, чтоб на кровати получился комплект.

И немного полюбовалась — красиво и очень по-летнему.

— Марина! — закричал из кухни отец. — Где ты застряла! Тут сейчас всё убежит!

Маруся ахнула, кое-как нацепила халат и помчалась спасать кашу.

— Ты что? Ещё не переоделась? Таких неорганизованных тётёх свет не видывал! Я бы уж пять раз собрался! В армии на сборы даётся...

Всё, что касалось армии, Маруся пропустила мимо ушей. Она мешала кашу и прикидывала, чем заменить джинсы с маечкой. Вариантов немного. Есть сарафан, но он старый и вообще ничего интересного. Юбка есть, но они за учебный год надоели хуже горькой редьки, эти юбки!.. Ещё есть платьишко, но его ещё осенью нужно было в химчистку сдать, а Маруся позабыла...

В дверь позвонили.

Маруся бросила ложку и ринулась в свою комнату. Это наверняка Гриша, а она в халате!

Торопливо напяливая сарафан — старый и вообще ничего интересного, — Маруся прислушивалась к голосам на кухне. Отец что-то басил внушительно и длинно, а Гриша отвечал потоньше и покороче. Интересно, а кашу она выключила?.. Или сейчас придётся отчищать плиту?

— Па-ап! Выключи кашу!

— Маруська, привет!

— Привет! Пап, каша!..

— Что — каша? Я её уже ем!

Маруся вытащила хвост, попавший под сарафан, посмотрелась в зеркало, вздохнула и пошла на кухню.

— Только не поздно, — предупредил отец, когда она показалась на пороге. — Завтра рабочий день.

— У меня скоро отпуск, пап.

— Какая разница?! Дисциплина есть дисциплина! Отпуск пройдёт не заметишь как, а потом что? Потом себя организовать в сто раз труднее.

— Мы недолго, Сергей Витальевич!

— Ну-ну.

На улице было свежо, и Маруся пожалела, что не взяла с собой кофту. Гриша потянул её за ремень сумки:

— Давай.

Была у него такая манера, очень Марусю раздражавшая, — он всё время порывался нести её дамскую сумку. Сто раз говорила: не нужно, я сама!.. Мужчина с дамской сумкой на плече выглядит... как бы это сказать... нелепо и странно, и уж совсем не сексуально!.. Впрочем, и без сумки Гриша выглядел... н-да, так себе, особенно в смысле сексуальности.

В Инстаграм не выложишь. «Лайков» не получишь.

— Да не нужно, Гришка, я сама! Она, видишь, маленькая совсем. У меня в выходные всегда лёгкая сумка!..

— А как же? Мужчина должен нести сумки! Мне бабушка в детстве весь мозг вынесла сумками этими.

— Это когда они тяжёлые. А у меня лёгкая.

Гриша с сомнением посмотрел на её розовую сумочку.

— Ты мне лучше скажи, — торопливо предложила Маруся, — что там, в этом планетарии?.. Зачем мы туда идём?

Друг детства неожиданно развеселился:

— Там лекция про инопланетные цивилизации. А я люблю всякую подобную ахинею!

— Какую ахинею ты любишь?

— Ну вот всякое такое — про цивилизации, про народы майя. Про круги на полях тоже хорошо! Никогда не видела в Интернете? Поле, и вдруг ночью на нём появляются загадочные круги!.. И все носятся — комбайнёры, трактористы, пастухи и разные жулики от науки — и проверяют, в какую сторону пригнуты колосья. И из этого делают всякие выводы.

— И что?

— Да ничего, смешно просто.

— А-а, — протянула Маруся.

Гриша поправил на носу очки. Брился он, видимо, наспех или думал во время бритья про инопланетные цивилизации, потому что на щеке у него остался порез, на шее — островки волос, а там, где было побрито, кожа красная, раздражённая. Маруся вздохнула и отвернулась.

...Зато после лекции они пойдут кофе пить!.. И может быть, удастся съесть что-нибудь вкусное. Марусе очень надоело каждый день готовить, почему-то получалось всё время одно и то же: котлеты, фаршированный перец, куриная грудка в соусе, и всё сначала. И она стала придумывать, что именно закажет в кафе.

Ну, во-первых, мохито. Так вкусно ей всегда было пить из высокого стакана ледяной, немного острый мятный коктейль!.. Как будто она на море! Море представлялось в мечтах очень отчётливо — огромное, зелёное, почти белое у горизонта, и ветер, и тёплый песок, и много неба, и она сама в драных джинсах и маечке, такая красивая и загорелая на полосатом шезлонге, рядом в песке стакан с ледяным мохито и книжка страницами вниз, тёмные очки задраны на лоб, а она смотрит на море и не слушает, что именно говорит её безупречный во всех отношениях кавалер. Кавалер в мечтах никак не представлялся, туманное пятно, но понятно, что внутри пятна нечто совершенное.

Во-вторых, она закажет салат «Цезарь». Это тоже очень вкусно, если всё приготовлено правильно и сухарики поджарены только что, а не неделю назад. А уж потом...

— Марина?

Маруся с трудом оторвалась от воображаемого меню и оглянулась.

Он подходил к ним, обозначаясь как будто из туманного пятна, что было в её мечтах. Безупречный во всех отношениях!..

— Привет, Антон.

Гриша вопросительно заглянул ей в лицо, по-птичьи наклонив голову.

— Это Антон, он тоже у нас преподает, только на юридическом отделении. А это Гриша, мой друг.

— Здрасте, здрасте, — выговорил Антон таким тоном, что положение Гриши, так сказать, определилось раз и навсегда, и небрежно протянул в его сторону руку. Тот не сразу, но всё же руку поймал и пожал.

— Гуляешь, Маруся?

— Да, — сказала она, словно говорила: нет, что ты, как ты мог подумать, что я гуляю, я иду по делу вот с этим человеком, который не имеет ко мне никакого отношения.

— А я на роликах катался. Во-он там! — И Антон махнул рукой в сторону парка, откуда на проспект доносилась весёлая музыка. — С самого утра. Ты не катаешься?

— Нет, — сказала она, словно говорила: конечно, катаюсь, странно, что ты спросил, ведь это моё любимое занятие, я катаюсь с самого детства, и прыгаю, и делаю кульбиты и сальто, посмотри мой Инстаграм!..

— Мы в планетарий идём, — вступил Гриша. — Там лекция.

Маруся зыркнула на него, словно он сказал нечто неприличное. Антон засмеялся.

— В планетарий?! Чудо какое! Я с вами.

Гриша опять заглянул Марусе в лицо, будто в щёку клюнул, и вроде бы пригласил:

— Ну... пожалуйста.

— Я был в планетарии один раз в жизни! В шестом классе. Нет, в пятом! В шестом мы уже в Америку уехали!..

— Там сегодня лекция, — буркнул Гриша, задетый упоминанием Америки. Да и вообще этот тип ему некстати! Он собирался вовсю повеселиться с Марусей в планетарии, а потом, может, он бы её пригласил в Кинотеатр повторного фильма вместо кафе. Что там в кафе?.. Скучно и народу полно, а в кино сегодня французская мелодрама Робера Вернэ, стоящая штука.

— Там было звёздное небо! И оно вращалось! Вот это был класс! Я же нормальные игровые компьютеры только в Америке увидел, а там небо вращалось! А вы кем работаете, Вася?

— Гриша. Григорий.

Антон улыбнулся и пожал плечами — какая, мол, разница!..

— Я инженер. А вы?

Маруся покраснела — как неловко! Ведь она же сказала, что Антон—юрист, в университете лекции читает!.. Впрочем, Антон вопроса и не услышал. Он поправил на широких прямых плечах рюкзак, подмигнул Марусе, как сообщнице, и пошёл с ней рядом, оставив Гришу несколько позади.

...Всё правильно. При чём тут Гриша? Он тут абсолютно ни при чём!..

Маруся быстро и коротко вздохнула.

— Ну что? Ты вроде бы в приёмной комиссии собиралась работать?

— Приём закончился, Антон! Я до первого числа работала, а теперь мы дела оформляем.

— Кого набрали? Опять одних дебилов?

Маруся немного обиделась. Университет был «старой школы», очень гордился своими выпускниками, из которых выходили и лингвисты, и филологи, и военные переводчики, попасть в него нелегко — конкурс огромный, и всегда был огромным, и при советской власти, и в самые трудные времена.

Отец говорил про эти самые времена — смутные; сама Маруся никакой смуты не помнила, конечно. А папа часто горевал, что страна тогда развалилась, и армия развалилась, и ему, кадровому офицеру, пришлось искать себе какую-то другую, вовсе не подходящую работу. Маруся считала: тогда-то у него характер и испортился. А тётя считала: у него просто превосходный характер — был и остался!..

— Ни за что бы не стал в приёмной комиссии работать, — продолжал Антон весело, не заметив Марусиной обиды за университет. — Лето и так короткое, а тут месяц из жизни вычеркнуть!..

За работу в приёмной комиссии доплачивали очень прилично, вот Маруся и согласилась!.. Но не признаваться же в этом Антону.

— Я уже в отпуск съездил разок, и ещё поеду. Ты была в отпуске, Марина?

Она отрицательно покачала головой.

— А я в Италии был. В Риме, а потом в Милане. Ты была в Риме?

Маруся посмотрела на него.

— Съезди, — посоветовал Антон. — Такая красота!.. Свобода, теплынь! А еда какая вкусная! Итальянская еда — самая вкусная в мире. И кофе! На площади Навона. Только днём там не высидишь, жарко. А через две недели в Грецию лечу, на море. Я без моря жить не могу. Без моря и без кофе!..

— Мы пришли, — сзади сказал Гриша. — Ребят, вы слышите?

Маруся и Антон оглянулись. Отставший Гриша рукой показывал куда-то направо, они повернули и пошли направо. Пока Гриша покупал билеты, Антон рассказывал про море в Греции, а Маруся переживала, что на ней нелепый сарафан, а не новые рваные джинсы и маечка на бретельках.

В планетарии было прохладно и на удивление людно. Странное дело, оказывается, есть какие-то особи, которые посещают планетарий — летом, в выходной!.. — и их довольно много! На стенде вывешено красочное объявление о том, что сегодня будет демонстрироваться фильм «Тайны Вселенной», а кругом непонятные штуки, про одну из них Гриша сказал, что это механическая модель Солнечной системы.

— А небо где? Которое вращалось? — спросил Антон.

— Ну что вы, небо дальше, это только первый зал.

— Тогда пошли скорей, тут ничего интересного!

— Как — ничего интересного?! — возмутился Гриша. — Вот модель марсохода. Я только не понимаю, это «Оппортьюнити» или «Кьюриосити»?

— А есть разница? — не удержался Антон.

Гриша поддёрнул на носу очки и воззрился на него с изумлением:

— Огромная! Гигантская просто!.. Вот смотрите...

Прозвенели колокольчики, и чёткий голос сказал из динамика, что сейчас в кинозале начнётся фильм, просьба отключить мобильные телефоны. Из-за стендов и из высоких дверей потянулся народ.

— А нам обязательно нужно смотреть фильм? — спросил Антон. — Или мы просто звёздное небо увидим, и хватит на сегодня высшего образования?

— Мы, вообще-то, именно на фильм шли. То есть я думал, что будет лекция, а оказалось — это научно-популярный фильм, — сообщил Гриша мрачно. — Но как хотите...

Вид у него был расстроенный, и Марусе стало его жалко, хотя ещё больше было страшно, что Антон соскучится и уйдёт и всё закончится.

— Конечно, пойдём, — сказала она торопливо. — Да это, наверное, и не слишком долго.

Сверяясь с билетами, они пробрались на свои места, и тут Антон довольно громко спросил, продают ли здесь попкорн, и со всех сторон на них уставились зрители — с осуждением.

— Где ты его взяла? — шёпотом спросил Гриша, когда они уселись — Маруся посередине. — Питекантроп какой-то.

Она дёрнула плечом и покосилась на Антона, который весело возился в кресле, устраиваясь.

— Зачем мы сюда припёрлись? — спросил он у Маруси, перестав возиться. — Это же паноптикум какой-то!..

— Тише! — сказали сзади. — Сейчас кино начнётся!

Антон засмеялся.

— Расскажу на работе, не поверит никто!.. Хотя!.. — Он вытащил телефон и стал щёлкать. — Взорвём Инстаграм! А, Марин?..

Свет в зале медленно погас, и на большом вогнутом экране появились звёзды. Сначала их было не слишком много, они дрожали и мерцали, а потом стали как будто приближаться и надвигаться, и показалось, что там, внутри экрана, их миллиарды!..

— Приходилось ли вам, — выговорил отчётливый дикторский голос, — подняв глаза к небу, увидеть не бесконечно холодное спокойствие космоса, а нечто странное? Необъяснимое? Ужасное, но, быть может, ожидаемое?..

Маруся как зачарованная смотрела на звёзды, которые всё приближались и приближались, и их становилось всё больше.

Тут сбоку экрана появились какие-то круги.

— Эта фотография была получена группой уфологов — специалистов по внеземным цивилизациям — несколько дней назад. Неоспоримое доказательство существования высокоразвитой инопланетной расы.

— Какое же это доказательство?! — изумился Гриша довольно громко. Сзади его взяли за плечо:

— Вам неинтересно — не смотрите. А нам не мешайте.

Гриша нетерпеливо кивнул и подался вперёд, но досмотреть загадочный фильм им было не суждено. Круги на экране становились всё отчётливей, и в них уже можно было рассмотреть какие-то объекты, когда вдруг откуда-то из середины зала раздался даже не крик, а вопль:

— Спасайтесь! Бегите!

Маруся уронила розовую сумочку. Антон проглотил жвачку и закашлялся, а Гриша обернулся и вскочил. Какой-то всклокоченный мужчина позади них голосил, указывая дрожащей рукой на экран:

— Это не просто пришельцы!.. Вселенский заговор!.. Началось!..

— Эти объекты были зафиксированы Тибетской обсерваторией в начале зимы. Расстояние до них составляет примерно семьдесят парсеков, — доносилось с экрана, — то есть примерно три целых одна десятая на десять в тринадцатой степени километров...

— Бегите!.. В горы, к воде!.. Это гибель!!! — И мужик вцепился себе в волосы, словно собираясь их вырвать.

В зале волновались и пошумливали, фильм никто не смотрел.

— С ума, что ли, сошёл?.. А где охрана? Есть здесь охрана? Да выведите его кто-нибудь! Психовозку надо вызывать! — уже кто-то коротко хохотнул, и какая-то мамаша за руку потянула испуганного ребёнка к выходу.

— Так положено, да? — осведомился Антон. Ему было весело. — Это часть представления?

Маруся всё таращилась на кричавшего. Гриша, перелезая через свободные кресла, пробрался к безумцу и твёрдо взял его под локоть. Маруся втянула голову в плечи, нашарила сумку, поднялась и быстро пошла к выходу. Она очень боялась скандалов, особенно публичных, так, что почти не могла себя контролировать. Ей было лет девять, когда отец за что-то громко накричал на неё на улице. Она потом никогда не могла вспомнить, за что именно, но собственное чувство страха и позора, какого-то окончательного, полного позора, не забывалось даже много лет спустя. Отец орал на неё и топал ногами, прохожие останавливались, глазели и спрашивали у него и друг у друга, в чём дело, старушки сочувствовали, мужчины поддакивали, а Маруся была в самом центре скандала, как будто её голую пороли на площади, а толпа глазела!..

Она выскочила в светлый просторный и пустой холл перед зрительным залом и перевела дыхание.

Всё в порядке. Она спаслась.

Скандал не имеет к ней никакого отношения.

Маруся открыла сумку — руки немного дрожали, — достала бумажный платочек и зачем-то промокнула совершенно сухой лоб.

Высокая дверь отворилась, в тёмном проёме появился Гриша и ещё какой-то тип. Вдвоём они волокли упиравшегося буяна. Маруся скомкала бумажку и шмыгнула за колонну.

— Вы не понимаете, — громко говорил человек, поминутно оглядываясь на зал. Глаза у него были безумные, и рот двигался как будто сам по себе. — Оставьте меня! Вы не понимаете, что делаете!.. Это мои вычисления! Это мой график!.. Я всё предсказал, но не предполагал, что они так близко!

— Вы не шумите, — сказал Гриша совершенно спокойно. — Детей перепугали!..

— Каких детей?! Все погибнут, все!.. Человечество обречено!..

— Юрий Фёдорович, не волнуйтесь, — заговорил второй незнакомец, и Марусю поразило, что кто-то называет сумасшедшего по имени-отчеству! — Мы успеем.

— Поздно, — как-то очень горько сказал буйный Юрий Фёдорович и словно обмяк. — Так я и знал.

Гриша поправил на носу очки и сбоку посмотрел на этих двоих.

— Юрий Фёдорович учёный, уфолог, — сказал второй незнакомец с укором, словно Гриша не узнал родного дядю, — автор многих открытий. Именно его радиотелескоп засёк появление на небесном своде тех объектов.

— Корабли вторжения, — вставил Юрий Фёдорович как ни в чём не бывало. Он совершенно пришёл в себя и выглядел теперь как обычный человек — никакого безумия.

— А фильм, — продолжал второй, — просто воровство!.. У человека украли открытие!

— Да это теперь неважно, Игнат! — перебил превратившийся в совершенно нормального человека Юрий Фёдорович. — Мы с товарищем вместе работаем, он в курсе проблемы! Игнат, дай ему наши визитки.

Второй полез во внутренний карман пиджака, извлёк два картонных прямоугольника и протянул Грише. Тот покосился с некоторым недоверием, но взял.

— Вот-вот начнётся, а я не успел предупредить! Все выводы, которые он делает, — враньё! Он сам не понимает, чем это закончится!

— Кто, кто не понимает? — перебил Гриша с любопытством.

— Воскресенский, — сказал Юрий Фёдорович с досадой. — Ну, автор этого фильма! Украл и украл, какая разница! Но выводы!..

Высокие двери вновь отворились, и, щурясь, на свет выскочил Антон. Лицо у него было очень весёлое.

— Слушайте, ролик у меня получился — зашибись!.. Я всё снял с начала до конца и у себя на «стене» выложил!.. Двое уже репостнули, а дальше вообще понесётся...

Тут он увидел Юрия Фёдоровича, его напарника и Гришу и остановился:

— Как?! Ещё не конец?!

— В том-то и дело, что конец, юноша, — сказал Юрий Фёдорович совершенно серьёзно. — Я опоздал. У человечества больше нет ни единого шанса. Игнат, мы должны идти.

Антон выхватил из кармана телефон, наставил на оратора и выдохнул с восторгом:

— Ну, дальше, дальше!.. Говорите, что вы замолчали?!

Юрий Фёдорович заговорил.

Гриша какое-то время слушал внимательно, потом заморгал, заоглядывался по сторонам, увидел Марусю и пошёл к ней за колонну.

— Ну что? — спросила она тихо.

Гриша пожал плечами:

— Сумасшедшие какие-то. А этот твой юрист зачем его снимает? Это такой прикол, да?

Маруся кивнула. До них доносились только обрывки фраз: «Смещение... годичный паралакс... Биокинетика — суть наука о... Эф-тэ-эль прыжок... Плюмбум, то есть медь...»

— Плюмбум, — себе под нос сказал Гриша, — это свинец, а не медь. — Помолчал, прислушиваясь, и безнадёжно махнул рукой. — Пошли, Маруська. Хотел я повеселить тебя сегодня, и ничего из этого не вышло!..

— Ты меня повеселил, — от души сказала Маруся, но Гриша никакой иронии не заметил.

— За такие вещи можно убить! — возвысил голос уфолог Юрий Фёдорович, и они оглянулись. — Помяните моё слово, ещё до вторжения с ним будет покончено!

— С кем? — уточнил Антон, не отрываясь от телефона. Он всё снимал.

— С Воскресенским, с кем же ещё?! Ведь это он... предал человечество.

— Понятно, понятно, — подбадривал его Антон, гримасничая. — Продолжайте! В прямом эфире репортаж о грядущей гибели человечества и предстоящем убийстве!.. Мы знаем, что если убийство объявлено, то оно должно произойти! Кто будет убийцей? Вы?

— Мне уже незачем, — величественно отвечал Юрий Фёдорович. — Я сделал всё, что мог, но опоздал. И спросите сами этого Иуду, почему он украл моё открытие и почему решил погубить нашу цивилизацию. Вот на этой фотографии...

— Слушай, чего он делает, этот твой юрист?! Зачем он его снимает?!

Маруся пожала плечами и сказала мрачно, что снимает, должно быть, для того, чтобы выложить у себя в Инстаграме.

— Зачем?! — не унимался Гриша.

— Ну, как зачем, Гриш!.. Затем, что это... весело!

— Что весело?! Речи какого-то ненормального о гибели Вселенной — весело?!

— Да ты не понимаешь! — Она коротко вздохнула. Лучше бы сразу в кафе пошли. Хотя тогда Антона бы не встретили, а некоторая надежда пойти в кафе с Антоном ещё сохранялась. — В Интернете полно всяких приколов. Ты что, не в курсе?.. Если прикол всем понравится, можно стать знаменитым... за один день! Все будут смотреть твоё видео, каждый у себя репостить, и ты прославишься.

— За счёт сумасшедшего прославишься?.. — уточнил Гриша. — То есть как человек, который снял на видео какого-то придурка?.. Зачем она нужна, такая слава?

— Гриш, ты ничего не понимаешь, — возразила Маруся с досадой. — В вашем научном институте, может, так не принято, а во всём мире принято!.. Для этого специально социальные сети изобрели! Ты ничего про это не слышал?..

— Для чего — для этого? Чтоб придурков показывать?..

Антон выключил камеру в телефоне, покровительственно похлопал Юрия Фёдоровича по плечу, пожал руку его спутнику и быстро пошёл в сторону Маруси и Гриши. Захохотал он только за колонной.

— Ну что, ребята?! Звёздное небо смотреть, и всё, на воздух!.. Хотя развлечение первоклассное! Сейчас выложу у себя, только назвать надо как-то звучно!.. «Вселенная на краю гибели», что ли?.. Или нет, нет, «Смерть близка!» Хэштэг #марсатакует! Сразу в топ!

Гриша поправил очки и сбоку, по-птичьи, посмотрел на Антона.

Ничего особенного не произошло, — Маруся строго спросила себя, произошло или нет, и получилось, что нет, — но почему-то ей было стыдно.

За высокими дверьми кинозала твёрдый голос продолжал рассказывать — по всей видимости, о гибели Вселенной, слов не разобрать, — и народу в вестибюле почти не было. Они ещё постояли немного, Антон копался в телефоне, Гриша переминался с ноги на ногу и вздыхал, а Маруся ждала, когда хоть один из них догадается, что нужно в кафе идти, а не смотреть звёздное небо, но они не догадались, и пришлось идти смотреть!..

Они ходили довольно долго и потом ещё ждали в большом прохладном зале, когда звёзды зажгутся — оказывается, они зажигались по расписанию!.. Когда свет медленно угас, на них надвинулся небесный свод, и созвездия стали медленно вращаться. Маруся позабыла о своей досаде и непонятном чувстве стыда. Небо завораживало её, Гриша стал длинно и интересно рассказывать про науку под названием небесная механика, про Кеплера, про Полярную звезду и почему все расстояния считаются именно от неё, а не от какого-то другого небесного тела.

Маруся даже огорчилась немного, когда в купольном зале начался рассвет, небо посветлело и звёзды мерцали уже не так ярко.

Сеанс окончился.

— Вот и отличненько, — сказал Антон, который больше всех хотел в этот зал, но на небо взглянул всего пару раз, остальное время смотрел исключительно в телефон. — На свободу с чистой совестью!..

Марусе нужно было отлучиться на минуточку по очень личному делу, а как сказать об этом сразу двум молодым людям, она решительно не знала, поэтому промямлила что-то и бросилась в сторону, куда указывала стрелка с изображением девочки в юбочке.

— Марусь, ты куда, нам направо! — вслед ей закричал непонятливый Гриша, но она умчалась.

В коридоре, ведущем к дверям с девочкой и мальчиком, на банкетке сидел давешний ненормальный Юрий Фёдорович. Совершенно один в пустом коридоре.

Маруся пробежала мимо, не взглянув на него. Когда она вышла, он всё ещё сидел, как-то странно скособочившись. Она прошла было мимо, но всё же оглянулась.

Юрий Фёдорович медленно, словно против своей воли, оседал набок.

— Что с вами? — издалека спросила Маруся. — Вам плохо?

И, пересиливая себя, осторожно подошла.

Юрий Фёдорович смотрел прямо перед собой остановившимся взглядом, какого не бывает у живых людей, — словно манекен. И в эту секунду Маруся поняла, что он... умер.

На полу рядом с банкеткой валялась скомканная бумажка, Маруся зачем-то её подобрала, — это оказалась какая-то фотография, — и сунула в розовую сумку.

Юрий Фёдорович теперь лежал — неловко, неудобно, боком. Она ещё посмотрела на него и побежала по коридору.

На вторник назначили совещание у декана по результатам вступительных экзаменов. Приказы о зачислении уже были подписаны и частично объявлены, поступившие счастливчики и счастливицы, найдя себя в списках, радостно прибегали с оригиналами документов. В приёмной комиссии это время так и называлось — «сдача оригиналов».

Маруся, замучившаяся в этой самой комиссии, мечтала только о седьмом числе. Седьмого числа у неё начинался отпуск, и она точно знала, что будет делать!.. Значит, так. Шестого она приедет на работу с сумкой и вечером побежит не домой, а на электричку, и через два часа будет под Егорьевском на даче у тёти. Чтобы не терять ни минуты отпуска! Чтобы седьмого проснуться на террасе, на её любимом ковровом диване, от спинки которого пахнет пылью и сухими цветами, и чтоб в окошко была видна корявая ветка старой яблони с уже розовеющими мелкими яблочками, а за веткой лоскут голубого летнего неба. И услышать не грохот и рёв грузовиков на соседней стройке, а как осторожно, чтоб не разбудить её, тётя брякает рукомойником на улице — моет к завтраку морковку и позднюю вишню. Чтобы солнце отражалось от бока обливного глиняного кувшина, памятного с детства, в котором стоят на столе флоксы, розовые и белые. Чтобы натянуть старые линялые шорты, мятую футболку, сунуть ноги в шлёпанцы и выйти, позёвывая, на крылечко, облокотиться о перила и смотреть на тётины посадки, яблони, заросли старых, ещё дедушкиных вишен и на лес, начинавшийся сразу за хлипким штакетником. Когда распределяли участки, стали тянуть жребий, и дедушке, который проворонил всю жеребьёвку, достался самый плохой — у кромки леса. Так Марусе рассказывала тётя. Бабушка была вне себя от горя — и участок плох, и дедушка не оправдал бабушкиных надежд и подтвердил её худшие опасения, что он совершенно не приспособленный к жизни человек и вообще разиня. Зачем она только в пятьдесят третьем году вышла за него замуж?!

С тех пор минуло много лет, и как-то постепенно стало ясно, что их участок — самый лучший, именно потому, что расположен близко к лесу и озеру и можно открыть калитку, выйти на поляну и собирать землянику!

Только дедушка уже умер, и ему невозможно было сказать, что он молодец, добыл для семьи такой прекрасный участок!..

Кроме того — в этом месте мечтаний Маруся всегда вздыхала, — отец останется в городе, и если приедет, то только в пятницу, и она целую неделю, а то и дней десять, ни в чём не будет виновата: ни в том, что каша подгорела, ни в том, что джинсы у неё с дырками, ни в том, что работы много, а денег мало.

— Как ты думаешь, — спросила рядом Даша и захрустела яблоком, — эти или те, с тридцать первой страницы?

— Что?

— Ну, букеты, что!.. Я тебе показывала! Свадебные букеты!.. Вроде эти как-то элегантней, да?..

Даша собиралась замуж — не то чтобы всерьёз, но ожидала предложения от кавалера — и готовилась заранее. Были изучены кипы свадебных журналов, со всех сторон рассмотрены в Интернете платья знаменитостей, со шлейфами и без шлейфов, декольтированные, усыпанные жемчугами и бриллиантами, и строгие, прямые, из благородного атласа — они назывались почему-то «лаконичные». Образцы декорирования шатров и бальных залов, сервировки стола «жениха и невесты», а также «родителей и друзей» были подвергнуты критическому анализу и подробнейшему разбору.

Маруся иногда думала, что Даша вместе с предложением должна получить миллионное наследство, ибо всё, что изучалось, с тем чтобы «взять на вооружение», стоило не просто огромных, а прямо-таки бешеных денег!.. Знаменитости в журналах и в Интернете нисколько не скрывали ухлопанных на свадебное действо сумм. Платье в триста тысяч евро считалось удачным приобретением — не слишком дорого и вполне пристойно.

Маруся старательно пыталась понять, что именно в платье может стоить таких денег, никак не понимала и огорчалась, что она такая тупая и неразвитая девушка.

— Марусь, ну чего ты? Какие лучше?

— Да они все красивые.

— Ой, ну вот эти аляпистые очень!

— Аляповатые, — машинально поправила Маруся.

Даша на секунду оторвалась от журнала и взглянула на неё.

— Ты какая-то сама не своя. Всё из-за этого покойника в планетарии, да?

Маруся пожала плечами. Они разбирали по папкам и скрепляли личные дела поступивших, и невозможно было представить себе более муторной и скучной работы!.. Маруся всё время думала о другом, а Даша то и дело отвлекалась на журналы и яблоки. До совещания у декана хорошо бы скрепить ещё десятка два дел, и понятно было, что они не успеют.

— Понимаешь, — сказала Маруся и вложила в папку сочинение, — я никак не могу осознать, что произошло. Ну, мы были в этом зале со звёздным небом минут, скажем, двадцать. Кстати, это просто установить, у них там сеансы, они идут все по расписанию! Ну, ещё ждали, пока начнётся. Почему он не ушёл? Он же собирался уйти! Он сказал, что уже поздно и Вселенная вот-вот погибнет, нужно бежать и спасаться.

— Да-а, — протянула Даша. — А вот мне не везёт никогда! Никаких со мной не бывает приключений! Что такое?

— Какое же это приключение, — сказала Маруся неискренне, потому что была совершенно уверена, что как раз приключение. — Человек взял и помер! Главное, понимаешь, он был совершенно нормальный! То есть, наоборот, он был ненормальный, конечно, но на вид абсолютно здоровый!.. Ну, то есть больной, конечно, но не в том смысле!..

— А Гриша что говорит?

— При чём тут Гриша!

Маруся знала, что Даше хочется, чтоб Гриша перекочевал из «друзей детства» в «кавалеры», и тогда у Маруси тоже появился бы жених — в двадцать четыре года давно пора! Такой жених, по Дашиным представлениям о жизни, Марусе очень подошёл бы — добрый, бестолковый, свой во всех отношениях и, главное, совсем не такой активный и перспективный, как у неё, Даши. Она любила подругу и от всей души желала ей счастья, но такого, которое бы наверняка, с гарантией, не затмило бы её, Дашиного, ожидаемого счастья.

— Марусь, так бывает. Живёт человек, живёт, а потом — раз, и всё, умер. Тем более, ты говоришь, он волновался сильно, когда что-то там про конец света кричал!.. Вот его удар и хватил.

— Не знаю, — протянула Маруся с сомнением. — Может, и так. Только его напарник куда-то делся, я его потом не видела, когда полиция приехала. Да и не похоже, что удар уфолога хватил. Похоже, что он просто сел на диванчик и умер. Или... или... что его мёртвого посадили.

— Да ну тебя, — сердито сказала Даша и опять уставилась в журнал, подвинув папку с личным делом, — какие-то ужасы рассказываешь.

— Девушки, — раздался рядом весёлый голос, и обе разом подняли головы. — Наверняка вы хотите кофе, просто мечтаете о нём! И вот он, кофе!

Антон в белых льняных брюках, голубой свободной рубахе, расстёгнутой на одну пуговицу ниже, чем положено «в учреждении», в тёмных очках, с каким-то немыслимым портфелем, болтавшимся на длинном ремне, поставил перед ними картонную штуку с двумя высокими стаканами в ячейках. От стаканов резко и вкусно запахло кофе.

— Привет, — неуверенно сказала Маруся.

— Здрасте, — пробормотала Даша.

Антон сдёрнул очки и, смеясь глазами, потянулся через стол с личными делами и чмокнул Марусю в щёчку. Даша вытаращила глаза.

— А я приехал на совещание! — Он скинул с плеча портфель, уселся на канцелярский стул, предназначенный для поступивших, и вытянул длинные ноги. — Как говорится, правила одинаковы для всех, хотя ничего мне так не хотелось, как манкировать!.. У меня в офисе работы — во, — и загорелой узкой рукой он показал куда-то вверх. — Я же в отпуск собираюсь ещё раз свалить! Кто знает, что именно на повестке дня?

Маруся, улыбаясь, вытащила стакан и понюхала. Ах, как вкусно пахнет!.. Нет ничего в мире вкуснее запаха кофе. И ещё, пожалуй, земляники. Землянику и кофе можно нюхать всю жизнь.

Даша беспомощно посмотрела на неё, а потом на Антона.

— Так... говорили же... по поводу нового набора, кажется...

— Я читаю лекции на третьем курсе, — пожаловался Антон весело. — Вот какое мне может быть дело до нового набора, а? Лучше б я на роликах катался или ещё раз пошёл в планетарий! Там классно, всех убивают!..

— Вы вместе были?! В планетарии?! — совсем уж потерялась Даша. — И ты мне ничего не сказала?!

Маруся поняла, что оправдываться теперь ей придётся долго и вряд ли Даша до конца её простит.

— Мой фильм под названием «Спасайтесь! Планета гибнет!» имел шумный успех, — продолжал Антон. — Нет, ну так бывает, а?.. Чувак произносит пламенную речь о нашествии пришельцев и крахе цивилизации! И тут же сам отдаёт концы в коридоре. Вот ирония судьбы, а?..

— Между прочим, ваша подруга, — произнесла Даша с выражением, — считает его смерть подозрительной! А вы... как считаете, Антон?..

— О да, конечно, — согласился Антон с энтузиазмом, — разумеется, она подозрительна!.. Я думаю, ему сделали инъекцию смертельно опасного яда! А возможно, даже убили на расстоянии. С орбиты. Точечным лазерным воздействием!

— Как? — не поняла Даша.

Маруся аккуратно глотнула кофе.

— А так! Пришельцы следили за ним, поняли, что он может их выдать, и убили. Это очень просто.

— Вы шутите, — сказала Даша. — Вы ведь шутите?..

— Я серьёзен, как слон, — возразил юрист, приложив руку к сердцу. — Говорят, слоны очень злопамятны и у них нет никакого чувства юмора.

— И всё-таки это странно, — сказала Маруся. — Он совершенно не походил на умирающего! Ты же его снимал, он был очень бодрый! И потом, что он делал всё время, пока мы смотрели на звёзды? Почему он не ушёл? Он же собирался уходить. В залах мы его больше не видели. Он что, сидел всё время на этой самой банкетке, уже мёртвый, и никто не обратил на него внимания?..

— Ого, — Антон подмигнул Даше, как бы приглашая её разделить его удивление, — да вы, оказывается, сыщица, мадемуазель?

— Мадемуазель Куку, — пробормотала Даша себе под нос. И добавила громко: — А вы не знали, да? Наша Маруся о-бо-жа-ет детективные истории! И всё время в них попадает! Вот я никогда ни в какие истории не попадаю, а она — то и дело!..

— Приключения манят? — осведомился Антон. — Меня тоже! Я очень люблю разные приключения!

— Вы просто прекрасная пара! — провозгласила Даша и поднялась, очень сердитая. — Мне нужно позвонить Павлику, он сегодня за мной заезжает. Я минут через десять вернусь.

— Какая деликатность, — продолжал развлекаться Антон. — Я нарушил ваш тет-а-тет, да? И она рассердилась?

— Какой тет-а-тет! Вон, дела скрепляем!

— А ты что? Решила затеять частное расследование?

Маруся посмотрела на него.

Неожиданно оказалось, что у него удивительные глаза, ореховые, светлые, с золотистыми точками.

Она вдруг стала красной как рак, приткнула на край стола стаканчик с кофе, завозилась, зашелестела делами, двойной перегнутый листок спланировал на пол, она нагнулась, чтобы поднять, но Антон опередил её. Под столом они столкнулись руками и почти что носами, Маруся отпрянула, выпрямилась, и Антон протянул ей листок. За несколько секунд под столом они вдруг стали ближе и понятней друг другу, и это было очень радостно и немного опасно.

— Ты в самом деле леди-детектив?

— Ну, нет, конечно! Хотя... иногда я...

— Иногда что?

Маруся вздохнула. Ей стало неловко, как будто она должна была признаться в ужасной глупости.

— Иногда я... нахожу вещи, которые пропали, понимаешь? У нас в прошлом году у Марьи Константиновны пропал жемчуг, очень... дорогой, а я...

— А ты нашла?

Маруся кивнула.

— А однажды я к ученику поехала, мне конверт дали, а там вместо денег...

— Что? — быстро, усмехнувшись, спросил Антон. — Признание в любви?

— Почти что, — согласилась Маруся и не стала рассказывать дальше.

Мало ли, может быть, он станет над ней смеяться, а эти крохотные расследования составляли едва ли не главный её жизненный интерес.

— И что? Сыщицкое чутьё говорит тебе, что наш чокнутый уфолог был злокозненно убит?

Маруся пожала плечами.

— А кто это замуж собирается? — Антон подхватил со стола журнал и одним движением перелистал. — Ты?.. «Выходите замуж летом, это самое красивое время года. Конечно, ночи летом коротки, зато за длинный летний день можно многое успеть!.. Свадьба летом — это белые шатры на изумрудной траве и игривые женские шляпки!» — процитировал он с чувством. — Почему в таких пассажах трава всегда изумрудная?

— А какая? — спросила Маруся.

Он покрутил журналом.

— Ну, не знаю. Малахитовая, например. Тоже камень и тоже зелёный. Зато не так избито.

Маруся вдруг решилась — должно быть, из-за того, что они столкнулись под столом носами и руками. Если бы не столкнулись, она бы ни за что не отважилась, а тут...

— Антон, — сказала она, — а что ты делаешь после совещания?

Он поднял одну бровь, у него так ловко это получалось!..

— Я просто... подумала, может, мы кофе где-нибудь выпьем? И поговорим про... планетарий и про труп...

— А ты ещё не напилась кофе? — осведомился он насмешливо и покачал из стороны в сторону её остывший бумажный стакан. — Нет, Марин, ты извини, у меня сегодня свидание, я не могу. В следующий раз, ладно?

— Ну конечно! — с энтузиазмом воскликнула Маруся, как будто он сказал ей нечто очень приятное. Нет, словно он сам пригласил её на кофе! — Разумеется.

Антон поднял с пола свой портфель, ещё посидел секунду, словно хотел что-то добавить, и поднялся, очень высокий и очень интересный молодой мужчина.

— Увидимся, — сказал он как-то очень интимно и ушёл, а Маруся осталась.

Она скрепляла бумаги, глядя исключительно в папки и на свои руки, когда вернулась Даша и спросила, как дела. Маруся сказала, что прекрасно.

— Почему ты мне ничего не рассказала? — заговорила Даша сердито, двигая стулом. — Что у вас свидание было, что ты в этот чертов планетарий с Антоном таскалась?

— У нас не было никакого свидания!

— Ну конечно! Вы случайно встретились на - улице!

— Даша, так и было, — Маруся подняла на неё глаза. — Мы случайно встретились на улице.

— Вот я тебе как подруге всегда всё рассказываю, а ты мне?.. Или я тебе не подруга, а посторонний человек вроде Марьи Константиновны?!

Маруся продолжала складывать в папку документы.

— И главное, даже в Инстаграм ничего не выложила, ни одной фотографии! Тихушница!

Маруся замерла и посмотрела на Дашу.

— Фотография! — воскликнула она. — Как же я забыла?! Там была бумажка скомканная, я её подняла и сунула в сумку.

Маруся повернулась, зашарила по спинке стула и втащила на колени сумку, синюю, увесистую, рабочую.

— Нет, я была с другой!.. Как же я забыла!

— Какая фотография, а? Что ты мне голову морочишь?

— Там, где я нашла труп, под банкеткой валялась бумажка скомканная. Я её подобрала, и оказалось, что это фотография, только она в другой сумке осталась.

Даша потеряла всякий интерес к фотографии, как только поняла, что на ней не Маруся с Антоном. Решив не обижаться, а лучше узнать, как подруге удалось подцепить такого завидного мужчину, Даша принялась расспрашивать Марусю о воскресном походе в планетарий именно в смысле кавалера, но не тут-то было. Маруся сказала, что ей срочно нужно позвонить Грише, и Даша надулась уже всерьёз. Вот тебе и подруга!.. Вся дружба врозь получается, как только дело доходит до потенциальных женихов, да?!

— Да ну тебя, — пробормотала Маруся, когда Даша перестала возмущаться. — Какие женихи, что ты говоришь?..

В телефоне длинно гудело. Гриша трубку не брал — такое с ним часто бывало. На работе он был страшно занят своей наукой и ни на что не обращал внимания. Маруся написала ему эсэмэску, чтобы позвонил. До совещания осталось всего ничего, а неразобранных личных дел — почти до потолка, придётся завтра к восьми утра приезжать!

...И до седьмого числа так далеко. И Антон... отказал ей. У него свидание.

Как стыдно. Какой плохой сегодня день.

Погремев ключами, Маруся открыла дверь, плюхнула на полку тяжеленную сумку и громко сказала:

— Па-ап, привет, я приехала!

И прислушалась.

Телевизор громко и сердито что-то вещал: должно быть, отец смотрит «Хронику происшествий».

Маруся такого рода передачи терпеть не могла, а папа всегда смотрел их по очереди на всех каналах. Маруся не могла взять в толк зачем. Они все рассказывали и показывали одно и то же, и всё какие-то ужасы.

Она сунула ноги в тапки, посмотрелась в зеркало — ничего хорошего оно не показывало: бледная невыразительная девица в синих брюках и белой рубашке, волосы собраны в унылый хвостик. Маруся потрогала хвост и переложила так и сяк, с плеча на плечо. Ей давно хотелось подстричься покороче, но она всё не решалась. Да и папа рассердится!.. Даже когда она просто делала в салоне укладку, он высказывался в том смысле, что дочь не узнать, что без укладки она была «нормальным человеком», а теперь стала «как все», и кудри ей совершенно не идут, ибо выглядят «неестественно», и всё в таком духе.

— Что так поздно? — спросил Сергей Витальевич, появляясь на пороге комнаты. Телевизор всё продолжал разоряться.

— Работы много. Приказы о зачислении вышли, мы обзваниваем всех, чтобы приносили оригиналы документов.

Отец постоял, потом фыркнул и сказал, что эта новая метода зачисления в вузы — глупость и больше ничего, и велел Марусе идти ужинать.

Она поплелась ужинать. Ей хотелось есть, но вчерашние фаршированные перцы надоели страшно!.. Сейчас бы, например, креветок на льду и бокал шардоне. Или цыплёнка табака с зелёным салатом и горкой дикого риса. Или...

— Ты чего такая кислая?

— Нет, нет, всё в порядке.

— Лидка звонила, — объявил отец, накладывая в тарелку скучный перец, — ждёт не дождётся, когда ты приедешь.

Лидкой он звал сестру, Марусину тётю.

— Хватит, пап, мне не хочется.

— Как это так, не хочется!.. После работы нужно поужинать. Не наедаться, конечно, до отвала, но поесть необходимо! А утром плотный завтрак.

Маруся знала все его теории и привычно соглашалась, не рассказывать же ему про цыплёнка и шардоне!

Она задумчиво подцепила с тарелки кусочек фарша и отправила в рот. Скорей бы отпуск!..

Отец взял с холодильника пульт и включил телевизор, «Хронику происшествий». Маруся тихонько вздохнула и раскопала вилкой ещё немного фарша.

— ...астрономы зафиксировали приближение к Земле группы неизвестных небесных тел, — сообщил с экрана суровый молодой человек в пиджаке. Маруся замерла, не донеся вилку до рта. — Расстояние до них измеряется в несколько десятков световых лет, по космическим меркам это сравнительно немного. Прокомментировать ситуацию мы попросили академика РАМН Михаила Николаевича Воскресенского.

— Воскресенского?! — вскрикнула Маруся и уронила вилку. Отец посмотрел на неё с изумлением.

На экране появился другой человек в пиджаке, несколько постарше, вид у него был недовольный.

— Сейчас нельзя сказать ничего определённого о характере и происхождении объектов, — неприятно щурясь, заговорил он. — Делать какие-любо

41

выводы рано, слишком мало данных. Наши орбитальные телескопы пока ничего подобного не фиксируют.

— Тем не менее, — подхватил вновь возникший на экране ведущий, — фотографии облетели весь Интернет и за сегодняшний день стали сенсацией. Многие говорят о реальной, — он сделал ударение на этом слове, — угрозе из космоса. Будем ждать дальнейших сообщений.

Маруся вскочила и помчалась за своим телефоном.

— Ты что? С ума сошла?! Остынет всё!..

— Сейчас, сейчас, пап!

Гриша долго не отвечал, а когда ответил, ей показалось, что он спал.

— Гриш, — затараторила Маруся, — ты телевизор смотришь?

— Не-а.

— Гриш, там сейчас выступал академик Воскресенский, он сказал о какой-то угрозе из космоса, и ещё фотографию показали с объектами, а это та самая, которую я с пола подняла!.. Ну, когда... — она оглянулась на дверь в кухню, — когда мы в планетарий ходили!..

— А-а-а, — зевнул Гриша. — Маруська, я ничего не понял.

— Гриш, очнись! Помнишь, уфолог тогда говорил, что какой-то Воскресенский украл у него открытие? Уфолог открыл угрозу из космоса и вопил, что это армия вторжения!

— Он ненормальный.

— Гриша! — крикнула Маруся не слишком громко и оглянулась на дверь кухни. — Послушай меня!

Сейчас академик Воскресенский сказал, что делать выводы рано и всё в этом духе! То есть такой академик на самом деле существует! И его по телевизору показывают.

Гриша молчал.

— И ещё, — продолжала Маруся, — сказали, что какие-то объекты на самом деле приближаются к Земле! Ты посмотри Интернет! Там фотография объектов, и у меня в сумке точно такая же. Уфолог нам её показывал! Получается, он не сумасшедший, да? И он действительно что-то открыл?! И человечеству угрожает опасность?

— Подожди, Маруська, — перебил Гриша. — Я сейчас посмотрю этот твой Интернет. Странная какая-то история.

— Вот именно! Давай смотри и звони мне!..

Гриша позвонил минут через двадцать, очень удивлённый. Так и есть, сказал он. К Земле приближаются какие-то объекты, академик Воскресенский мямлит нечто невразумительное, вроде нет никаких объектов, а может, и есть. Ждут официальных сообщений.

— Ахинея это всё, Марусь.

— Человек умер, а ты говоришь — ахинея.

— Да он сам по себе умер, и все дела!..

— Откуда ты знаешь? — тут же спросила Маруся, и Гриша вынужден был согласиться, что не знает. — Мы должны всё выяснить, — продолжала она. — Ты куда визитные карточки дел? Помнишь, тот, второй, тебе давал?

— Никуда не дел. В джинсах, наверное, остались.

— Значит, так, — распорядилась Маруся. — Завтра утром встречаемся у метро. В полвосьмого. Нет, лучше минут в двадцать!.. И всё решим.

Гриша моментально согласился — он всегда соглашался встретиться с Марусей.

Приключение разворачивалось и захватывало её, а всякие приключения, пусть наполовину придуманные, составляли её главный жизненный интерес! Когда она могла придумать себе приключение, сразу неважным становилось всё остальное — скучная жизнь, трудная работа, недовольство отца. Сейчас Марусе просто необходимо было приключение, чтобы не вспоминать, как Антон отказал ей, когда она пригласила его на свидание. Когда она вспоминала об этом, щёки у неё начинали тяжело гореть и хотелось забежать в какое-нибудь тёмное место, закрыться на замок и не выходить — так становилось стыдно.

Выскочив из троллейбуса, Маруся завертела головой. Толпа вваливалась в разявленную пасть метро и исчезала, как будто невидимая воронка засасывала людей. Здесь, на Земле, утро было в самом разгаре, и, словно предчувствуя большую жару, по проспекту в ряд шли оранжевые поливальные машины. За ними разворачивалось сверкающее под солнцем мокрое асфальтовое полотно, и пахло свежестью, чистой водой и немного бензином — приятно. И было странно и непонятно, для чего люди ломятся в высоченные и широченные двери и исчезают за ними — как будто навсегда.

— Маруська!

Гриша протолкался к ней поперёк людского потока. Маруся взглянула, и он вдруг ей понравился — или это утро прекрасное, а Гриша ни при чём?.. Он был в белой футболке и джинсах, свисающих с худосочной задницы, на плече рюкзак — очень даже ничего!..

— Я рад тебя видеть, — сказал он и немедленно потянул у неё из рук сумку. Марусе пришлось её отдать.

— Ну? Что?

— Что? — не понял Гриша.

— Ты позвонил тому типу, который был с уфологом? У тебя же есть его телефон на визитке!

— Зачем?!

— Как, Гриша?! Мы должны узнать всё про уфолога!.. Какое именно открытие он сделал, что у него украл академик Воскресенский и, главное, когда и зачем!

— Вот именно, — сказал Гриша весело, — зачем нам всё это узнавать, Марусечка?..

— Да ну тебя, — рассердилась она, — что такое? Интересно же!..

— Ах, в этом смысле.

— Да, именно в этом, Гришенька!

— Ну, я могу ему позвонить хоть сейчас. — Он перевесил на другое плечо Марусину сумку, полез в задний карман и извлёк картонный прямоугольничек. — И что я должен у него спросить?

Она подумала немного.

— Лучше всего договорись с ним о встрече. На сегодня, на вечер. Скажи, что ты корреспондент газеты «Супер Стар» и хочешь расспросить его о событиях в космосе. Мол, узнал о них из новостей и вспомнил, что как раз накануне познакомился со специалистом, то есть с ним, в планетарии!

Гриша фыркнул и покрутил головой:

— Какой он специалист, Марусь? Недоумок какой-то...

— Гриша! Объекты в космосе есть? Есть! Академик Воскресенский есть? Есть!.. И главное — есть труп!..

— А газета такая существует?

— Какая газета? — не поняла Маруся.

Гриша скорчил ей гримасу. Он держал телефон плечом и рылся в рюкзаке. Он то и дело там рылся, всё проверял, на месте ли ключи от дома, записная книжка, ручки... Маруся эту его привычку терпеть не могла!..

Когда ответили, Гриша зашёл за ларёк «Мороженое» и махнул Марусе рукой, чтоб она за ним не ходила и не слушала. Она изучала выставленные в витрине полинявшие бумажки от эскимо и пломбиров — довольно долго, — а потом Гриша вылез из-за ларька и сказал, что обо всём договорился.

— Смотри, — он сунул ей под нос визитку. — Тут написано: Игнат Васильченко, контактёр, экстрасенсорика, биокинетика.

— Я вижу, ну и что?

— Марусь, ты хочешь о чём-то расспрашивать человека, который называет себя «контактёр»? И надеешься, что он будет осмысленно отвечать? Давай я тебе лучше мороженого куплю.

— Мороженого нету, — вдруг сказали из ларька громко, и высунулось румяное щекастое лицо. — Машина не приходила ещё. Лимонаду могу дать, холодный!..

Маруся взяла себе «Тархун», а Гриша «Буратино». Стеклянные бутылочки были увесистые и на самом деле холодные, приятные.

— Давай я тебе открою.

— Ишь, как он за ней ухаживает! — прокомментировали из ларька. — Сама не откроет!.. Смотри не упусти парня-то, слышишь, красавица?..

Маруся исподлобья посмотрела на тётку, пожала плечами и за локоть утащила Гришу в сторонку.

— Что он тебе сказал, этот Игнат?

— Он будет нас ждать сегодня к семи часам по адресу: Петровский переулок, дом девять, строение пять. Там у него штаб-квартира!.. Между прочим, место неплохое — самый центр, центрее не бывает.

— Прекрасно! — возликовала Маруся. — Значит, ты за мной заезжай, и мы вместе пойдём!

Гриша длинно глотнул своего «Буратино», икнул и смутился. Маруся потянула у него с плеча свою сумку.

— Всё, я побегу!.. До вечера.

Он проводил её глазами и грустно сказал себе под нос:

— До вечера.

В Петровском переулке было тихо и немноголюдно — как будто в уездном городе, а не в самом центре Москвы, дышащей асфальтовым жаром, пылающей отражённым солнцем в окнах, ревущей раскалёнными добела, как в доменной печи, автомобилями. Здесь было даже как будто немного прохладнее, или так казалось, потому что Маруся с Гришей шли по теневой стороне.

— Смотри, вон дом девять.

— Нам же нужно какое-то там строение!

Строение пять никак не находилось, а спросить было не у кого — все подъезды солидных особняков заперты, казалось, навечно, закрыты чугунные ворота, за которыми виднелись крохотные, ухоженные московские дворики с цветами и липами.

— Наверное, здесь хорошо жить, — сказала Маруся, разглядывая дворик сквозь чугунные завитушки. — Уютно.

— Это точно, — хмыкнул Гриша. — Москва — город контрастов.

— При чём здесь контрасты?!

— Да вроде город один и тот же!.. Где мы с тобой живём, и вот... этот. — Он что-то изучал в телефоне и подбородком показал на ворота. — А какая разница, замечаешь?.. Так, нам нужен следующий дом. За ним, по идее, и есть строение пять, про крайней мере, Яндекс это утверждает.

Каменная арка была перекрыта шлагбаумом. Гриша шлагбаум ловко перепрыгнул, а Маруся подлезла под него, очень неловко. В квадратном дворе дремало несколько машин, не слишком много, под каштанами была оборудована детская площадка с песочницей, там ковырялся карапуз в панаме и стояли лавочки, обыкновенные московские лавочки с изогнутыми спинками. Скамейки привели Марусю в восторг и умиление.

— Гриш, смотри, какая красота!

— Где?.. А, да, красота. Нам, видимо, тот подъезд нужен, вон вывески какие-то.

Организация под звучным названием НТО «Прогрессив-лайф» располагалась на третьем этаже. В подъезде было солнечно и просторно — широкие лестницы, высокие потолки, каждый шаг отдавался от стен и пропадал где-то в вышине.

— Люблю старые дома, — сказала Маруся и незаметно промокнула лоб бумажным платочком. Лестничные марши были крутые, а в подъезде жарко. — И лифты с клетками! Как в кино!..

— Интересно, кто за всю эту старину платит, — пробормотал Гриша. — Сколько здесь может стоить аренда? Миллион? Или два?.. Откуда деньги, хотелось бы мне знать...

— Сейчас всё узнаем, — пообещала Маруся.

Мелодичные и какие-то очень солидные переливы домофона раздались за толстыми стенами, когда Маруся нажала кнопку, и через некоторое время в дверном проёме возник Игнат Васильченко.

— Я так и знал, что вы журналисты, — хмуро сказал он, не здороваясь. — У меня на вашего брата нюх.

Маруся дёрнула за футболку Гришу, явно намеревавшегося возразить.

— Мы хотели поговорить с вами про... Юрия Фёдоровича и его открытие, — начала она и понизила голос, — в свете последних событий.

— Вот именно, — зловеще сопнув носом, кивнул Игнат. — Эти события вполне могут стать последними для человечества. А его никто не слушал!.. Ну, кроме Воскресенского, конечно! Он-то всё сразу понял!..

— Вот-вот, и про академика Воскресенского тоже!

По всей видимости, помещение НТО «Прогрессив-лайф» было когда-то просторной квартирой. Из полутёмного коридора несколько двустворчатых дверей вели в комнаты, но Игнат пригласил их на бывшую кухню. Здесь стоял большой, как для переговоров, стол, стены были увешаны плакатами с изображением летающих тарелок и странных угловатых существ с печальными глазами. У некоторых глаз было больше, чем положено, три или четыре, а у других, наоборот, по одному.

— Меня зовут Марина, — заторопилась Маруся, чтобы опередить Гришу, который, судя по выражению лица, собирался выразить своё отношение к плакатам. — И наша газета...

— «Супер Стар»? Вы же вроде про знаменитостей пишете! Сколько мы вам пресс-релизов посылали — никакого ответа, никогда!

— Да, — проблеяла Маруся, — но сейчас мы решили, то есть наше руководство решило, что пора дать большой и серьёзный материал о... Вселенной, и вообще...

— О законах природы, — пришёл на помощь Гриша. — Это сейчас модно — казаться умнее, чем есть на самом деле.

Игнат посмотрел на него с сомнением.

— А ваша организация только здесь располагается или есть... филиалы? — спросил Гриша.

— Да нет, здесь просто офис! А так мы работаем по всей России. На Алтае — там очень хорошие условия, активное гиперполе и есть опытные контактёры. Потом на Урале, в Екатеринбурге, — там тоже наших много. В Краснодарском крае, на Кавказе...

— Какая у вас могучая организация, — восхитился Гриша. — И что же? Вы многих знаете лично?

— Кого? — не понял Игнат.

— Инопланетян.

Игнат помолчал.

— А вы как все, да? Верите только в двигатель

внутреннего сгорания и в капитализм? — спросил контактёр.

— В двигатель больше, — ответил Гриша быстро. — В капитализм меньше, ибо не понимаю, как он устроен. А как устроен двигатель — понимаю.

— Тогда зачем вам я? Идите к Воскресенскому, он тоже ни во что не верит!..

— Нет-нет, нам именно с вами нужно поговорить! — встряла Маруся, делая Грише знаки. — Просто не каждый день узнаёшь о том, что конец мира близок, вот мы и растерялись немного...

Молниеносным движением она выхватила из сумки записную книжку. Там было записано её новое расписание на сентябрь, очень неудобное, каждый день по пять пар, да ещё с какими-то дурацкими «окнами», и ещё много всего, например, что нужно отнести в химчистку пальто. Она открыла чистую страницу и приготовилась записывать.

— Юрий Фёдорович...

Игнат перебил:

— Юрий Фёдорович Басалаев был самый обыкновенный гений. Мы все ещё будем говорить, что жили в эпоху Басалаева! Он Леонардо наших дней! Его гений был совершенно универсален, он видел насквозь не только людей, но и целые миры. Он открыл закон возвращения.

— Какой закон? — уточнил Гриша. Маруся записывала.

— Космического возвращения! Он всё предвидел, всё!.. То, что должно произойти с нашим миром в самое ближайшее время, уже происходило когда-то! Гигантский материк Гондвана раскололся на несколько континентов, потом ледниковый период, да что говорить — Тунгусский метеорит, вот вам ближайший пример!.. Мы погибнем, но нам на смену придёт другая цивилизация, более могущественная и просвещённая.

— Подождите, после Тунгусского метеорита цивилизация не погибла, насколько мне известно...

— Вот именно! — язвительно сказал Игнат. — Насколько вам известно! А что вам известно?.. Вам известно только то, что в определённый день и год в районе Подкаменной Тунгуски произошло нечто совершенно необъяснимое. Заметьте, до сих пор нет никаких версий — ну хоть сколько-нибудь правдоподобных. Всё только какие-то урывки, обрывки!.. А теория возвращения Басалаева всё объясняет!

Маруся строчила в блокноте.

— Согласно его теории произошёл контакт! Этот контакт истребил всё живое на Земле, а нам была предоставлена некая версия событий, в которую мы поверили! Только и всего.

— Нам — это кому? — осторожно уточнил Гриша.

— Человечеству.

— Оно же погибло, — возразил Гриша растерянно. — Согласно теории Басалаева. В момент, когда произошёл контакт!..

— Не-ет, — протянул Игнат убеждённо, — до Тунгусского метеорита и не было никакого человечества, понимаете?! Была другая цивилизации, она строила египетские пирамиды, создавала лабиринты, возводила гигантские статуи на мексиканских плато. А потом они погибли, и им на смену пришли мы, другие разумные. Специально для нас была придумала история человечества в том виде, в каком мы сейчас её знаем. Вот вся эта чепуха — про Древний Китай, про царя Хамурапи, про славян, про Киевскую Русь, про татарское иго!.. Ничего этого не было в действительности, понимаете? Потому что двести лет назад никакого человечества не было!

— Ага, — сказал Гриша и посмотрел на Марусю, а она посмотрела на него, и оба уставились на Игната.

— Понятно, — фыркнул тот. — Не верите. Ну, это дело ваше.

— Нет-нет, — заспешила Маруся, — нам просто трудно осознать, но мы стараемся.

— Вы погибнете, — равнодушно сообщил Игнат. — Вместе с вашим так называемым человечеством, и в самое ближайшее время. А там — хотите верьте, хотите нет. По большому счёту, какая разница!..

— А отчего умер Юрий Фёдорович? — спросила Маруся. — Это известно?

Игнат уставился в пол.

— Как я ненавижу вашего брата, — пробормотал он неприязненно, — вашего брата журналиста!.. Вам же ни до чего дела нет, вам бы только остренькое что-нибудь, жёлтенькое, да? Я вам про вселенские законы, а вам же это ничего не интересно! Ну, умер человек! Нервы у него не выдержали! Воскресенский присвоил его открытие, и Басалаев умер! И что? Ничего вы для своей газетёнки из этого не выжмете, ничего!

— О каком открытии идёт речь? — ласково спросил Гриша и под столом цапнул Марусю за коленку, чтобы молчала и собеседника не раздражала. — Вот этого я не понимаю.

— Да вы ничего не понимаете! — повысил голос Игнат. — Юрий Фёдорович открыл скопление неопознанных летающих объектов на близком расстоянии от Земли! Он их увидел в объективе своего радиотелескопа!.. И мне показал, я своими глазами видел! А Воскресенский воспользовался его доверчивостью. Юрий Фёдорович — доверчивый человек, как все гении!.. Ему и в голову не приходило, что его можно... беспардонно обворовать!

Маруся открыла рот, но Гриша опять схватил её за коленку, и рот она закрыла.

— Он имел глупость рассказать всё Воскресенскому, и вот!.. Теперь академик по всем каналам раздаёт интервью, а Юрий Фёдорович... умер.

— То есть они были знакомы? — уточнил Гриша осторожно. — Басалаев и Воскресенский?..

Игнат махнул рукой куда-то в сторону:

— Знакомы! Они враги давно, много лет!.. А раньше дружили, вон я даже фотографию не убрал! Давно хотел и всё время забываю...

Гриша с Марусей повернулись и посмотрели. На длинном стеллаже и вправду были наставлены какие-то фотографии. Гриша поднялся и взял одну из них.

— Зачем вы трогаете?!

Игнат подскочил и почти вырвал у Гриши из рук снимок в рамке. Выдвинул ящик, бросил в него фото и быстро задвинул, как будто спрятал. Гриша проводил его глазами.

— Я не очень поняла, — начала Маруся. — Вы

меня извините, Игнат, но я правда не понимаю! Академик Воскресенский сказал, что это он открыл скопление объектов вблизи Земли, а не Юрий Фёдорович?.. Зачем ему это нужно?.. И откуда он узнал?..

— Да он был здесь! — почти закричал Игнат. — Этот ваш академик!.. Он приходил! Дня за два до смерти Юрия Фёдоровича! Я не знаю, о чём они разговаривали, но Басалаев после его ухода... в общем, он... Он сказал, что Воскресенский его чуть не убил!

— В каком смысле? — осторожно уточнил Гриша.

Игнат схватился за голову.

— В прямом!.. Здесь никого не бывает, народ собирается только после контактов и когда поле спокойно!.. Бумажная работа вся на мне, а Юрий Фёдорович приходил постоянно, потому что ему здесь лучше думается! Думалось то есть! И этот ваш академик его избил! Он его ногами бил! Басалаева!.. А Юрий Фёдорович... он святой, понимаете вы или нет?! Он даже защититься не мог! Я пришёл, а он весь в крови! Этот урод ему нос разбил!

Маруся в волнении приподнялась со стула, а Гриша — видимо, тоже от волнения — подался назад так, что зацепил стеллаж. Тот дрогнул и сдвинулся, ящики повыезжали.

— А в воскресенье этот проклятый фильм!.. И всё стало ясно, всё!.. Воскресенский был здесь, узнал об открытии и... убил его! Может, не в прямом смысле, но Юрий Фёдорович умер из-за него!..

— То есть здесь была драка? — недоверчиво переспросила Маруся. — Академик Воскресенский побил Басалаева?..

— Да! — закричал Игнат. — И присвоил его открытие!.. Юрий Фёдорович посмотрел фильм и всё понял! Он понял, что Воскресенский украл его наблюдения! И тут же умер. От горя.

— А какая теперь разница, чьё именно открытие, если человечество вот-вот погибнет? — вдруг совершенно спокойно спросил Гриша.

Игнат перестал раскачиваться на стуле и посмотрел на него.

— Да вам-то никакой, — сказал он язвительно, — а мне важно, чтобы люди знали, кто первый предупредил их об опасности! А первым был Юрий Фёдорович!..

Некоторое время они с Гришей смотрели друг на друга, как будто оценивали. Потом Гриша поправил на носу очки и попросил пресс-релиз.

— Наверняка он у вас есть, — сказал Гриша. — Вы же говорили, что посылали!.. В журнал... в наш журнал тоже посылали, так ведь?

Игнат вынул из стопки несколько скреплённых листочков.

— И уходите, — он сунул их Грише, почти кинул. — Я не могу больше с вами разговаривать. У меня дел много. Особенно теперь, когда Юрия Фёдоровича нет.

— Мы вам ещё позвоним, — пропищала Маруся, стараясь казаться милой и не слишком таращить на Игната глаза. — Если придётся что-нибудь уточнить...

Игнат махнул на неё рукой.

— Да уж, — сказал Гриша, когда они выскочили на улицу. В подъезде он не проронил ни слова. — Пойдём, пять минут посидим.

Они перелезли через низенький крашеный заборчик — Гриша поддерживал Марусю под руку — и уселись на лавочку под старой липой. Маруся обнаружила, что до сих пор держит в руке записную книжку, и сунула её в сумку.

Они сидели и молчали, а липа лениво шевелила листьями у них над головой. Было жарко и пахло пылью.

Маруся изнывала, ей очень хотелось поговорить, но Гриша смотрел в сторону. Белая футболка топорщилась на его груди, и Маруся подумала — как странно она топорщится.

— Ну так, — сказал Гриша в конце концов и вытащил из-под футболки фотографию в рамке. Маруся вытаращила глаза. — Вечер перестаёт быть томным.

— Гриш, — пролепетала Маруся, — ты что?..

— Я украл фотографию, — объяснил он спокойно. — А что такое?

— Зачем?!

— Затем, что я ничего не понял! А ты что-нибудь поняла?..

Маруся переводила взгляд с него на фото и обратно.

— Что ты поняла, излагай, — велел он. — Что здесь происходит? С твоей точки зрения?

Выражение «с твоей точки зрения» не сулило ничего хорошего, Маруся это давно знала.

...С твоей точки зрения, это правильный ход? И раз-два-три, шах и мат, ферзь под ударом, король блокирован, партия оказывалась безнадёжной.

...Эту музыку написал Луи Армстронг, с твоей точки зрения?.. И готово дело, три дня они слушают только джаз, и Гриша нудно объясняет, чем один стиль отличается от другого и почему Луи решительно не мог написать ничего подобного!..

— Ну, смотри, — начала Маруся, стараясь говорить объективно и убедительно. — Юрий Фёдорович Басалаев...

— Уфолог, — быстро вставил Гриша.

— Уфолог Басалаев сделал некое открытие. Он увидел...

— В радиотелескоп, — опять встрял Гриша.

— Он увидел в радиотелескоп скопление какихто неизвестных ранее небесных тел и решил, что они угрожают Земле. Воскресенский узнал об этом и присвоил наблюдения Басалаева, выдал их за свои. Конечно, вряд ли академик его побил, — добавила Маруся, подумав немного, — но зачем-то он сюда приезжал, и, видимо, с Басалаевым они поссорились.

— Кто такой Игнат?— перебил её Гриша.

— Как кто?! Он... помощник Басалаева или сотрудник, в общем, тоже уфолог.

— И он своими глазами наблюдал скопление небесных тел в объективе радиотелескопа?

— Ну да, — подтвердила Маруся. — А что такое?

— Да ничего, — сказал Гриша и стал рассматривать фотографию. — Просто у радиотелескопов не бывает объективов. И человек, который хоть раз в жизни их видел, не может этого не знать.

Маруся уставилась на Гришу.

— Какая-то странная история, — произнёс он наконец. — Ну, очень странная!.. Я даже не знаю, что нам теперь делать.

— А что мы должны делать?

— Я не знаю, — повторил Гриша с силой. Очки его блеснули на солнце. — Ахинею про скопление небесных тел и Апокалипсис мы оставим на потом, хотя... Хотя я думаю, что Апокалипсис тоже имеет какое-то значение, только пока непонятно какое.

— Ты считаешь, что скопления нет?.. — с облегчением спросила Маруся.

Она не хотела верить в скорый конец света и никогда не призналась бы Грише, что всё же немного, самую малость — вот чуточку! — верит, и от этого ей боязно, неуютно и холодно в позвоночнике. Вот сейчас, например, она посмотрела на вечернее небо в прорези веток старой липы и подумала: не хочу, чтобы мы погибли, не хочу, чтобы погибла старая липа!..

— Я не знаю, что именно там есть, а чего нет, я не астроном, — возразил Гриша с досадой. Он не любил, когда Маруся говорила глупости. — Да это вопрос пятнадцатый!.. Первые четырнадцать вопросов: что это за организация? Кто такие Басалаев и Игнат... как его фамилия?

— Васильченко, — подсказала Маруся.

— Кто снимает этот офис и зачем? Откуда у них могут быть деньги на радиотелескопы и офисы на Петровке? Или у них нет и не было никаких телескопов, именно поэтому Игнат и не знает, как они выглядят! С какой стороны тут академик Воскресенский? Зачем он расквасил нос уфологу? С чего они оба, Игнат и Басалаев, взяли, что Воскресенский присвоил какое-то там открытие?!

— Гриш, мы же были на фильме в планетарии! Юрий Фёдорович кричал, что фотографии, которые в фильме показали, украдены у него!.. Что он сам их сделал, лично он и больше никто!

— Тогда, выходит, фильм сделал академик Воскресенский, что ли?! Лично сам и больше никто? — спросил Гриша грубо. — С твоей точки зрения, это возможно?! То есть несколько дней назад академик приехал сюда, поднялся на третий этаж, навалял уфологу, утащил фотографии, смонтировал фильм, пристроил его в планетарий, пригласил Басалаева на просмотр, и тот с горя помер в коридоре возле туалета, так?..

Маруся смотрела на него с изумлением. Гриша раздул ноздри и фыркнул.

Она никогда его таким не видела.

— И фотография эта! — продолжал он. — Сколько лет назад она может быть сделана? Двадцать? Сорок?..

Маруся взяла у него из рук снимок.

На нём стояли двое молодых людей, странно похожих, но в то же время разных. Фотография была старая, выцветшая сверху и снизу, где все краски сливались в неясные жёлто-зелёные полосы. Один одет в зелёную куртку с буквами на кармане — Маруся поднесла снимок к глазам — «ССО», а второй — в клетчатую рубашку. На первый взгляд трудно определить, кто из них уфолог Басалаев, а кто академик Воскресенский.

— Что такое «ССО»? — спросила Маруся, рассматривая фото.

— Студенческий строительный отряд, — буркнул Гриша. — Я знаю, мне отец рассказывал. Тогда студенты на каникулах ездили по всяким стройкам, деньги зарабатывали.

Маруся подумала и стала осторожно отгибать латунные язычки на рамке.

— Что ты делаешь?

— Я хочу её вынуть, — сказала она сосредоточенно.

— Зачем?..

— Затем, что она старая! — объяснила Маруся.

— Старая, и что?

— На таких снимках иногда бывают подписи! У тёти Лиды полно фотографий с подписями!.. — Она отогнула последний язычок и осторожно вынула коричневую картонку. — Например, «Лидочке от М. в последний день каникул, 1975 год».

Гриша заинтересовался и подсунулся поближе. Теперь Маруся чувствовала, как от него пахнет — чистым телом и чуть-чуть шампунем, что ли. Приятно.

Фотография вывалилась ей на колени, она перевернула её, и они оба увидели надпись, сделанную фиолетовыми чернилами.

— «Малаховка, Большая Коммунистическая, день рождения учителя». — Гриша взглянул на неё. — Получается, это школьная фотография?..

— Да не-ет, они тут взрослые уже.

— Значит, был какой-то учитель, и они приезжали к нему в Малаховку на день рождения. Тогда получается, что они вместе учились.

— В школе?

Гриша взял снимок и поизучал его, даже понюхал.

— Слушай, Марусь, я покопаюсь в Интернете. Биография Воскресенского наверняка есть в Википедии, а про Басалаева, скорее всего, всё можно прочитать на их сайте. Адрес сайта есть на визитке. Я покопаюсь, и мы поймём, вместе они учились или нет!..

— Пошли! — Маруся поднялась с лавочки и за рюкзак потянула Гришу. — Поехали к нам, я тебя ужином накормлю, и мы покопаемся вдвоём!

Гриша моментально согласился и ехать, и ужинать. Он всегда соглашался на всё, что предлагала Маруся!

— Осторожно, двери закрываются, следующая станция Томилино, — выговорил голос в динамике, электричка качнулась и пошла, набирая скорость. В это время дня народу в ней было немного, и Грише удалось сразу пристроить Марусю к окошку. Пока поезд шёл по Москве, сам Гриша стоял, потому что сесть было негде, а за городом стало посвободней. Он плюхнулся напротив Маруси, открыл рюкзак и стал копаться, по очереди вынимая и засовывая обратно какие-то вещи — отвратительная привычка!

— Что ты ищешь?

— Проверяю, где ключи от дома. Вроде я их выкладывал. Или нет...

— Они у тебя всегда во внутреннем кармане.

— А! Точно!

Гриша нащупал в рюкзаке ключи, успокоился и молнию закрыл.

Маруся смотрела в окно.

— Я, когда была маленькой, очень любила по этой дороге ездить осенью, — заговорила она. — Уже когда лето кончилось и с дачи в Москву все переехали!.. А мы иногда ездили даже в октябре. Тут всё не так было. Никаких домов огромных, базаров, строительных рынков, ничего. Здесь были тихие дачные станции — Ильинка, Отдых, Кратово. Узенькие платформы, а кругом дачи, сады, яблони. И собаки лаяли. Идёшь со станции к дому, холодно, а папа говорит: сейчас дойдём, печку затопим, картошки наварим! И у нас с собой всегда что-то вкусное было — ветчина в банке или паштет, хлеб свежий.

— А я на электричке ни разу не ездил. Мы всё время на дедушкиной «Волге», — сказал Гриша. — Помнишь ту «Волгу»?

— Конечно!

— А помнишь, как мы её завели и я хотел из ворот выехать? Так шикарно! Это я на тебя хотел впечатление произвести. Мне казалось, я всё умею, что там выезжать-то!.. И въехал левым бортом в забор! Зеркало разбил, придурок!..

— А главное, нам почему-то даже не попало! — подхватила Маруся. Очень весело было вспоминать! — Они нас из машины вытащили и нотацию прочитали, что нельзя трогать чужие вещи, тем более машину, это опасно! А дома мне от папы так влетело, ужас! Он со мной потом три дня не разговаривал. А твои как будто и не заметили ничего.

— Они такие, — сказал Гриша с удовольствием. — Им самое главное, чтобы ребёнок был жив-здоров, в безопасности и сыт! А зеркало дед потом новое привёз, и мы его вместе прикручивали.

— Молодой человек, примите ваши баулы, — раздался сверху недовольный голос. — Разложился, как у себя дома!..

Гриша стянул с сиденья рюкзак, и на освободившееся место плюхнулась чья-то обширная задница. Мест в электричке было полно, но заднице, по всей видимости, хотелось сидеть исключительно на месте Гришиного рюкзака.

— Ты в отпуск в субботу, да? — спросил он.

— Ага.

— Я тебя провожу, — решительно заявил Гриша. — Что ты одна потащишься!

— Спасибо, — прочувствованно сказала Маруся.

С тех пор как Гришины родные продали свой домик, который был по соседству с Марусиным, он старался в посёлке не бывать, и Маруся его понимала.

Жаль, когда в доме детства живут чужие люди. Жалко, что вместо песочницы, где они копались с Марусей — у Гриши было синее жестяное ведро с ромашкой, а у неё красное с солнышком и по совку на брата, — образовалась клумба. Жалко, что бабушкину беседку, в которой столько было выпито чаю с песочным печеньем, столько сыграно партий в лото, столько крыжовника и вишни перебрано на варенье, снесли, залили всё бетоном и ставят там машины.

Очень жаль, и это объясняется взрослыми словами, время идёт, всё меняется, назад не вернёшь.

Не вернёшь, конечно. Да и нынешняя, сегодняшняя жизнь вовсе не хуже прежней, но по той, старой, ушедшей, Гриша всё равно скучал, и Маруся об этом знала.

— Ты можешь у нас переночевать, чтобы в субботу обратно не тащиться! Я тёте Лиде позвоню, она на втором этаже тебе постелет. А в воскресенье утром на речку сходим. Наверное, купаться можно, жара такая стоит!

Речка Северка была быстрой и очень холодной, купались в ней только во время «большой жары», да и то недолго, хотя поселковые ребятишки лезли в воду при любой погоде, и маленькие Гриша с Марусей тоже лезли когда-то — сейчас это даже вообразить невозможно!

— Ну что? Позвонить тёте Лиде? Останешься?

Гриша согласно помычал и покивал. Он опять копался в рюкзаке, что-то искал и, по всей видимости, не находил. Маруся вздохнула и посмотрела в окно, за которым вместо дачных станций простирались индустриальные пейзажи. Пейзажи ей совсем не понравились, и она легонько ткнула Гришу локтём в бок.

— М-м-м?..

— Ты мне расскажи, куда мы едем? К кому? Ты же ничего не объяснил!

— Куда же я его сунул?.. — Гриша ещё покопался и наконец выхватил тюбик с кремом для рук. Зажал рюкзак коленями и стал мазать руки — у него почему-то всегда были цыпки, и зимой и летом, при любой погоде. Он только и делал, что мазал руки, но ничего не помогало.

— Гриш?

— А, так в Малаховку едем, на улицу Большую Коммунистическую. В доме номер три по этой улице живёт профессор Астров Сергей Сергеевич. Вот к нему мы и едем.

— Зачем?

— Может, он нам как-то прояснит ситуацию.

Маруся оскорбилась.

— Что ты загадками-то говоришь?

— Марусь, никаких загадок! Басалаев и Воскресенский учились у этого Астрова. Это было двести лет назад, они институт окончили в девяносто третьем году, ещё при царе.

Маруся быстро прикинула, до какого года в России правил царь, и засмеялась над собой.

— Откуда ты знаешь, у кого они учились?

— Маруська, так для этого и нужен Интернет, а вовсе не для того, чтобы про идиотов ролики снимать, как делает этот твой... юридический мужчина.

— Никакой он не мой!

Гриша покосился на неё. Маруся хоть и смотрела в сторону, но точно знала — покосился.

...Хорошо бы Антон на самом деле был... «её мужчиной»! Наверное, нужно стать совершенно другой, особенной девушкой, чтобы такие, как Антон, приглашали на свидание и в кино, угощали кофе в модных кофейнях, водили на выставки и в парк, где по выходным собираются хипстеры и прочие прекрасные представители буржуазной, ничем не озабоченной молодёжи. Сколько себя Маруся помнила, столько была чем-то серьёзно озабочена. Должно быть, она и родилась с озабоченным неулыбчивым выражением сморщенного, красного личика!

...Или она не такой родилась?..

— Воскресенский в интервью часто говорит про Астрова!.. Считает его своим учителем. Очень уважает. У нас в универе тоже, между прочим, отличные профессора были!.. Ну вот. А в списках окончивших МФТИ в девяносто третьем году значатся и Воскресенский, и Басалаев. Совершенно точно они вместе учились. Я позвонил на кафедру, наговорил им сто бочек арестантов, мол, мне нужно профессору Астрову монографию показать. Что вы, говорят, Сергей Сергеевич сейчас на даче в Малаховке, лето же!.. И дали точный адрес. Вот и всё, никаких чудес, пси-поля и ку-мезонов!..

— Понятно, — пробормотала Маруся. — Я и не знала, что ты такой ловкий.

— Я сообразительный, — поправил Гриша.

— А мы и профессору этому тоже скажем, что мы из журнала «Супер Стар», да?

Гриша хрюкнул — он иногда так смеялся, с хрюканьем.

— Боюсь, его на такие штуки не возьмёшь! Там посмотрим, что сказать, Маруська. Втравила ты меня в историю, надо же...

— Ничего я тебя не травила! Если тебе неинтересно, можешь мне не помогать!

— Да мне как раз интересно! — энергично возразил сообразительный Гриша, не сообразив, что она обиделась. — Я как раз в этом смысле!..

Они вышли на станции Малаховка, миновали заплёванный перрон, уставленный туристическими столиками, за которыми гости с юга и личности бомжеватого вида торговали сборниками кроссвордов, брошюрами с правилами дорожного движения и рецептами засолки огурцов, а также почему-то привядшими бурыми апельсинами и разноцветными надувными кругами для купания.

— Гриш, а помнишь, у нас был тигр Васька? Тоже надувной! Жёлтый такой, полосатый! Мы на нём в Северке плавали!

— Знатный был тигр! Только он потом лопнул. Мы на него прыгали, и он лопнул.

— Ну и что? Твой дед его починил.

— Тигр всё равно спускал немного. Мы его то и дело поддували!

— Но всё-таки плавали!

Они посмотрели друг на друга. Тигр Васька — это было такое воспоминание, лучше которого и на свете нет!

— Нам куда, на ту сторону или на эту?..

— Дачи, по идее, на той стороне, Марусь. На этой рынок был, а дальше шоссе. Помнишь, какой тут был рынок? Дед однажды тулуп купил, самый настоящий, ямщицкий. Внутри шерсть козлиная. Мне страшно нравилось, как она пахла. А бабушка ужасалась, что воняет козлом, и вешала его на мороз, чтоб выветрился немного.

— Как мы станем искать эту Коммунистическую, Гриш?..

Сначала они попробовали искать при помощи техники и мирового разума. Гриша включил в своём телефоне навигатор, и тот некоторое время путал их и обманывал. Они шли по пыльным поселковым улицам, поворачивали то налево, то направо, утыкались в заборы и, сталкиваясь потными лбами, смотрели в мутный захватанный экранчик.

— Да нет, нужно было там прямо, а следующим направо! Вон Большая Коммунистическая!

— Это не то! Видишь написано «пер.», что значит переулок.

— Большой Коммунистический переулок?

— Ну да. А улица совсем в другой стороне!

За заборами время от времени взлаивали одуревшие от зноя собаки, ветки старых яблонь нависали над серым от лишайника штакетником, где-то в отдалении играла музыка, сосны стояли не шелохнувшись, и пахло пылью, смолой, цветами.

Гриша выключил навигатор, сунул телефон в карман, и они продолжили искать улицу при помощи бабушек и случайных прохожих. Дело сразу пошло веселее, и вскоре они выбрались на широкую улицу, где дома стояли просторно, в плотных кустах гудели пчёлы, а в отдалении блеяла коза, привязанная к колышку.

— Гриш, — сказала Маруся и оглянулась по сторонам, — что-то мне... страшно. Тут нет никого...

— Да ладно! Профессор Астров нам ничем не угрожает, это уж точно.

— Гриш, но ведь нехорошо — мы его не знаем и собираемся расспрашивать о бывшем ученике, который какой-то странной смертью умер...

— Взбодрись! — велел Гриша. Пот блестел у него на верхней губе, уж очень было жарко, и в неподвижном воздухе ни ветерка, ни дуновения. — И потом, ты же мадам Пуаро. Сама всё затеяла.

Это Маруся и без него знала, но ей хотелось, чтоб он её успокоил, а Гриша, как обычно, ничего не понял.

...Если бы она была другой, «особенной» девушкой и за ней ухаживал бы Антон, то наверняка всё было бы по-другому. Кавалер улавливал бы любые «оттенки её настроения» — так это называлось в глянцевых журналах в рубрике «Советы психолога» — и знал бы, когда нужно утешить, когда пошутить, а когда защитить от неведомых опасностей. Всё было бы по-другому, не так, как с Гришей.

Впрочем, это глупости. Гриша ведь за ней не ухаживает. Он просто старый друг, и они вместе плавали когда-то на надувном тигре по имени Васька в речке под названием Северка.

Никакого звонка на калитке не было, и, потоптавшись некоторое время, Гриша просунул руку в щель, что-то там такое повернул, и, скрипнув, калитка отворилась.

— Добрый день! — громко прокричал Гриша и прислушался. — Можно войти?! Хозяева дома?!

С той стороны забора не доносилось никаких звуков, свидетельствующих о том, что хозяева дома. В зарослях люпинов гудели пчёлы, и где-то далеко равномерно стучал молоток.

Гриша постоял, подумал, ещё раз воззвал к хозяевам, а потом решительно двинулся на участок.

— Гриш, подожди, — переполошилась Маруся. — Туда нельзя, может, там нет никого!

— Вот именно.

И пропал за кустами сирени. Маруся постояла-постояла, оглянулась по сторонам — коза издали смотрела на неё с явным подозрением — и осторожно зашла в калитку.

Дорожка, выложенная весёлой плиткой, петляла между соснами, вдалеке маячил старый серый дом, и по-прежнему не было ни души.

— Хозяева! — снова закричал Гриша за деревьями. — Можно к вам?

Тут на весёлой дорожке невесть откуда возникла громадная чёрная собачища. Она как из воды вынырнула из зарослей жасмина и гортензий, так что ни одна ветка не шелохнулась.

— Ой! — прошептала Маруся и встала как вкопанная.

— Привет, привет, — сказал собачище Гриша. — Зови хозяев, или ты тут одна, что ли?.. Дом стережёшь?

Собачища наставила уши и негромко, но отчётливо зарычала. Маруся поняла, что она сейчас бросится на её друга.

— Да ладно тебе рычать, — примирительно сказал Гриша. Кажется, он нисколько не боялся грозного рыка. — Мы не разбойники, мы по делу.

— Грольш, кто там? — раздалось за кустами, и показалась длинноногая девица в шортиках и крохотной маечке. На шее у неё почему-то висел белый пластмассовый бидончик с продетым через ручку брючным ремнём. Девица приставила ладонь козырьком к глазам — от солнца, — и собака оглянулась на неё.

— Здравствуйте! — громко поздоровался Гриша. — Ваша собака нас не съест?

— Не зна-аю, — протянула девица. — А вы кто?

— Мы к Сергею Сергеевичу!

— А! — Девица подошла к собачище и взяла её за ошейник. — Всё ясно. Кандидатский минимум не сдали?

— Почему не сдал? — удивился Гриша. — Давно сдал.

— А! — опять сказала девица весело. — Я думала, что вы двоечник, а вы, оказывается, отличник!.. Грольш, это свои. Дед! — заорала она неожиданно. — Деда!! К тебе отличники приехали! Проходите, Грольш отличников не ест, только двоечников.

И пошла по дорожке. Собачища по имени Грольш потрусила за ней.

— Марусь, где ты там?

— Я... здесь.

— Деда, ты слышишь?!

— Слышу, — раздалось, словно из преисподней. — Что такое? Что за спешка-нетерпение?..

В стороне от дорожки посреди клумбы с розами и флоксами из-под земли показалась морщинистая загорелая дочерна физиономия, очень недовольная.

— Кто тут? — гаркнула торчащая из клумбы голова.

Маруся отступила, оглянулась, но путь был отрезан — на дорожке позади неё невесть как оказалась собака Грольш. Она стояла и внимательно смотрела на Марусю.

— Сергей Сергеевич, — с энтузиазмом начал Гриша, обращаясь к голове, — я к вам на кафедру звонил, а там сказали, что вы сейчас на даче, вот я и приехал...

— Я сейчас в колодце, вы что, не видите? — раздражённо спросила голова. — Заклинило проклятый насос, мы полдня сидим без воды!..

Гриша скинул на дорожку рюкзак и полез в клумбу. Розы и флоксы закачались.

— А что случилось? — Он стал на колени и свесился вниз, голос зазвучал глухо. — В чём проблема? В электрике?

— Да шут её знает, — сказала голова и тоже нырнула в колодец.

— Тестер есть? — спрашивал Гриша. — Хорошо бы прозвонить.

— Я прозванивал, — отвечали из преисподней сердито.

— Дайте я посмотрю. А обратный клапан работает? — И Гриша исчез под землёй, как и не было его.

— Всё ясно! — заявила девица, про которую Маруся совершенно позабыла. — Сейчас в колодце состоится научно-практический семинар!.. Хотите малины?.. С холодным молоком?

И она сунула Марусе под нос бидончик. В нём были ягоды — красные и жёлтые, одна к одной, и пахло летом, счастьем, дачей!..

— Как вас зовут? Меня Агриппина! Представляете? В честь Вагановой! Ну вот кому какое дело, что Ваганова тоже была Агриппиной? А я — мучайся всю оставшуюся жизнь!

— А я... Маруся. То есть Марина.

— Маруся хорошо, — одобрила девица. — Вы тоже с дедовой кафедры? Отличница?

Из-под земли доносилось: «Фазу, фазу нужно посмотреть!.. Всё дело в фазе, точно!.. Включите, я послушаю!.. Да он не идёт!.. Раз совсем не идёт, значит, сто процентов электрика!» — «Говорю вам, молодой человек, электрика ни при чём! Я знаю этот насос не хуже самого себя!»

— Давайте за мной, — позвала девица Агриппина. — Грольш, иди попей из бочки, а то тебя солнечный удар хватит!

Следом за Агриппиной Маруся поднялась по широким пологим ступеням на просторную террасу. Все окна были открыты, и казалось, что за ними лес, а вовсе никакой не участок в Малаховке!

...Вот это дача так дача, подумала Маруся. Как в кино. Не то что тёти-Лидин домик! На палубных досках пола лежали широченные горячие ломти солнца. Мебель тёмная, деревянная, резная, особенно хорош был буфет с виноградными гроздьями и цветным стеклом. На буфете постелена льняная салфетка с фестончиками и стояли тарелки и чашки с блюдцами, горевшие на солнце, как жар.

— Ну что? Малины? Или нарзану? Ещё квас есть, холодный.

— Спасибо, — проблеяла Маруся.

— Спасибо — квас? Спасибо — нарзан? Или спасибо — малина?

— Малина, — вдруг решилась Маруся.

— Отличненько, — резюмировала девица и куда-то ушла. Маруся проводила её глазами. У девицы были длиннющие, совершенные загорелые ноги, блестящие волосы, собранные в хвост, и абсолютная уверенность в собственной неотразимости, по крайней мере, так показалось Марусе.

...Наверное, именно таких девушек Антон приглашает на кофе и премьеры в кинотеатр «Пять звёзд». Наверное, именно они субботним днём катаются на роликах в парке Горького, а вечером отправляются на джазовые концерты. Ещё они непременно учатся в театральном или в Институте международных отношений и занимаются сёрфингом на Бали.

Про них пишут в глянцевых журналах в рубрике «Малышка на миллион».

По пологим ступеням бесшумно вбежала собачища и обрушилась в тень, вывалив громадный красный язык. Маруся на всякий случай спрятала руки за спину, чтобы собачища не подумала про неё плохого.

— Вот малина, а вот молоко, наливайте сами сколько хотите. Представляете, бабушка укатила в Карловы Вары, а нас с дедом бросила! А тут как раз малина пошла, и я её каждый день собираю! Лучше бы я укатила в Карловы Вары, а бабушка пусть бы собирала! У нас поздняя малина, до сентября.

Маруся аккуратно налила в глиняную миску молока из муравлёного горшочка. Это было очень красиво — молоко и ягоды!.. И тяжёлая серебряная ложка, в которой скакал круглый солнечный мячик.

— Вы из физтеха, да?

— Нет, я в инязе работаю. Преподаю французский язык.

— Да ладно! — басом сказала девица, названная в честь Агриппины Вагановой. — Преподаёт она! Сколько тебе лет? Сорок? Или восемьдесят?

— Двадцать четыре. — Маруся попыталась както оправдаться, что выглядит недостаточно солидно. — Я учусь в аспирантуре и преподаю.

— Круто, — оценила Агриппина. Она плюхнулась в кресло поперёк, забросила на подлокотник совершенные ноги и стала по одной брать из пиалы ягоды и кидать их в розовый ротик. — А к деду тогда зачем?

— Да мы с Гришей хотели у него... собирались его спросить... Мы думали, он знает...

— Дед? — перебила Агриппина. — Дед всё знает! Ну, раз ты из иняза, значит, твой приятель из физтеха! Да?

Маруся кивнула — какая разница! — и вдруг её осенило:

— А вы... ты не знаешь человека по фамилии Басалаев? Он учился когда-то у профессора Астрова.

— Юрца-то? Конечно, знаю! Его все так называют, Юрец! И его знаю, и Маргошку. С самого детства.

— А Маргошка — это кто?

— Жена его, Маргарита. Они наши соседи. Дед дружил с Маргошкиным отцом, они вместе в Институте физических проблем работали. И дачи рядом получили. Только потом Маргошкин отец умер, и мама умерла. Дед с бабушкой считали, что Маргошка у них на руках, у наших то есть осталась, а они недоглядели. И она вышла замуж за Юрца. И всю жизнь промучилась! — Агриппина пожала плечами. — Вот этого я совсем не понимаю, знаешь. Зачем мучиться всю жизнь, если можно не мучиться!

— А почему она мучилась?

— Да потому что Юрец!

— Он... плохой человек?

— А ты его не знаешь, что ли? — удивилась Агриппина. — Я думала, ты знаешь, раз спрашиваешь!..

— Я о нём читала, — быстро нашлась Маруся. — В прессе.

— В какой ещё прессе! — фыркнула Агриппина. — В этой, сектантской, что ли?

— Почему... в сектантской?

— Дед считает, что он состоит в секте. В секте почитателей инопланетных цивилизаций! Ну, всякие рыцари Девятых Врат, поклонники бога Хроноса, обожатели Луны в Седьмом Доме! Дед говорит, это непростительное мракобесие. Особенно для образованного человека, а Юрец у нас образованный.

Агриппина по одной скинула на пол ноги, подошла к столу и сосредоточенно насыпала себе ещё ягод из бидончика.

— Образованный, — повторила она, кинув в ротик малинку, — а дрянь.

— Как — дрянь?

— Обыкновенно. Просто дрянной мужик, и всё. Маргошку до ручки довёл. Я думала, так только в викторианских романах бывает! Ну, когда злодей изводит прекрасную Брунгильду, чтоб завладеть её замком, землёй и наследством покойного батюшки. А Юрец — ничего, и в наше время вполне справлялся.

— Его жена умерла?! — спросила Маруся с изумлением.

Всё это не лезло ни в какие ворота. Юрий Фёдорович Басалаев, сумасшедший — или не сумасшедший, кто его знает! — учёный, знаток инопланетных цивилизаций, смешной человек с растрёпанной бородёнкой и горящим взором, на самом деле злобное чудовище?!

— Да нет, Маргошка жива, слава богу, но бабушка говорит, что он её непременно уморит. А дед отвечает, что сейчас уже ничего не поделать, раньше нужно было лучше смотреть за ребёнком. Это он в том смысле, что бабушка недосмотрела за Маргошкой! У деда всегда и во всём виновата бабушка. Слушай, может, квасу, а?.. Невозможная жара!..

— А Воскресенский? — бухнула Маруся.

— Мишаня? — удивилась девица. — А что он? Мишаня — наш человек.

— Подожди, — сказала Маруся. — Ты про академика Воскресенского говоришь?

Агриппина достала из холодильника глиняный кувшин и поставила на стол. Кувшин сразу покрылся мелкими капельками, как будто седой ледяной сеткой, и она полезла в буфет за стаканами.

— А ты про кого говоришь? В физике только один Воскресенский и есть — академик!.. Дедов любимый ученик. Он прикольный.

Маруся недоверчиво посмотрела на безмятежную собеседницу. Академик Воскресенский прикольный?..

— Они с Басалаевым дружили?

Агриппина залпом допила из стакана квас, икнула и уставилась на Марусю.

— Ты что, с ума сошла? Дружили! Мишаня его терпеть не может! Как увидит, так сразу уходит. Пойду, говорит, от греха, а то ненароком в глаз ему дам. Квасу хочешь? Холодный!

Маруся кивнула, и Агриппина налила ей.

— Мужикам, что ли, отнести? — сама у себя спросила она. — Угорят они там, в колодце. Ты сиди, а я отнесу.

Она ловко составила на поднос стаканы и кувшин и сбежала по ступенькам. Собака Грольш подумала, поднялась и поплелась за ней.

Маруся вздохнула и оглянулась по сторонам.

...Какая жизнь, подумалось ей. Как в викторианском романе, точно!.. Собаки, академики по имени Мишаня, ледяной квас, трельяжные окна, бабушка в Карловы Вары укатила. Разве можно так жить сегодня, сейчас?.. Но вот же люди, и они так именно... живут! Вон книжка забыта в качалке, фарфоровая миска на полу, видимо, из неё пьёт собака, коричные яблоки в корзине, шлёпанцы на пологих ступенях — один на верхней, а другой на нижней, видимо, сбросили впопыхах.

Гриша как-то сказал, что все они живут в одном городе и в одно время, а такое впечатление, что на разных планетах.

...Может, вторжение, предсказанное непонятным Басалаевым, началось уже давно? И часть мира захвачена враждебным, злобным, скользким инопланетным разумом, который вот-вот подчинит себе остатки человеческой цивилизации? И задача этого враждебного разума — начисто стереть из памяти Вселенной старые липы, дачные участки, людей, занятых любимым делом, доброту, бережное отношение к миру, порядочность, совесть, честь?..

...Может, этот дачный участок в Малаховке и есть передний край обороны и ни при чём скопления небесных тел, увиденные в объектив радиотелескопа? Тем более что, как выяснилось, у радиотелескопов не бывает объективов!..

На дорожке зазвучали голоса, послышались шаги, и Маруся почему-то вскочила. Со стороны клумбы показалась Агриппина, следом за ней Гриша — собственный Марусин Гриша — почему-то без футболки и без очков, с масляным пятном на лбу и переносице!..

— Ты мне просто покажи, где щиток, — говорил Гриша, — а там я разберусь.

Не взглянув на Марусю, он зашёл в дом, чем-то там пощёлкал и заорал на весь сад:

— Сергей Сергеич, включаю!

— Давай!.. — донеслось через некоторое время как из-под земли, впрочем, из-под земли и донеслось!

Вновь щёлкнуло, и где-то в отдалении ровно и приглушённо загудело.

— Ну?! — воскликнул Гриша тоном победителя. — Я же говорил!

И сбежал с крыльца.

— Кажется, сделали, — заметила Агриппина. — Ура!..

Из травы перед террасой приятно зацокало и застрекотало, вверх ударила водяная струя, и пошла раскручиваться поливалка!.. Бриллиантовые брызги повисли в воздухе, и сразу запахло свежестью.

— Может, кофе сварить?

— А? — Маруся заворожённо смотрела, как солнце прыгает и кувыркается в каплях.

— Или обедать?

— А?..

— Деда, ну что? Починили?

— Ты же видишь! — Крепкий, жилистый, загорелый, как астраханский рыбак, старикан в одних только вытянутых тренировочных штанах, подпоясанных солдатским ремнём, поднялся по ступеням на террасу, налил себе квасу и, не отрываясь, выпил. Полуголый Гриша тоже подошёл и тоже выпил залпом.

— Реле давления, чтоб его, — сказал старикан и налил себе ещё.

— Провод отгорел, — поддержал его Гриша и тоже налил. — Зачистили и прикрутили.

— Бабушка правильно говорит, что насос менять давно пора, — влезла Агриппина.

— Бабушке бы только менять! — гаркнул старикан. — А что там менять?! Ещё послужит!

— Ничего не нужно менять, — опять поддержал его Гриша.

— Обедать, обедать, — приказал старикан, с наслаждением отдуваясь. — Пятый час! Граня, подавай!

— Сей момент! — отвечала красавица Граня. — Ты бы штаны поприличней надел, деда!

— А что такое? Ах да!.. — Он ни с того ни с сего поклонился Марусе. — Вы меня извините, барышня, я без галстука.

— Да ничего, — пролепетала Маруся.

— А я там в клумбе футболку забыл, — сообщил Гриша.

— Граня, майку чистую ему принеси! Он свою уделал!

— Да, сейчас, дед.

— Там, за беседкой, летний душ, — сказал профессор Астров Грише. — Ты пойди ополоснись. Вода в баке прогрелась, лучше не придумаешь! Полотенца чистые на полке, а шлёпанцы можешь вон те надеть. Иди, иди! А я сейчас...

Они говорили, двигались, действовали, как будто не было ничего более естественного и правильного, чем отправлять незнакомого молодого человека в душ, потчевать обедом, выдавать ему из запасов чистую футболку!..

Гриша как ни в чём не бывало отправился в «летний душ», старикан куда-то делся, а Граня внесла тяжеленный поднос, уставленный тарелками и стаканами. Под мышкой у неё был какой-то ком.

Она поставила поднос на стол и запулила в Марусю комом:

— На, отнеси ему. Она совершенно чистая.

Маруся поймала футболку и, оглядываясь на террасу, где Агриппина, напевая, расставляла на столе тарелки и раскладывала приборы, пошла в глубину участка. Сосны здесь стояли просторно, широко, в зарослях бузины возилась и попискивала какая-то птица, и висел между деревьями полосатый гамак.

«Летний душ» оказался далеко, у самого забора. До Маруси доносились шум льющейся воды и Гришино блаженное фырканье.

— Гриш! Гриша!..

Никакого ответа, фырканье и хрюканье.

— Гриш, я тебе футболку принесла!..

Хрюканье и шум воды прекратились, отдёрнулась занавеска со слонами и жирафами, и перед Марусиным взором предстал Гриша, совершенно голый.

Несколько мгновений они молча глядели друг на друга, а потом разом завопили:

— Ты что?! Закрой занавеску!.. Я тебе футболку!.. Вон там положи!.. Я не нарочно!..

Занавеска была судорожно задёрнута, слоны и жирафы закрыли голого Гришу, Маруся перекинула футболку через перекладину и только тут захохотала.

— Ну, ты даёшь, — говорил из-за занавески Гриша. — Я тут моюсь, ты что, не знаешь, что люди моются... без штанов?!

— Без галстука, — поправила Маруся, давясь от смеха.

— Ещё смеётся надо мной!

— Я не над тобой, я просто так!

— Знаю я как!..

Он выскочил из-за слонов и мгновенно намотал ей на голову мокрое полотенце.

— Так-то лучше.

Маруся сдёрнула полотенце, собираясь страшно отомстить, но он оказался очень близко и сразу схватил её за плечи.

Маруся попыталась вырваться, не смогла и уставилась на него — слишком близко. Так близко в последний раз они были, когда купались в речке Северке, а с той поры никогда. Да и надобности никакой не было так... приближаться друг к другу!..

Его ладони оказались прохладными, на незагорелой коже капельки воды, и волосы мокрые. Без очков он делался слеп и теперь смотрел на неё каким-то странным, как будто несфокусированным взглядом. Он был худой, как подросток, рёбра, локти, ключицы острые и угловатые, джинсы съехали на бёдра.

Маруся быстро и коротко вздохнула.

Гриша продолжал молча смотреть на неё.

— Ты что? — шёпотом спросила она, хотя прекрасно понимала — что. — Отпусти меня.

Он не пошевелился.

Маруся взяла его за руки, подержала их ладонями вверх и оттолкнула. Он шагнул назад.

— Что ты делаешь?

— А ты что делаешь?..

Всё изменилось, подумала Маруся с внезапным ужасом, что-то теперь будет?..

Не глядя на неё, Гриша нацепил очки, потом стал надевать майку, уронил очки, они клацнули по деревянному настилу. Он нагнулся и поднял их.

Маруся собралась было взять его за плечо и ещё пять минут назад обязательно взяла бы, но сию минуту, сейчас, это оказалось совершенно невозможно, нельзя. И оттого, что это было нельзя, Марусе очень захотелось к нему прикоснуться. Никогда раньше ей не хотелось его касаться!..

— Пошли, — бесцветным голосом сказал Гриша, и Маруся поплелась за ним.

— А-а, — закричали с террасы, когда они приблизились, оба тихие и как будто пришибленные. — Наконец-то!.. Щи стынут! Водка греется! За стол, за стол!

На обед подавали щавелевые щи, в огненной гуще которых проглядывала половинка сваренного вкрутую яйца и хороший кусок отварного мяса, к щам полагались ледяная сметана и щедрые ломти свежего чёрного хлеба, затем жаркое и, разумеется, водка в запотевшем графинчике, про которую профессор Астров сказал, что по такой жаре нехорошо, конечно, да что ж делать, коли надобно выпить за починку проклятого насоса!.. Водку разливали в крохотные замороженные стопочки.

Когда Маруся от водки отказалась, уговаривать и стыдить её не стали, а налили ей квасу в хрустальный стакан, брызгающий синими отблесками на скатерть.

Старик-профессор, переодевшийся в широкие полотняные брюки и вольную рубаху, шумно ухаживал за гостьей, хвалил Гришу — за помощь, а внучку — за обед.

— С её талантами, — говорил он, отставляя тарелку, — первоклассным поваром можно стать, наилучшим кулинаром, а она, здрасте-пожалуйста, на журналистику поступила! Ещё по одной, под горячее? Ну, как хотите, а я выпью. Вот это, знаете, что за блюдо такое? — пристал он к Марусе, когда Агриппина сняла крышку с жаркого. — Э, милая, такое приготовить — это вам не статейку дать про представление на тиятре! — Он так и сказал «на тиятре». — Это уметь надо.

— Дед, что ты к ним привязался?!

— Это блюдо называется полоток, — продолжал профессор, не обращая на неё внимания. — Половинка птицы — впрочем, можно и целую взять — освобождается от костей, заметьте, от всех! Распластывается, отбивается, маринуется, а затем запекается в горшке в русской печи. Так я говорю, Граня?

— Всё так, деда, — отвечала внучка, смеясь глазами, — только я тут ни при чём, дело именно в печи и в горшке. В плите это не приготовишь.

— А у вас что, печь в доме?

— Ну как же, молодой человек! Обязательно и непременно. Нет, отопление у нас тоже действует, и прочие достижения цивилизации наличествуют, но без печи куда же годится?.. И приготовить как следует, и погреться, когда мороз, а у нас хоть неделю в году, а морозы бывают крепкие. Да и потом!.. Зимой самовар как поставить? На улице не наставишься, теплоотдача у него чудовищная, а возле печки — пожалуйста! У нас она старинная, правильная, отдельный дымоход для самоварной трубы присутствует, всё как надо. Это вам не журналистика!..

Никто не спрашивал, зачем они приехали, откуда взялись, словно всё было ясно и понятно — приехали из Москвы, сообща починили «проклятый насос», пообедали на славу, так прекрасно!..

После обеда профессор пересел в плетёное кресло, Агриппина ловко и привычно подставила ему под ноги деревянную скамеечку и объявила, что чай сразу после обеда — варварство, и вообще, пирог ещё «не настоялся».

— В шесть часов будем пить, — заключила она.

— Нам, наверное, ехать пора, — пробормотала Маруся.

— Как ехать? Куда ехать? Зачем ехать? — сделал страшные глаза профессор. — Как хотите, а без чаю вас не выпустим.

Гриша подсел к нему как ни в чём не бывало, и старик стал расспрашивать его о диссертации, которую тот защитил года два назад, как будто так и нужно, как будто Гриша тоже один из его любимых учеников.

Агриппина убирала со стола, и растерянная Маруся взялась ей помогать. Впрочем, особенно никакой помощи не требовалось — у профессорской внучки всё горело в руках, и везде был идеальный порядок. На кухне — довольно тесной и тёмной, такие всегда бывают в старых домах, — никакого разгрома, никаких следов приготовления обеда из нескольких блюд, всё прибрано, чисто, пахнет пирогом и кофе.

— А ты как думаешь? — весело заметила Агриппина, когда Маруся стала оглядываться по сторонам. — У наших не забалуешь!.. Дед, знаешь, строгий! Ты думаешь, он свойский — про жаркое рассуждает, водочку опрокидывает. Не-ет, он кремень, скала!.. А с бабушкой вообще лучше не связываться. Вон, укатила в Карловы Вары, а я тут — бейся по хозяйству!..

— Непохоже, что ты бьёшься, — сказала Маруся с улыбкой.

Агриппина распахнула дверцу посудомоечной машины и стала по одной составлять в неё тарелки.

— Они считают, что человек должен всё уметь сам. Бабушка это называет — ручками работать. Ещё она говорит, что женщина должна и глину месить, и шелка носить, иначе она не женщина, а трутень. Я у нас на курсе как-то сказала, что умею печку топить, так на меня потом смотрели все как на прокажённую, представляешь?..

— Представляю, — откликнулась Маруся. Она ополаскивала под краном большую расписную супницу.

— Сейчас самое первое дело, — продолжала Агриппина, — ничего не уметь. Это очень модно. Вот если ты ничего не умеешь, значит, ты правильный человек!.. Считается, что за тебя всё должна уметь прислуга, что ли!.. Не знаю, — она пожала совершенными плечами, — бабушка всю жизнь с домработницами прожила, а всё умеет. Даже шапки шить! Она мне прошлой зимой просто чудную шапочку сварганила!.. Купила норку, голубую, красивую, и за один вечер изобразила шапку, знаешь, такую кругленькую, как в пятидесятых у Одри Хёпберн. Ты в курсе, кто такая Одри Хёпберн?

— Конечно, в курсе, — возмутилась Маруся, которую Гриша то и дело таскал в Кинотеатр повторного фильма в высотку на Котельнической.

— Вот и молодец, — похвалила Агриппина, оглядываясь, что бы ещё сунуть в посудомоечную машину.

...Если бы я была такой, как она, расстраивалась Маруся, деловой, хваткой, хозяйственной и при этом прелестной, папа был бы всегда доволен. Он же вечно недоволен, я его раздражаю. Ещё бы!.. Я медлительная, неловкая, фаршированный перец у меня то и дело пригорает. И ещё я копуша, собираюсь долго и часто опаздываю, в облаках витаю. Как же мне стать совершенством во всех отношениях, как эта самая профессорская внучка?..

Никак. Никак не стать.

Когда они с совершенством вернулись на террасу, профессор Астров рассказывал Грише о Басалаеве, и Маруся навострила уши. Гришка молодец, она-то уж было решила, что он давно позабыл, зачем они приехали на улицу Большую Коммунистическую, разве только затем, чтобы насос чинить!

Профессор был сдержаннее внучки, о том, что Басалаев «дрянь-человек», не упоминал, но всё равно выходило: Юрий Фёдорович — личность странная и неприятная. Зато академик Воскресенский — редкий умница и настоящий учёный.

— Альпинист, — словно стремясь добавить к нарисованной картине ярких красок, хвастливо говорил профессор про Воскресенского. — Лыжник неплохой!.. Это мы с Коганом его приохотили, доложу вам без ложной скромности. Мы в молодости отчаянные альпинисты были, и Мишку стали с собой брать, как только он в аспирантуру поступил. С тех пор и ходит в горы. Из всех нас, конечно, с Коганом никто не сравнится, но Миша мог бы и посоревноваться.

— Это тот самый Коган? — спрашивал Гриша. — Автор «Теории ламинарно-турбулентного перехода»?

— Ну, какой же ещё, Григорий? Он и есть!..

Марусе очень хотелось расспросить старика про «викторианский роман» и страдалицу Марго, которую уфолог Басалаев почти уморил, но она не знала, как подступиться.

— А они с Басалаевым дружили? Я не пойму что-то.

Старик сморщился, как будто вместо водки хватил уксусу.

— Ну, в институте дружили, а потом раздружились.

— Почему? Во взглядах на науку не сошлись?

— Во взглядах на девушку сошлись, — буркнул Астров. И продребезжал козлиным тенором: — «А если случится, что он влюблён, а я у него на пути, уйду с дороги, таков закон, третий должен уйти».

— Дед, не пой, от твоего пения цветы вянут и собака воет.

— Ничего не понял, — признался Гриша и взглянул на Марусю.

— Юрец и Мишаня оба были влюблены в Маргариту, — снова встряла Агриппина. — Она Мишаню отвергла и вышла замуж за Юрца, а теперь кусает локти.

— Всё знает, — прокомментировал внучкино выступление профессор. — Но любовный треугольник действительно возник, такой, понимаете ли, классический, и Миша должен был уступить. Он уступил, конечно, но... с Юрой они остались на ножах, мягко говоря.

Маруся заволновалась. «Викторианский роман» оказался отчасти «рыцарским» — за руку прекрасной дамы бились двое, уфолог и академик!..

— В каком смысле — на ножах? — осторожно уточнил Гриша.

Профессор махнул рукой.

— Не люблю эдаких разговоров, знаете ли, — сказал он. — Душещипательные темы мне не даются!.. Ну, Маргарита вышла за Юру. Миша пытался смириться, честно пытался, даже в Новосибирск на время уехал, в Академгородок, от греха, так сказать, подальше, но всё равно ведь вернулся! Вернулся, а у Маргариты с Юрой не заладилось как-то, и Миша очень переживал, очень! Да и до сих пор переживает. Впрочем, я человек посторонний, мне со стороны трудно судить.

— Дед, что там трудного?! — Агриппина помахала растопыренной пятернёй у себя перед носом. — Маргошка вот такая. Легкомысленная. Ну, была легкомысленной, так бабушка считает, а Юрец — красавец и жуир. Ну, был, был красавец и жуир!.. Песни на гитаре играл, стихи складывал, звёздное небо рассматривал. А Мишаня ску-учный, как пень.

— Граня, что такое?!

— Да это чистая правда!.. Бабушка говорит, он всегда таким был. Песен никаких не знает, стихов тоже не сочиняет. Только всё формулы пишет, а как напишет, сразу в горы лезет и там штурмует перевалы!.. Это он с возрастом... поживей стал, бабушка говорит, а раньше слова из него было не вытянуть. Вот Маргошка и ошиблась.

— Да вы-то откуда знаете с бабушкой твоей, ошиблась она или не ошиблась?! — взревел дед.

Агриппина подошла и чмокнула его в лысину.

— Дед, не выпучивай на меня глаза. Только ты сам знаешь, что это правда. Юрец за это лето на дачу к Маргошке ни разу не приехал, она так и сидит одна, а Мишаня про него вообще слышать не может! Говорит, что его ещё в институте нужно было в горы отвести и с Эльбруса сбросить. Или с Эвереста, что ли.

— Они где-то по соседству живут, да? — тихонько спросила Маруся.

— В третьем доме, вон в конце улицы, — и Агриппина показала, в какой стороне. — У них участок даже больше нашего, представляете?.. А Юрец, скотина, собирается всё у Маргошки отнять...

— Граня, — перебил её дед как-то так, что внучка моментально умолкла.

...Значит, соображала Маруся, у академика Воскресенского был совершенно определённый мотив. Не какие-то там скопления небесных тел! Он любил эту самую Маргошку, она вышла замуж за другого, а Воскресенский все эти годы надеялся избавиться от соперника. И... вот избавился в планетарии, так получается? Именно так! Да ещё стянул какое-то научное открытие! Впрочем, это тоже логично: если собираешься убить человека, чтобы присвоить его супругу, почему заодно не присвоить открытие? Какая разница, всё равно убивать!

Маруся ужаснулась своим мыслям, схватила со стола стакан и жадно глотнула квасу. Собака Грольш подняла башку и уставилась на неё с подозрением, как будто поняла, о чём она подумала.

— ...Юра очень быстро бросил науку, — продолжал между тем профессор Астров. — Они выпустились, если мне память не изменяет...

— В девяносто третьем, — подсказал Гриша.

— Именно так, именно так. Самый, так сказать, разгар событий!.. Не то что науки, страны не стало!.. Голодно, холодно, темно. Какая наука!.. Миша тогда почернел весь от горя! Впрочем, он молодой был, здоровый, упрямый, а сколько людей умерло!.. У нас в проходной каждую неделю некрологи висели, а в актовом зале на сцене гроб стоял! Потом, знаете, траур и снимать перестали, зачем его снимать, когда следующий покойник на подходе. — Он замолчал и молчал довольно долго. — Вот тогда Юра из науки и ушёл. И осуждать его никто не имеет права! Никто — ни я, ни Миша.

— А он... осуждал? Миша? — осторожно спросила Маруся.

— Да как сказать... Понимаете, молодые люди, тогда многие из науки ушли, не один Юра!.. Кто за границу канул, кто в бизнес, кто в запой, а потом — добро пожаловать в актовый зал, там уж всё приготовлено. Миша не смирился. В институт, бывало, в валенках приходил, не топили же ни шута! Над ним многие тогда смеялись — чего сидит-высиживает, лучшие годы тратит, на что?! Никому не нужны его теории, а бумагу, на которой он формулы пишет, лучше вон в туалет направить, там бумаги нету!.. А он знай себе работает. Год прошёл, другой — он всё сидит и пишет. И мы вокруг него, старичьё сплошное. Пять лет прошло, десять — всё пишет! А потом... ну, потом вдруг всполохнулись наши-то! Где самая передовая в мире наука, закричали, у нас же она самая передовая была, мы точно помним! А где она? Нету её! Остались единицы, вроде Миши Воскресенского. Тут его подхватили, поставили институтом руководить, гранты выделили, финансирование какое-никакое наладили, молодым вспомоществование посулили. Но чтоб науку вернуть, этого всего мало, мало! Нужно научные школы возрождать, институты открывать, учить, учить, а некому учить, все перемёрли! Вот Миша и старается изо всех сил, не сдаётся. А осуждать... осуждал Юру, скрывать не стану. Но не за то осуждал, что тот науку бросил, — её, бедную, все тогда бросили, — а за то, что в лженауку ударился. Вот это самое грустное, молодые люди...

Гриша покивал понимающе. Профессор Астров посмотрел на него и продолжал назидательно, как на лекции:

— Когда невежественный человек всякую ахинею порет — инфернальное поле, чудодейственные чакры, астральный телекинез, инопланетные знаки, — ему простительно. Он от невежества махрового проповедует, что с него возьмёшь! А образованному — нет, нельзя. Это уж такое враньё голимое получается, такой обман недостойный!.. А Юра ничем... не брезговал. Бывало, приедет, важный такой, серьёзный, прямо «Победоносцев над Россией», сядет тут и рассказывает, как он в транс входит и как ему эдакое что-то мерещится, третий глаз чего-то видит, а третье ухо слышит! И всё у него предсказания, знаки, расположения звёзд, что ты будешь делать! Миша к нему пристал однажды, что ты, мол, городишь, мы же с тобой в институте проходили: поле бывает магнитное и электрическое, а инфернального поля никакого быть не может, разве только у литераторов. Ну, Юра его на смех поднял, сказал, что ему что-то там такое открылось, чего Мише и во сне не приснится. Мол, ограниченные умы к тонким материям невосприимчивы, а кругом сплошные чудеса, инопланетяне, энергетические потоки и целительница Джуна. В общем, разругались они в пух и прах, насилу их разняли. Юра с той поры и не приходил, по-моему.

Профессор поднялся из кресла и немного походил по террасе. Молодежь смотрела на него, ожидая продолжения, но его не последовало.

— А вы не верите, что чудеса... бывают? — решившись, тихонько спросила Маруся. — Их что, совсем не может быть?.. Никаких-никаких?..

Гриша полыхнул на неё взором, но старик — странное дело! — не рассердился.

— Чудеса, — повторил он задумчиво. — Куда же без чудес... Я, милая девочка, лешего своими глазами видел! Что вы улыбаетесь! В Тверской губернии, в самых лосиных да кабаньих местах. Пошаливает он там, леший-то. Я верю в веру. Вера горы двигает и города берёт. Коли человек верит, что болезнь пройдёт, так она и пройдёт. Верит, что в счастии можно жизнь прожить, так и живёт в счастье! Только ни при чём тут третий глаз и чакры, ни при чём решительно!

Ни при чём, подумала Маруся, а убили Юрия Фёдоровича!.. И ещё какая-то история тёмная с Маргаритой, на которой покойный был женат, и академик Воскресенский тоже на неё претендовал! Кажется, Агриппина сказала, что Юрий Фёдорович пытался «всё у неё отнять», или она не так сказала?.. И что именно уфолог Басалаев у неё отнимал?.. И отнял ли?..

В вечерней полупустой электричке — они очень долго пили чай, потом вместе с хозяевами и собакой Грольшем сходили прогуляться на озеро, старик сказал, что «за ради моциона», а потом ещё ели холодную простоквашу с печеньем «Юбилейным» — Марусю моментально потянуло в сон.

...День какой чудесный!.. Столько в нём было воздуха, запахов, звуков, такие хорошие, особенные в нём были люди. Маруся думала с блаженством: чудесно, что Гриша весь день был рядом, и с ним теперь можно сколько угодно вспоминать, уточнять всякие мелочи, снова и снова возвращаться мысленно на участок на улице Большая Коммунистическая, где она провела самый лучший день в жизни!.. Ну, может, один из лучших.

...Что-то такое было в этом летнем душе, какая-то неловкость, но как раз об этом Марусе не хотелось ни вспоминать, ни думать.

— Гри-иш, — протянула она, сладко зевая и думая о том, как прекрасно жить на даче, — что, академик Воскресенский на самом деле убил Басалаева из ревности?

— Нам нужно в планетарий, — сухо сказал Гриша.

Он вообще был странный, угловатый и холодный, как сухой лёд, но об этом Марусе тоже не хотелось думать. Как-нибудь потом.

— Зачем?

— Нужно, — повторил Гриша и слегка подвинулся, чтобы даже локтем не касаться Марусиного бока. — Я завтра схожу.

— Я с тобой, — моментально вызвалась она.

Гриша взглянул на неё как будто с усилием, хотел что-то сказать и не сказал. Что с ним такое?..

На работе пришлось отпрашиваться, и вышло не очень удобно. Отпускать Марусю не собирались, хотя она отпрашивалась очень редко, пару раз в год, но и эти два раза считались непростительной распущенностью.

— Если вам невмоготу работать на кафедре, — желчно сказала Марья Константиновна, — займитесь частными уроками. Там вы вольны будете назначать и отменять занятия на ваше усмотрение. А здесь государственное учреждение, милая!..

«Милая», не поднимая глаз, тихо и твёрдо повторила, что ей «очень надо», и Марья её отпустила. В следующий раз ни за что не пустит!..

С Гришей они договорились встретиться возле планетария, и всю дорогу Маруся придумывала разную небывальщину: вот она вдруг становится самым лучшим преподавателем французского, и министр образования вручает ей медаль и премию в миллион рублей. Или нет, нет. Она увольняется с кафедры, поступает в самое престижное юридическое учреждение — неважно какое, — делает там карьеру, а потом её приглашают в институт с лекцией о том, как сделать карьеру. И в зале они все, не только Марья Константиновна, но и Антон, дамы с её кафедры и с других, а она, нарядная, весёлая, далёкая от них, как Полярная звезда, свободная, как яхта в изумрудных волнах южных морей, и все смотрят на неё открыв рты, а возле институтских дверей её поджидает лимузин с шофёром. Или ещё так: она увольняется с кафедры и становится пресс-секретарём президента, и её день и ночь показывают по телевизору, и во всей официальной хронике она всегда маячит за плечом у «первого лица», и у неё собственный кабинет в Кремле, и даже папа поражён такими её жизненными достижениями и больше не называет её кулёмой.

Маруся и дальше придумывала бы, но троллейбус остановился, и она выскочила на улицу. Было так жарко, что воздух над асфальтом змеился и распадался на узкие струйки. Маруся почувствовала, как моментально взмокло между лопатками. Это уж совсем некстати — старенький сарафанчик наливался тёмным цветом там, где соприкасался с влажной кожей, и это было очень некрасиво, стыдно.

Вытирая салфеткой лоб, она влетела в прохладный и пустой вестибюль планетария и первым делом посмотрелась в зеркало. Ничего хорошего — красные щёки, волосы на висках подмокли, шея тоже блестит от пота. Маруся торопливо выхватила из пакетика ещё одну салфетку и стала промокать шею. Хорошо, что Гриша не видит!

А где он, собственно говоря?..

Маруся выкинула в урну салфеточный ком, облизнула солёные распухшие от жары губы и огляделась.

В этот час в вестибюле не было ни души, только в кассе скучала за детективом дама неопределённого возраста. На Марусю она лишь мимолётно взглянула и опять уткнулась в растрёпанную книжку. Маруся немного постояла посреди вестибюля, сделав независимое лицо.

Должно быть, нужно позвонить Грише и спросить, где он. Или выяснить у кассирши, как пройти в дирекцию. Или хотя бы сесть на лавочку — что без толку-то стоять!.. Но почему-то она стояла, не решаясь сделать что-то не то и попасть в неловкое положение. Маруся с детства боялась неловких положений, с тех самых пор, как папа накричал на неё на улице.

Неожиданно распахнулись обе створки тяжёлой внутренней двери, и показались невысокий, озабоченный человек с растрёпанной папкой в руках, а следом за ним Гриша в скособоченных очках.

— Да это несложно, — говорил невысокий, — ничего особенного. У нас тут аншлагов как-то и не бывает. Пусть ваше руководство напишет нам рекомендацию, а вы присылайте доклад, и мы рассмотрим его, рассмотрим!.. Лучше всего, когда учебный год начнётся. Лидия Петровна, — крикнул он, и кассирша, успевшая с глаз долой смахнуть детектив, поднялась в своей стеклянной будочке, — вот молодой человек ко мне в следующий раз придёт, так вы пропустите его без билета, он по договорённости!..

— Пропущу, Николай Карлович.

— А сейчас давайте за мной, я вам координаты запишу.

— Гриша, — позвала растерявшаяся Маруся. — Привет.

— Привет, — как ни в чём не бывало отозвался друг детства. — Давай за нами.

Маруся ринулась «за ними», по широкой лестнице они взметнулись на второй этаж и оказались в тесном кабинете, заставленном разнообразными луноходами, телескопами, самолётами и глобусами неведомых планет. Вокруг глобусов на медных проволочках подрагивали спутники.

— Это Марс, это Сатурн, — сказал невысокий, кивнув на глобусы. — Хотите холодной воды?

— Очень, — вырвалось у Маруси.

Он достал из холодильника нарзан и разлил в три стакана. Все залпом выпили.

— Жарища, — сказал невысокий. — Все мои дамочки по домам попрятались, изнемогают. Бухгалтерия в полном составе слегла. Секретаря нету! — Он налил себе ещё и спросил у Гриши: — Значит, лекция о небесной механике и, собственно, о Кеплере. Учёное звание есть у вас?..

— Кандидат физико-математических наук.

— Подходит, подходит. Где-то у меня тут визитки были... — Он безнадёжно порылся на заваленном бумагами столе. — Нет, давайте я лучше так запишу. Вы позвоните, мы договоримся, доклад пришлёте, я посмотрю. А слайды у вас свои?

— Конечно, — не задумываясь, ответил Гриша. Маруся смотрела на него во все глаза. — Я тут у вас часто бываю. С детства планетарий люблю, а после ремонта вообще замечательно стало.

— Знали бы вы, как он мне дался, ремонт этот!..

— Могу себе представить, — живо отозвался Гриша.

Директор махнул рукой:

— Да не можете вы представить! Мы же учреждение культуры, коммерции никакой. Бывает раз в году, когда зал арендуют сторонние организации, чтоб у нас тут фильм показать или доклад сделать, вот и весь доход. И сто раз подумаешь, прежде чем согласишься! Иногда такое покажут, хоть святых выноси! А у нас тут публика приличная, дети с родителями, учителя. Они потом жалуются, письма пишут, а что мы можем-то! Совсем без копейки сидеть, лапу сосать?

— Да, — согласился Гриша и посмотрел на Марусю, — мы как раз были, когда... когда про инопланетные цивилизации фильм показывали. Про нашествие из космоса.

Директор покивал горестно:

— Вот-вот. Такой скандалище!.. И человек этот у нас скончался. Позвольте, — вдруг сказал он громко, — я вас только сейчас узнал! Вон девушку! Это же вы его... как бы это... обнаружили?! Нас вместе опрашивали!

— Я, — призналась Марина и решилась: — А отчего он скончался, вы не знаете?

— «Скорая» сказала, от сердечного приступа. Жара жуткая стоит! Да и перенервничал, видимо. Он же так наскандалил, покойник-то! У нас бывают сумасшедшие, но тихие, буйных нет.

— Я потому и хотел договориться про лекцию, — вступил Гриша очень убедительно, — что фильм этот мне показался уж слишком... фантастическим, понимаете? Мне кажется, Кеплер как-то более уместен, особенно в планетарии, если рассказать не скучно.

— Да в том-то и дело, что — скучно! — Директор распахнул папку, взял её обеими руками и потряс перед Гришей. — Все любят сенсации! Всем подавай жареное, солёное, острое!.. А где я это возьму?! У меня всё больше чертежи да расчёты, вторая космическая, третья космическая!..

— Скорости, — пояснил Гриша Марусе.

— Вот именно! И приходится соглашаться, когда предлагают почти Голливуд: Землю вот-вот захватят пришельцы! Вы обратили внимание, зал-то полный был!.. Всем интересно про пришельцев! А про Кеплера — никому.

— Мы постараемся, чтобы тоже интересно было.

— Ну, бог в помощь.

— Николай Карлович, — начал Гриша, — а у вас есть копия этого фильма? Про инопланетян? Я бы посмотрел, как он сделан, он мне показался очень профессиональным. Чтоб так же сделать про Кеплера или про Ломоносова.

— Вы не сделаете, — буркнул директор и опять стал копаться на столе, — уж поверьте. Я так насобачился, всё понимаю! Этот фильм дорогой, не за три копейки снят и не на коленке смонтирован! У нас планетарии и библиотеки нынче все бедные, а уфологические организации и астрологические школы все богатые... И фильм этот про нашествие...

— Вот-вот, откуда он взялся?

— Сам академик Воскресенский хлопотал, — сказал директор с некоторой гордостью, — звонили из его приёмной, соединяли! А потом человек от него приехал, привёз фильм. И аренду зала они заранее оплатили, никаких там тридцати банковских дней после подписания договора! А где тридцать дней, там и три месяца, мы эти штуки знаем. И они на сборы от продажи билетов не претендовали! Всё в нашу кассу пошло.

Он вытащил из-под бумаг пластмассовую штуку и протянул Грише:

— Вот на флешке фильм, молодой человек. Хотите изучить, изучайте! У меня в компьютере копия есть.

— Спасибо. А можно, — вдруг спросил Гриша, и лицо у него посветлело, — мы зайдём в зал, где звёздное небо?.. Или сейчас нельзя?

— Можно, — разрешил директор и улыбнулся. — Конечно, можно.

— Гриш, — сказала Маруся, когда из прохлады звёздного неба они вышли на улицу, залитую до краёв жарой и солнцем, — всё сходится на Воскресенском. Опять!..

Гриша молчал, и его молчание Марусю задело. Если ему нравится корчить из себя учёного мужа, пусть корчит, только она ни при чём! Она знает его с рождения, и он вовсе не так умён, как хочет казаться.

— Гриша! Ты меня слышишь?

— Давай в кафе посидим, — вдруг предложил он. — Или тебе на работу надо возвращаться?..

Маруся выразила немедленную готовность идти в кафе и уверила Гришу, что на работу ей не нужно, зачем?! Ей ещё когда хотелось «выпить кофе» в каком-нибудь прекрасном и непременно «уютном» месте и съесть салат «Цезарь», или цыплёнка с горкой дикого риса, или ещё чего-нибудь эдакого, очень красивого, что можно сфотографировать и выложить в Инстаграм, чтоб все на свете увидели, как Маруся шикарно проводит время!..

И они стали искать кафе. Марусе мечталось, чтоб кругом были цветы и непременно белые полотняные диваны, а таких не попадалось. Гриша покорно тащился за ней от заведения к заведению и только время от времени осведомлялся, что именно они ищут. Маруся отвечала, что здесь ей не нравится и на той стороне тоже не нравится, нужно непременно дойти до угла.

Так они таскались довольно долго, совсем изнемогли от жары, и в конце концов Гриша чуть не силой втолкнул Марусю в стеклянные двери, за которыми цвели диковинные растения и стояли деревянные столы. Заведение называлось «Хлеб и вино» и, по всей видимости, было из модных, потому что все столики оказались заняты — это в середине дня!..

— Но, если вы подождёте минут пятнадцать за стойкой, — объявила прекрасная девушка-распорядитель, — мы вас посадим.

Гриша с Марусей переглянулись — возвращаться в уличное пекло у них не было сил, словно они оба весь день ворочали мешки.

— Значит, так, — сказал Гриша, когда они взгромоздились на высокие табуреты и бармен подал им меню. Маруся одёрнула проклятый сарафан. — Смотри. Уфолог Басалаев совершает некое сенсационное открытие, так?

Маруся кивнула и покосилась на бармена. Она была уверена, что бармен презирает её вместе с дурацким сарафаном. Уже целую минуту презирает!..

— Академик Воскресенский, его давний приятель-неприятель, узнаёт об открытии, является к Басалаеву на Петровку, даёт ему в пятак, отнимает открытие, быстро делает фильм, быстро показывает его в планетарии, и Басалаев быстро умирает от горя.

— Выходит какая-то чушь, — сказала Маруся, позабыв о бармене.

— Ну конечно!..

— Но, с другой стороны, — подумав, начала Маруся, — может, и не чушь! Воскресенский же был влюблен в жену этого Юрца!

— И что из этого?

— А то, что он всю жизнь мечтал от Басалаева избавиться! Ну что ты морщишься?! Так сказал профессор Астров.

— Ничего такого он не говорил! — возразил Гриша с досадой. — Он говорил, что Воскресенский старался с Басалаевым не видеться и не разговаривать! И это похоже на правду. Что ты будешь?

— Капучино, — сказала Маруся, моргнув. — И ещё... мохито.

— Два мохито и капучино, — велел Гриша бармену. Он совершенно не обращал внимания на то, что бармен презирает его и Марусю с её дурацким сарафаном. — Во всей этой истории очень много странного и непонятного. Самое непонятное — откуда деньги. И что это за деньги? То есть какие это деньги?

Маруся посмотрела на Гришу, сняла у него с носа очки, достала салфетку и стала протирать захватанные стёкла.

— Откуда деньги, что за деньги, какие деньги, — повторила она. — Гриш, о чём ты говоришь?! Деньги, деньги!..

— Да. — Он стал загибать длинные пальцы. У него были очень красивые пальцы. — Офис на

Петровке — это деньги несметные. Снять фильм и смонтировать его — опять деньги. Арендовать для показа зал — снова деньги.

— Но это... разные деньги, — сказала Маруся и вернула ему очки. — Офис на Петровке оплачивает уфологическая организация, а у неё, может, какие-нибудь спонсоры богатые! Фильм и зал оплачивал Воскресенский, а про его деньги мы вообще ничего не знаем.

— Не знаем, — согласился Гриша и задумчиво отхлебнул из выставленного перед ним высокого запотевшего стакана. — А супруга этого Басалаева, как её?..

— Маргошка, — подсказала Маруся. — То есть Маргарита.

— ...У которой он собирался всё отнять или уже отнял. Всё — это что? Опять деньги? И как Басалаев попал на фильм? Или его специально пригласил садист Воскресенский с целью уморить?

— Вот ты смеёшься, — сказала Маруся, — а может, всё так и было! Он же на самом деле умер!

— Вот именно. Он страшно разволновался и умер. И мы даже не знаем от чего. Сердце не выдержало. Или, может, от чего другого!..

Гриша подтянул с пола рюкзак и стал в нём копаться — Маруся терпеть не могла эту его привычку! Она даже на бармена опять посмотрела, уверенная, что теперь-то он станет презирать их в десять раз интенсивней. Но бармен не презирал, а смотрел вовсе в другую сторону, занятый своими делами.

Гриша выудил из рюкзака потёртую записную книжку, отлистал на чистую страницу, поставил цифру 1 и коряво вывел: «Воскресенский», потом отчеркнул, поставил цифру 2 и написал: «Маргарита». И вопросительно посмотрел на Марусю.

— Деньги, — подсказала она. — Тебя интересовало, откуда деньги!

Гриша написал: «Откуда деньги».

— Хорошо бы свидетелей разыскать, — Маруся притянула к себе книжицу и написала каллиграфическим почерком: «Свидетели».

— Это какие же?

— Может, в планетарии кто-то видел, как умер Юрий Фёдорович. Ну, случайно!.. Может, мимо проходил или из дверей подглядывал. Там с одной стороны туалеты, а с другой — дверь, и написано: «Только для персонала». Ты не обратил внимания?

Гриша покачал головой: не обратил.

— Про свидетелей не очень понятно, — задумчиво проговорил он, — а вот узнать, как Басалаев попал в планетарий, хорошо бы. Спросить об этом мы можем только Игната... как его?

— Васильченко, — подсказала Маруся.

— ...А он вряд ли с нами будет откровенничать. — Из её чашки Гриша отхлебнул капучино. На верхней губе у него остались молочные усы. — Он отчего-то нас невзлюбил.

— Это он вас невзлюбил, — поправила Маруся. — Вы недостаточно восторгов выразили по поводу теорий великого Юрия Фёдоровича.

— Если Игнат его привёл. Тогда выходит, он знал, что фильм Воскресенского по мотивам открытий Басалаева будут показывать именно в этот день? Или это случайное совпадение?..

Гриша ещё отхлебнул и задумался, уставившись в записную книжку.

А Маруся посмотрела по сторонам. Хоть она и чувствовала себя «леди-детектив», как выразился Антон, в данный момент ей больше хотелось прохладной ресторанной праздности, чем углублённых раздумий! Вон за столиком щебечут две красотки, похожие на профессорскую внучку Агриппину, тоже совершенства во всех отношениях. А чуть подальше парочка, и у них, видимо, первое свидание. Девушка рдеет и кокетничает, а молодой человек не отводит от неё восторженного взора, и на столе у них маленький букетик свежих мелких розочек.

Марусе очень захотелось оказаться на месте этой девушки, и чтобы перед ней на столе тоже стоял букетик розочек, и молодой человек не отводил бы от неё глаз!

Тут Гриша локтём толкнул её в бок, довольно ощутимо.

— Куда ты смотришь?

— Никуда.

— И всё-таки нужно искать деньги, Маруська!.. Чем больше я думаю, тем меньше понимаю. На первый взгляд дело яйца выеденного не стоит, а на самом деле...

— Гриш, — сказала Маруся тонким голоском, — купи мне розочек.

— Чего тебе купить?!

— Ничего.

— Нет, я не понял просто.

— Вот именно, — буркнула Маруся. Вздохнула, навсегда прощаясь с мечтами о розочках и горящих взорах, и допила остывший кофе.

...Что-то такое ей показалось в Малаховке, на улице Большая Коммунистическая, возле летнего душа со слонами на занавеске. Что-то тогда изменилось, или ей почудилось...

Всё это ерунда. Ничего не изменилось. Никаких розочек нет и не предвидится. Только слоны с их слоновьей неуклюжестью и отсутствием понимания!

В это время девушка-распорядитель пригласила их за столик, и, слезая с высокой барной табуретки, Гриша заключил:

— Значит, так. Ты придумываешь, как подъехать к этой Маргошке, то есть Маргарите. А я смотрю фильм с пристрастием. Может, что-то станет понятно.

— Что именно ты собираешься увидеть в этом фильме, Гриш? — спросила Маруся, усаживаясь у окошка.

Он опять полез в рюкзак и стал там копаться — что за привычка!..

— Я пока не знаю, но мне кажется, самое главное — титры.

Маруся вытаращила глаза. Он передразнил её.

— А что, если Басалаева на самом деле убил Воскресенский? Ведь так бывает!.. С академиком нам точно не справиться.

— Там посмотрим, — задумчиво протянул Гриша. — Хотя...

— Что?

— Если убил Воскресенский, и мы это точно установим, нам с тобой придётся завербоваться на Север в геологическую партию и провести там лет пять-шесть.

Маруся посмотрела на него, пытаясь определить, шутит он или не шутит, но так и не определила.

...Вечером после просмотра «Криминальных новостей» и проверки тетрадей — у Маруси было полно учеников, родители коих пребывали в уверенности: «занятия языком должны идти непрерывно», — обнаружилось, что отец позабыл вытащить вещи из стиральной машины. Ничего страшного, но и хорошего мало — вещи целый день пролежали внутри барабана огромным мокрым комом, теперь их не отгладишь. Отец, когда чувствовал себя виноватым, непременно начинал кричать на Марусю и на этот раз тоже накричал — за то, что должен заниматься «бабскими делами», а ему совершенно не до того.

— Да ладно тебе, пап, — успокаивающе сказала Маруся, развешивая сморщенные залежавшиеся тряпки. — Ничего, я отглажу.

— Вот и занималась бы домом как следует, а то шастает неизвестно где с утра до ночи!..

Всё это было настолько несправедливо и обидно, что Маруся не сдержалась и спросила, принимал ли он таблетки. Вопрос про таблетки всегда окончательно выводил отца из себя — он считал, будто лекарства принимают только инвалиды и старики, а ему никаких лекарств не требуется, и тут уж они поругались как следует, так что Сергей Витальевич ушёл в свою комнату и хлопнул дверью.

А Маруся под плохое настроение решила «переехать в другую сумку». У неё было три сумки — летняя, зимняя и «для учеников». Несмотря на то что лето было в разгаре, она по-прежнему ходила с «зимней», всё не хватало времени переложить барахлишко в «летнюю». Да в неё и не влезало ничего, она была маленькая, легкомысленная.

Начав «переезд», Маруся первым делом обнаружила в карманчике совершенно незнакомую флешку, покрутила её туда-сюда, пытаясь вспомнить, откуда она взялась и что на ней может быть, так и не вспомнила и сунула её в гнездо ноутбука.

Названия файлов ей ничего не сказали, и она открыла самый большой.

На экране закрутились какие-то спирали, зазвучала музыка, как будто когда-то слышанная, Маруся коленями стала на табуретку, пристроила подбородок на ладони и уставилась в экран.

— Приходилось ли вам, — выговорил отчетливый дикторский голос из динамика, — подняв глаза к небу, увидеть не бесконечно-холодное спокойствие космоса, а нечто странное? Необъяснимое? Ужасное, но, быть может, ожидаемое?..

Маруся выпрямилась.

— ...Фотография была получена группой уфологов несколько дней назад. Неоспоримое доказательство существования высокоразвитой инопланетной расы.

Так это же *тот самый* фильм!.. Должно быть, Гриша ошибочно сунул флешку директора планетария ей в сумку! Вечно он таскает её сумку!..

Не отрываясь от экрана, она налила себе остывшего чаю и пристроилась смотреть.

Фильм был довольно длинный — всё же они много пропустили! — и очень красивый. И убедительный, вот в чём дело! С каждой минутой Маруся всё твёрже верила, что нашествие началось и цивилизации вот-вот наступит конец. Возможно, прямо сейчас!

На звуки зловещей и странно притягательной музыки из комнаты вышел отец.

— Это что такое показывают?

Маруся от него отмахнулась. Он подтащил стул, уселся рядом и тоже стал смотреть. Через некоторое время засопел носом, и Маруся налила ему холодного чаю.

Так они досмотрели до конца.

— Где ты это взяла? — спросил отец, когда на экране всё замерло.

— В планетарии, — буркнула Маруся. — Помнишь, мы с Гришей туда ходили? Но до конца не досмотрели. И вот...

— Выходит, человечество обречено? — уточнил Сергей Витальевич.

Маруся вздохнула.

— Выходит, на нас надвигается отряд пришельцев?

Маруся опять вздохнула и подумала про старую липу во дворе, про собаку Грольша, про бидон с малиной, про запах травы и смолы.

— Ты, дочка, — вдруг сказал отец, — не всякому слову верь. Даже если сказано оно уверенно, да ещё картинки к нему прилагаются! Мало ли кто чего скажет, всему верить, что ли?.. Это же научная фантастика, как я понимаю!

— Да в том-то и дело, что никакая не фантастика, а целое исследование, пап! И его... умные люди проводили.

— Ну-ка, давай посмотрим, что за люди, — предложил он. — Как это делается в компьютерах ваших, я не знаю!

— Что делается?

— Ну, отмотай обратно, где титры. Там наверняка указаны создатели фильма, или как они называются...

Маруся уставилась на отца. Господи помилуй! Гриша ведь тоже собирался изучать титры, а она тогда ничего не поняла!

Маруся пощёлкала «мышью», вернула титры, которые летели с поразительной быстротой, и они с отцом уставились в экран. Маруся то и дело останавливала картинку. Буквы застревали самым причудливым образом.

— Во, во, во, стой! — закричал Сергей Витальевич и стал тыкать в экран толстым пальцем. — Вот, сказано: «Произведено AGP-продакшн»! Должно быть, иностранцы какие-то.

— Да какие иностранцы, пап! Сейчас все студии называются на иностранный манер! А ты что думал? «Русский сарафан», что ли?

— Так вот у них и надо спросить, что за фильм. Документальный или, может, художественный, и вся недолга! Сначала спроси, а потом отчаивайся! Слышишь, дочка?..

Маруся кивнула.

...Ну конечно! Конечно, нужно спросить! И всё станет ясно. Может, не то, что имел в виду отец, но многое...

Под вечер Гриша уже точно знал: случилось нечто страшное.

Настолько страшное, что у него немного тряслись руки, когда он набирал номер Марусиного отца.

— Сергей Витальевич, — сказал он сухо, когда ему ответили. — Вы не знаете, где Маруся? Что-то я весь день...

— Сам бы хотел знать, где эта твоя Маруся, — загремело в трубке. — Утром усвистала, и нету её!.. И телефон не берёт!

Гриша коротко и быстро вздохнул.

— Тетёха, — продолжали бушевать в телефоне, — то сидит дома, не выгонишь её, то пропала!.. Я уж всё бельё перегладил и перцы поставил тушить, а её всё нет и нет!.. И телефон этот! Зачем он нужен, если она его всё равно не берёт?!

— А... куда она собиралась поехать, вы не знаете?

— Да никуда не собиралась! Я думал, ты с ней гуляешь, а ты...

— Да, — согласился Гриша ледяным тоном. Ему было страшно. — Я не знаю, где она. И всё же, что Маруся собиралась делать?

— Да чего она каждый день делает?! Ничего не делает! Ну, звонить собиралась на студию эту, но это разве дело, это так, фанаберии какие-то и ерундистика сплошная, бабские страхи!

— Подождите, на какую студию звонить?!

— Да такую! Какое-то кино мы с ней вчера вечером глядели в этом её компьютере про инопланетное нашествие. И она... короче, чего-то она заволновалась, словно перепугалась. Я ей говорю — все вы, бабы, дуры. Ну, какое такое нашествие!.. Ты погляди, говорю, чего там сказано, кто его снимал, кино это, да и спроси, может, это фантастика научная! Сейчас ведь какой только ахинеи не показывают! Раньше-то хоть Гостелерадио было, цензура, можно жалобу написать, а сейчас? Кому писать-то!..

— Подождите! — крикнул Гриша. — При чём тут цензура? Она собиралась туда поехать?! Одна?!

— Куда поехать? — рявкнул Марусин отец, и Гриша вдруг понял, что он рявкает именно от страха, ему тоже страшно за дочь, которая пропала. — Там телефон был указан и вроде адрес. Я ей и говорю: ты сначала узнай, что это за кино такое, а уж потом пугайся!.. А она, видишь, с утра телефон не берёт!..

— Так, — сказал Гриша. — Я понял.

На самом деле он ничего не понял! Он целый день ей звонит, а она целый день не отвечает!..

Он позвонил раз, Маруся не взяла трубку, и он быстро позабыл, что она не взяла.

После обеда позвонил ещё, и она опять не взяла. Он немного удивился, но у него было много работы, и он опять отвлёкся. Потом вспомнил и опять позвонил. А потом ещё раз.

А потом он уже не мог остановиться.

Гриша знал, что нужно перестать звонить, и не мог. Нажимая кнопку, он надеялся, что вот на этот раз точно услышит её немного растянутое на французский манер «Алло», но слышал только, что «аппарат абонента выключен»!

Так никогда не было — чтобы он звонил, а Маруся не отвечала. Так не было и не могло быть, и он очень испугался.

— Вы вместе смотрели фильм? — спросил Гриша у её отца. — Я сейчас подъеду и погляжу в компьютере телефон, по которому она собиралась звонить.

— Так мы смотрели фильм с какой-то штуки! Шут её знает! Она сказала, что это твоя.

— С флешки. Но это неважно. Я... знаю, как посмотреть.

И он помчался домой к Марусе. По проспекту он бежал изо всех сил — ему казалось очень важным как можно быстрее найти телефон и адрес студии, как будто конец мира приближался неумолимо, и нашествие вот-вот должно было начаться, и нужно спасти Марусю.

Сергей Витальевич открыл дверь, как только лифт остановился, — как будто дежурил. А может, и дежурил!

— Вот что за девка, а? — заговорил он с ходу. — Вот как с ней быть? То сидит дома, калачом не выманишь, то вдруг на тебе, пропала! Никакой дисциплины, одна расхлябанность!

— Где её ноутбук?

— Да вон, провались он к чёртовой матери!..

Тут Гриша вдруг сообразил, что фильм вполне можно было поискать в Сети — наверняка он там есть — или позвонить директору планетария, чтобы тот скинул нужный файл, и вовсе не стоило нестись через полгорода к Марусиному ноутбуку!.. Но от страха за неё он плохо соображал.

В знакомой кухне сильно пахло фаршированным перцем и было очень жарко. Гриша кинул на пол рюкзак и открыл компьютер.

Сергей Витальевич сопел у него за спиной и подсовывался всё ближе, и Гриша дёргал плечом и двигал стулом.

Разумеется, Маруся сохранила файл — и адрес, и телефон конторы под названием «AGP-продакшн» Гриша нашёл очень быстро. И сразу стал звонить.

Телефон уныло гудел, трубку никто не брал.

— Я поеду, Сергей Витальевич, — сказал Гриша. Скрин-шот с адресом и телефоном он отправил себе на почту. — Как только узнаю, где она, сразу вам позвоню.

— Я с тобой, — мрачно заявил тот.

Этого Гриша не ожидал. Ему некогда было объясняться, и он замотал головой, замычал что-то, махнул рукой и выскочил за дверь.

— Стой, я сказал, с тобой поеду!

— Я позвоню! — с лестницы крикнул Гриша.

Контора располагалась неблизко, и он всю дорогу туда звонил, совершенно безрезультатно, и ещё Марусе звонил, и её отцу тоже позвонил — чтобы тот слишком уж не волновался.

Троллейбус остановился возле автомойки, Гриша выскочил, глядя в навигатор, и побежал. Вокруг были какие-то гаражи, сараи, старые здания красного кирпича. В мастерских, стоявших с распахнутыми воротами, голые до пояса иностранные рабочие перекликались гортанными голосами и поливали из шлангов асфальт — от жары.

Навигатор привёл Гришу к двухэтажному кирпичному зданию с оббитым крыльцом и заржавленным козырьком над ним. Должно быть, в стародавние времена здесь помещался какой-нибудь фабричный управляющий. Домофон, прикрученный к красным доисторическим кирпичам, однако, был вызывающе новый.

Гриша взбежал на ступеньки, нажал на кнопку, и тут прямо за ним затормозила машина. Он непроизвольно оглянулся.

Из пыльного джипа выпрыгнул здоровенный парень в камуфляжных штанах и чёрной футболке. Тёмные очки, наоборот зацепленные за уши, прыгали на загорелой бычьей шее.

— Давай! — заорал он на кого-то, кто остался в машине. — Вылазь! Чего ты копаешься!..

Открылась дверь, и Гриша понял, что бандит орал на его Марусю.

Именно она сидела в машине.

С самого утра Маруся отправилась «на дело». Найти студию оказалось не так-то просто, но она всё же нашла, хотя пришлось несколько раз спрашивать каких-то подозрительных типов, где находится улица такая-то.

У двери с табличкой «AGP-продакшн» она помедлила и на всякий случай достала из сумки флешку с фильмом. Ну, чтобы сразу объяснить, зачем она пришла, если понадобится.

Да и неизвестно, пустят ли её!..

Маруся потянула за ручку, дверь открылась, обнаружилась большая комната, в которой царил ужасающий беспорядок, такой, что Маруся некоторое время помедлила, не решаясь войти, а потом всё же шагнула вперёд и громким тонким голосом сказала:

— Здравствуйте!.. Можно войти?

Никто не отозвался.

Стены были сплошь заставлены железными шкафами с каким-то оборудованием. Там что-то мигало и гудело, как будто заряжались аккумуляторы. Прямо перед входом стоял огромный стеллаж, забитый старинными пластмассовыми кассетами и дисками, к стеллажу был прислонён штатив. Маруся осторожно заглянула за стеллаж. Стены там были заклеены объявлениями непонятного содержания. Наклоняя голову туда-сюда — объявления висели криво, — Маруся прочитала: «На сервер слил, проверку запилил, на карте убил»; «Мастер монтажей, на ночь выключай кондей!»; «Нормированный рабочий день? Не, не слышал!»; «Лучше сразу Алёне!».

Маруся флешкой почесала голову там, где волосы были стянуты в хвост.

Из-за ширмы громко и фальшиво пели:

— Ю май харт, ю май сол!

Внезапно распахнулась ещё одна дверь в самом углу помещения, и вышел человек.

— ...Вот сама с ним и разбирайся. Камеру не дам, — говорил он в телефон, — всё, покедос.

— Здравствуйте, — сказала Маруся.

— И ты бывай здорова, — ответил человек мрачно.

В гигантские сумки, вытащенные из-за стеллажа, он стал очень ловко складывать аппаратуру и световые приборы. Из какого-то ящика ему под ноги вывалился огромный клубок кабелей, ножки от штатива и ещё какая-то ерунда.

— Да где же!.. — со злостью выговорил человек.

— Меня зовут Марина, — начала Маруся. — Я хотела спросить про фильм... Я в планетарии видела кино, и там в титрах написано, что его сделала студия «AGP-продакшн»...

— Неплохецкий фильмец, да? — спросил незнакомец. И закричал ни с того ни с сего: — Ильяс! Ильяс!

Из-за ширмы в кресле на колёсиках выехал ещё один мужик, помладше и в очках.

— Чего тебе?

— Где зум?

Ильяс, ни слова не говоря, уехал обратно за ширму, и через секунду оттуда верхом вылетела какая-то пластмассовая коробка.

Второй ловко её поймал.

— Ты чё, дебил, зумом кидаться?! Он таких бабок стоит! Всё, я ушёл.

— Бывай, — сказали из-за ширмы.

Тут первый вдруг увидел Марусю с её флешкой и страшно удивился:

— А ты чего здесь делаешь? Шпионишь?! Пошли, ну!..

И довольно ощутимо толкнул Марусю в плечо. Она покачнулась.

— Так, эта тяжёлая, эта тоже... Неси штатив, он лёгкий! Ну, давай, давай, кому говорю! Бери штатив, и пошли!

Маруся, как под гипнозом, обеими руками взяла треногу, оказавшуюся никакой не лёгкой, и прижала её к себе.

— Шевели булками, опаздываем!

— Я хотела про фильм спросить, — пробормотала Маруся.

— В машине спросишь! Давай, давай, не стой под стрелой, голову оторвёт!..

Маруся поняла, что влипла.

Сейчас самое время кинуть этот самый штатив так, чтобы неизвестный о него споткнулся, а ещё лучше упал бы, и броситься бежать. Есть шанс спастись.

Но Марусе не хотелось... спасаться. Ей хотелось, чтобы получилось приключение — настоящее приключение от начала и до конца. Должно быть, это неразумно и опасно, и отец после такого три года не выпустит её из дому даже с Гришей, но... приключения очень хотелось.

Да и парень, тащивший пудовые сумищи, казался ей симпатичным. И тот, в очках, за ширмой, тоже ничего. Немного похож на Гришу...

Покидав баулы в старый запылённый внедорожник, парень забрал у Маруси штатив, пристроил его на заднее сиденье и велел:

— Полезай. Ты ведь Саша, да?

Маруся забралась на переднее сиденье, он плюхнулся с другой стороны, и машина тронулась.

— Я не Саша, — сказала Маруся.

— Тогда, выходит, Маша. Они обещали прислать Сашу или Машу.

— Я Марина.

— Ну и чего?

Маруся вдруг развеселилась:

— Ничего. Просто я не Саша и не Маша. Я Марина!

— Ну какая разница, — заключил парень. — А я Грек, ты знаешь. Ты же знаешь?

Маруся отрицательно помотала головой.

— Андрей Греков, режиссёр. Этот фильмец про инопланетян мы с Ильясом на пару сляпали. Только не зови меня Андрюхой, ладно?

Маруся сказала, что Андрюхой не станет его звать.

— Правда, клёвый фильмец вышел?

— Очень страшный, — призналась Маруся.

— Мам, так на это и весь расчёт! — вскричал Андрей Греков по прозвищу Грек. — Пугануть честных обывателей скорым концом света! Эх, родись я в Голливуде, я бы их ещё не так пуганул-то!

120

— Кого? — зачем-то спросила Маруся.

— Обывателей, мам, — охотно пояснил Грек. — А ты хороший корреспондент или так себе, девочка-припевочка-юбочка-с-косой?

Маруся пожала плечами. Она ведь и вовсе никакой не корреспондент! Но, если сказать ему об этом, он моментально высадит её из машины, и всё приключение закончится. Да и не удастся ничего узнать!..

Тут она вдруг сообразила, что не помнит точно, что именно хотела узнавать.

— Чего-то ты тихая какая-то. А они обещали боевую прислать. Слышь, мам, ты боевая?

— Так себе, — призналась Маруся.

— Вот я знал, — расстроился Грек. — Так и знал, что надуют, паразиты! Хотя... с другой стороны... хорошие корреспонденты всем нужны, хорошие все заняты. Вот и присылают кого не жалко.

— А вдруг я суперкорреспондент? — оскорбилась Маруся.

— Не похожа, — сказал Грек и посигналил кому-то. — Которые супер, они все разбитные! А ты... смирная. Монашеского звания не имеешь, мам?

— Почему ты всё время называешь меня «мама»?

Он удивился:

— Не знаю. У нас так все друг к другу обращаются — мам, пап. Смешно. Или чего? Не смешно?

— Расскажи мне про фильм, — попросила Маруся. — Откуда он взялся?

— Фильм откуда взялся?! Так говорю же, мы его с Ильясом забубенили. Приезжал к нам кадр, дней... десять назад. Или недели две. Надо у Ильяса спросить, я такие вещи плохо запоминаю. Отвалил бабла вагон и маленькую тележку — сразу, заметь!.. Никаких там тридцать процентов до, остальное после. Сразу и отвалил! Клёвый чувак, все бы заказчики так отваливали! Заказал кино собрать про НЛО вокруг какой-то фотки. Фотку тоже притырил.

— Подожди, что значит — вокруг?

— Мам, ну, ты чего, первый день замужем, что ли?! Ну, как такое кино собирают? Вот тебе... не знаю... медвежонок Миша. Производится на такой-то фабрике. Надо пострашнее чего-нибудь подпустить! Ну, мы показываем медвежонка раз двадцать за фильм или, может, сорок. А вокруг всякую дребедень ставим из архивов — фабрику игрушек, краска льётся, испарения испаряются, синтетика атмосферу отравляет, засорение водоёмов, загрязнение атмосферы, Гольфстрим вот-вот остановится! Получается, что детские игрушки не просто вредны, а опасны для жизни. Всё. Привет.

— Подожди, то есть это враньё всё?!

— Не, мам, это суровая правда жизни, называется работа под заказ. А игрушки как были, так и остались, может, полезные, а может, вредные, мы не знаем. Нам главное — заказ выполнить.

— А... текст? — спросила Маруся и взялась за голову, чтобы лучше думалось. — Приходилось ли вам, подняв глаза к небу, увидеть не бесконечно холодное спокойствие космоса, а нечто странное? Необъяснимое? Ужасное, но, быть может, ожидаемое?..

— О, наизусть запомнила! Молодец! Текст заказчик дал, конечно! Мы только видео собрали, говорю же!..

— А как он выглядел, заказчик этот?

— Да зачем тебе, мам?! Бабла хочешь срубить?

— Затем, что из-за этого вашего вранья человек умер, — сказала Маруся. — Он фильм посмотрел и умер.

Грек сбоку покосился на неё:

— Со страху, что ли?..

— Я пока не знаю.

— Дела, — помолчав, сказал гениальный режиссёр. — Делишки.

Маруся смотрела в окно.

— То есть ты ни фига не корреспондент, да? Пропала съёмочка моя, правильно я понимаю?

— Нет, не корреспондент. Но я тебе помогу, если ты мне тоже поможешь.

— Да о чём спич, мам? Помогу, ясный хобот. Только чем помочь-то?

— Во-первых, ты мне всё расскажешь про фильм и про человека, который его заказал.

— Раз плюнуть.

— Во-вторых, покажешь, что делают корреспонденты, и я всё сделаю.

— Вот ты молодец, мам! — возликовал Грек. — Вот это я понимаю! Значит, тогда сначала отснимем, а то там все разбегутся, а потом я тебе подробно всё растолкую. Как по-писаному. Даже покажу кой-чего. У нас там запись одна есть, если Ильяс не потёр, конечно. А тот человек точно из-за фильма помер или, может, сам по себе взял, да и... того?

— Я не знаю, — сказала Маруся. — Я пытаюсь разобраться.

— А ты чего, полицейский инспектор?

— Я преподаю французский язык.

— Иди ты! — удивился Грек. — Слушай, переведи: «Эта девушка прекрасна и умна»!

— Если будешь приставать, я с тобой никуда не поеду.

— Боже сохрани, — перепугался Грек, — разве я пристаю?! Лучше тогда переведи: «Девушка, который год вы замужем за этим недоумком? Куда смотрели ваши маман и папа́?»

Маруся выпрямила спину и посмотрела на него, Грек быстро повторил:

— Не буду, не буду...

Гриша сбежал с крыльца, перехватывая рюкзак так, чтобы удобнее было ударить.

— Марина?

Она уже выбралась на тротуар и теперь тащила из джипа какую-то сложенную треногу.

И оглянулась.

И просияла.

— Гриш, привет! Откуда ты здесь взялся?!

— У тебя не отвечает телефон, — очень медленно произнёс Гриша.

Бандит выглянул из-за капота и спросил у Маруси с интересом:

— Это чё за гоблин?

— Это не гоблин!

— Где ты была?! Что у тебя с телефоном?!

— Я не знаю, я не смотрела на него. Гриш, это страшно любопытно, я сейчас тебе расскажу!

— Мы немедленно едем домой! Прямо сейчас!..

— Гриш, ты что? С ума сошёл?

— Слышь, гоблин, ты во-он ту сумку возьми, она полегче. А я эту, — безмятежно сказал Грек.

— Марина, что происходит?! — возмутился Гриша.

— Мам, дверь мне придержи!

На глазах у изумлённого Гриши Маруся обежала машину и придержала бандиту дверь! Тот волок две гигантские сумки и ещё какой-то колпак на длинной палке под мышкой. Очки, надетые задом наперёд, прыгали на потной шее.

— Так, держи, — и бандит сунул Грише сумку. — А я машину закрою. Ой, умру, как пить охота.

— Гришенька, я тебе всё расскажу!

— Гришенька, я всё расскажу! — передразнил бандит козлиным голосом, зубами подцепил жёлтую ленту, болтавшуюся у него на груди, и, непостижимым образом вывернув голову, приложил к домофону блестящую железку.

— Офли, офли, — сказал он невнятно из-за штуковины, которая была у него во рту. — Фто фы фал?

— Пошли, пошли, — перевела Маруся быстро. — Что ты встал?..

И они все ввалились в прохладное помещение, заставленное аппаратурой и всевозможными железками.

— Какого чёрта у тебя не работает телефон, Марина?!

— Я не знаю! Я его даже не доставала ни разу!

— А что, нельзя позвонить?!

— Гриш, мне некогда было звонить, я работала корреспондентом на съёмке.

Гриша плюхнул на пол баул. Там что-то грохнуло.

— Тише ты! — сказал бандит. — Там аппаратуры на великие тыщи. Ильяс! Ильяс! Мы приехали!

— Крутя-як! — оценили из-за ширмы.

— У нас вода есть?

— В холодосе вода.

— Где ты была? — спросил Гриша у Маруси очень тихо и очень грозно.

— На съёмке, говорю же, — зачастила она. — У ребят корреспондента не было, они ждали какую-то Машу...

— Сашу ждали, мам! — поправил бандит. — Ты воду будешь или «Доктор Пеппер»?

— Воду. Ну вот, сначала мы не разобрались, а потом втянулись, и я поехала на съёмку. Грек мне обещал всё рассказать про фильм и про заказчика.

— Мама, и расскажу! А ты чего будешь, парень? Тоже воду? Меня зовут Андрей Греков, я режиссёр и всякое такое.

— Тебе что, никогда не говорили, что с незнакомыми людьми нельзя садиться в машину и никуда ехать с ними тоже нельзя?! — так же тихо продолжал Гриша.

— Слушай, ты уже угомонись, а?.. Ну, мы мирные люди, примуса починяем, у нас на лицах написано, что мы оба есть отроки Варфоломеи! А, Ильяс?

— А?!

— Я сюда вам звонил раз двадцать, — сообщил Гриша.

— А у нас телефон уже недели две как не фурычит, — весело сказал выехавший из-за ширмы Ильяс. — Я тебе говорил, Грек, починить надо.

— Валяй, чини.

Ильяс ловко поймал жестяную банку, которую в него кинул Грек, уехал за ширму, и оттуда раздалось удовлетворённое булыканье.

— Со звуком лажа, — сказали из-за ширмы через некоторое время, и опять забулькало. — Не знаю, вытащу или нет.

— Я тебе дам, не вытащу!..

— Гриша, — прошептала Маруся, — ну, ты меня прости. Я как-то не сообразила, что ты будешь волноваться.

— Тебе просто на меня наплевать, — отрезал он. — Отцу позвони.

— Ну, ты прям Отелло, мавр венецианский, — сказал Грек Грише. — Не позвонила, подумаешь! Мне моя вообще через день звонит! Или через два! Так чего вас интересует в этом фильме-то, ребяты?

Гриша оглянулся на Марусю, которая за шкафом что-то виновато говорила в телефон. И тут ему стало стыдно и жалко её, так жалко! Ну что он, честное слово, напал-то?! Ей и от папаши достанется, да ещё небось от тётки, которой папаша нажалуется!..

У них же расследование.

Самое настоящее расследование, и он, Гриша, так радовался, что они играют в это самое расследование вместе — как в детстве, когда им позволено было сколько угодно играть друг с другом, и это было весело и совершенно не опасно ни в каком отношении. Они как будто вновь выезжают из ворот на дедовой «Волге», и им вновь по двенадцать лет, а он вдруг так... всерьёз рассердился. Он никогда не сердился на неё всерьёз. Разве на Марусю можно сердиться?

...Или просто приревновал? Сначала испугался, а потом сильно и остро приревновал в этому, в камуфляжных брюках и очках задом наперёд?..

Тут у него покраснели уши, он схватил недопитую бутылку воды и вылил её в себя.

— Григорий, — представился он и сунул режис-
сёру потную руку. — Кто вам заказал фильм про
инопланетян, как давно это было и сколько денег
заплатили?

— От это другой разговор, пап! — как будто даже обрадовался Грек. — Смотри, фильм заказали...
Щас гляну!..

Он поводил «мышью» по столу, монитор моментально ожил и засветился, Грек что-то быстро про-
листал, какие-то файлы открывались и закрыва-
лись, Гриша моргнул.

Маруся подошла и положила руку ему на плечо.
Он покосился на её пальцы и осторожно и незаметно их пожал.

Это было полное примирение.

— Во! Стало быть, это какое у нас число?.. Ну
вот, две недели назад, тютель в тютель. Приехал перец, заказал киношку склеить, фотку звёздного неба скинул, в хорошем качестве, между прочим. Там
нужно было какие-то объекты выделить и дорисо-
вать компьютером. Ну, мы выделили и дорисовали.
Деньги сразу заплатил.

— Наличными?

— Да ну, я ж не разбойник Румцайц! Помнишь,
мультик был про разбойника Румцайца?

Гриша улыбнулся — он помнил такой мультик.

— Переводом перевёл! Ну, мы и склеили, как
нас просили.

— А текст заказчик им тоже сразу передал, —
встряла Маруся.

— И текст передал, — согласился Грек, щёлкая
«мышью». — А озвучивали мы сами, у нас Серёга

читает хорошо, проникновенно. Мы всё в срок сделали, перегнали, и он забрал. Вот и все дела.

— Как звали заказчика?

— Ща скажу.

Он ещё пощёлкал немного.

— Басалаев Юрий Фёдорович, — сообщил он наконец. — Вот он, какой красавец. Это скан паспорта его! Уфологическая организация «Прогрессив-лайф», что в переводе означает «прогрессивная жизнь». А Маруся говорит, кто-то помер после этого фильмеца. Кто помер-то, пап?

— Вот он и помер, — и Гриша хмуро кивнул на монитор. — Басалаев из уфологической организации «Прогрессив-лайф», что в переводе означает...

— А чего он помер?

— Мы не знаем.

— Ну, не из-за нас же! И не из-за фильма!

Гриша помолчал. Потом оглянулся на Марусю и сказал:

— Тупик.

— То pick в переводе означает «подбирать», — добавил Грек задумчиво. — А девчонка твоя — огонь. Сразу въехала, чего надо, вопросы задавала корректно, чётко, прям как большая. Отработала, в общем, день.

— Спасибо, — машинально сказала Маруся.

— Спасибо, — повторил и Гриша.

— Может, вас куда подвезти, оттопыренные? Из нашей промзоны хрен выберешься, а под вечер вообще дело дохлое.

Грек подвёз их почти до Кутузовского проспекта, а дальше они решили идти пешком, хотя путь был неблизкий.

В киоске Гриша купил им по мороженому, они шли в толпе и ели мороженое.

— Я очень за тебя переволновался.

— Я так и поняла. Папа ещё больше волновался! Так буйствовал!.. Он меня теперь даже к тёте Лиде не отпустит, это точно.

— Да брось ты, Марусь. Отпустит. Ну, я навру, что зря его взбаламутил. Что ты мне сказала, куда поехала, а я забыл.

— Я думала, ты меня стукнешь. Когда я Греку дверь открыла.

Он сбоку посмотрел на неё.

— Я хотел, — вдруг признался он. — Честное слово!.. То есть я бы, конечно, тебя не стукнул...

— Ну, конечно, нет, — перебила Маруся. Она старалась его утешить! — Просто ты...

— Да. Я испугался.

— Ты за меня не бойся.

— Как я могу за тебя не бояться?!

...Опять получалась какая-то острая секундная неловкость, как тогда, перед летним душем со слонами и жирафами. Как будто неискренность, нечестность, а чтобы получилось честно, нужно на что-то решиться. На что?.. И как именно решиться?..

— Давай завтра опять съездим в Малаховку, только на этот раз к жене Басалаева, — заговорил Гриша, ещё углубляя эту неискренность. Жена Басалаева его совершенно не интересовала. — Всё же нужно понять, откуда у него такие деньги! И на офис на Петровке, и на фильм. Насколько я понял, эти киношники хоть и прикидываются дебилами, на самом деле ребята профессиональные и востребованные.

— Не очень-то они и прикидываются.

— Может, Басалаев продал дом вместе с женой?.. И таким образом обогатился?..

Маруся грустно на него посмотрела: ей было неловко от неискренности и нечестности. Ведь они с самого детства не врали друг другу. Почему врут сейчас? И в чём врут?..

— Меня выгонят с работы, если я опять буду отпрашиваться. Поедем лучше послезавтра, у меня только ученики, но я всех отменю. Таким образом я разорюсь, но что теперь поделаешь?..

Решётка забора казалась бесконечной. Она была очень солидной, не то что на участке у профессора Астрова. И липы высажены по обе стороны тропинки, как в аллее.

— Гришка, если б ты был пошляк, — сказала Маруся, — ты бы сейчас непременно высказался про аллею Керн и про «Я помню чудное мгновенье».

— Мгновение — это прекрасно, но вот знаешь, за что я на него злюсь всю жизнь?

— На кого? — не поняла Маруся.

— Да на Пушкина!

— За что?!

— За то, что он «Фауста» до конца не перевёл, бросил! «Корабль испанский трёхмачтовый, пристать в Голландию готовый: на нём мерзавцев сотни три, две обезьяны, бочки злата, да груз богатый шоколата. Да модная болезнь: она недавно вам подарена». А он бросил. Как он мог?!

— Я не знаю, — сказала Маруся.

— То-то и оно.

Возле калитки стояла пыльная машина, похожая на автомобиль режиссёра Грекова, но побольше и поновее, а калитка была затейливая, в чугунных розах и завитушках. И никакого звонка.

Гриша потянул калитку и зашёл на участок. Маруся за ним.

— Маргарита Николаевна! — крикнул Гриша и прислушался. — Можно к вам?!

— Интересно, это она на такой машине ездит? — тихонько спросила Маруся. — Сама?..

— Сейчас узнаем. Маргарита Николаевна!..

На высоком крылечке ухоженного дома неслышно появилась женщина в сарафане и босиком. Она немного постояла, молча разглядывая их, а потом спросила резко:

— Вы кто? Что вам нужно?

— Здравствуйте, — сказал Гриша, останавливаясь. — Нам бы с вами поговорить.

— Мне не о чем с вами говорить. Я вас не знаю. Если вы журналисты и по поводу моего мужа — уходите. Юру вчера похоронили.

— Зато нас знает профессор Астров, — ни с того ни с сего заявил Гриша. — И мы не журналисты! Вы можете уточнить у него, кто мы такие.

Маргарита ещё постояла, а потом подобрала подол сарафана и сбежала с крыльца. Она была молода, гораздо моложе, чем Маруся представляла себе супругу бородатого Басалаева.

— Вы ученик профессора Астрова?

— Не совсем. Но я помогал ему чинить насос. Она улыбнулась:

— Тогда, выходит, вы слесарь?

Гриша улыбнулся в ответ и помотал головой: нет, не слесарь.

— Пойдёмте вон там посидим, под яблонями. В доме душно.

Гриша посмотрел в ту сторону. Там был небольшой яблоневый садик, отделённый от лужайки цветами, которые стояли и висели в причудливых кованых подставках. Как видно, эта самая супруга занималась цветоводством. Посреди всей этой немного английской красоты и впрямь под яблонями был вкопан большой дощатый стол. Вокруг вольно располагались плетёные кресла, и в некотором отдалении висел полосатый гамак, натянутый между двумя соснами, а за ним теснились вишни. Похоже, там начинался вишнёвый сад, классический.

Райское место, одним словом!..

— У меня есть небольшой самовар, — говорила между тем Маргарита. — Если вы умеете ставить самовар, у нас будет самый настоящий чай. Если не умеете, я вскипячу чайник.

— Я умею ставить самовар, — сказал Гриша и зачем-то покачал раскидистый цветок на длинном верёвочном подвесе. — Хорошо тут у вас.

— Мне тоже нравится.

Маруся помалкивала.

Она всегда немного терялась в присутствии красивых и взрослых женщин.

Самовар был и вправду небольшой, всего стаканов на пять, — Маргарита заметила, что такие в старину назывались «эгоистами», потому что пить из него предполагалось в одиночестве, — и стоял на пеньке, сияя на солнце самодовольным боком. Рядом в траве помещалась корзина с сосновыми шишками — на растопку.

— Вода в канистре, канистра на крыльце, — проинформировала Маргарита и спросила Марусю, как её зовут.

Маруся сказала как.

Эта женщина в сарафане до земли, очень коротко стриженная, какая-то решительная, что ли, казалась ей инопланетянкой. На загорелых пальцах без всякого маникюра — всего одно кольцо, широкое, состоящее из разноцветных полос, тоже инопланетное, словно передатчик, сияло, как начищенный бок самовара.

Маруся в её присутствии робела и конфузилась.

Гриша притащил самовар и стал поджигать тоненькие лучинки, вытянутые из той же корзины.

Маргарита Николаевна вынесла из дома поднос, уставленный стаканами в советских подстаканниках и какими-то сладостями в хрустальных плошках. Плошки тоже брызгались во все стороны разноцветными солнечными каплями. Установив поднос на стол, она уселась в плетёное кресло, закинула ногу на ногу, запахнула полу сарафана и закурила — очень красиво.

— Итак? — спросила она, затянувшись.

Маруся окончательно струхнула.

Гриша подул самовару в дно, морщась и отворачиваясь от дыма, распрямился и стал по одной кидать в самоварное горло шишки.

— Итак, первым делом я хочу вас спросить, Маргарита Николаевна. Вы альпинист?

Вот тут она удивилась. Так удивилась, что ткнула сигаретой мимо пепельницы.

— В каком... смысле? — спросила настороженно.

— В самом прямом. Ходите в горы? Штурмуете восьмитысячники?

Она почему-то быстро взглянула в сторону дома, потушила наконец сигарету и уставилась на Гришу.

— Позвольте, что вы имеете... Никакой я не альпинист, с чего вы взяли!

— Тогда, может, ваш супруг увлекался, Басалаев Юрий Фёдорович?

Теперь они обе, и Маргарита, и Маруся, смотрели на безмятежного Гришу во все глаза.

— Что за глупости?! Послушайте, как вас там, при всём уважении к профессору Астрову...

— Григорий, можно Гриша, — перебил её Марусин друг детства. — Гриша даже лучше!

Он ещё кинул в самовар пару разлапистых шишек, понюхал свою ладонь и отошёл к гамаку.

— Вот это, — громко сказал он оттуда, — двойной булинь с контролькой. Ваш гамак растянут вполне профессионально, ураган не снесёт. Цветочки вон... в вёдрах — серьёзная обвязка, австрийский проводник. Кто обвязывал?.. Какой-то скалолаз?

Маргарита смотрела на него оценивающе и как будто немного тревожно:

— Я не понимаю, о чём речь...

— Зато я понимаю, Марго, — раздался чей-то голос.

Маруся подпрыгнула в плетёном кресле и оглянулась.

От крыльца подходил высокий мужик в кое-как застёгнутой клетчатой рубахе и полотняных штанах. Вид у него был не очень дружелюбный.

— Скалолаз — это я. Узлы вязал тоже я. Вам что нужно-то?..

— Поговорить, Михаил Николаевич, — почти весело сказал Гриша. — Просто поговорить. Моя фамилия Яхонтов. Зовут Григорий.

— А моя фамилия Воскресенский. И по всем деловым вопросам я разговариваю на работе. Приезжайте на Ленинский в понедельник, там и поговорим.

Маруся тихо и быстро вздохнула.

Так это он и есть?.. Злой гений Басалаева?.. Академик, укравший важнейшее научное открытие? Отвергнутый любовник, которому Маргарита предпочла другого?..

Воскресенский был совершенно не похож на академика, какими Маруся их себе представляла. На первый взгляд он был похож на дачника, которого малознакомые люди оторвали от работы и теперь заставляют идти на собрание дачного кооператива и подписывать там петицию о необходимости газоснабжения посёлка, то есть заниматься чем-то абсолютно бессмысленным.

— Давайте всё же здесь попробуем поговорить, — предложил Гриша и прищурил глаза за очками — разозлился. Маруся знала эту его привычку — щуриться от злости! — Всё же человек погиб...

— Умер, а не погиб, — перебил Воскресенский. — Вам-то что за дело до этого человека?

— Он погиб почти у меня на глазах, — сказал Гриша и поправился, оглянувшись на Марусю, — у нас то есть. Его обнаружила... вон, Марина.

Воскресенский вздохнул, взял за плечо Маргариту, которая опять закурила, отпустил и сел в кресло. Самовар-«эгоист» бодро дымил у него за плечом, и вокруг было лето, теплынь, дальний стрекот газонокосилки, такой прекрасный и спокойный мир!

— А вы... Григорий... тоже скалолаз, если узлы замечаете?..

— Я тоже физик.

— Даже так, — произнёс Воскресенский с иронией.

— Про узлы я узнал от профессора Астрова. Он сказал, что вы ходите в горы.

— Реже, чем хотелось бы.

— Он сказал, что вы... дружите с женой Басалаева. — При слове «дружите» академик фыркнул, а Маргарита улыбнулась, сверкнуло её кольцо-передатчик. — Когда я увидел все эти обвязки, решил, что, может, как раз вы их и делали.

— Как раз я и делал. И что с того?

— Отчего умер Юрий Фёдорович? — спросил Гриша и посмотрел сначала на Маргариту, а потом на Воскресенского.

— От инсульта, — сказала Маргарита негромко. — У него всегда было высокое давление. Но он никогда не принимал никаких лекарств. И вот... случилось то, что случилось.

— Почему он думал, что вы украли его открытие?

— Я не знаю, почему сумасшедшие думают то или другое, — отрезал Воскресенский.

— Он не был сумасшедшим...

— Был, — перебил его академик. — Я не знаю, был ли он ненормален в медицинском смысле, но в человеческом — совершенно точно не в себе. И открытия никакого не было! Ну, если вы физик, должны понимать! Чёрт возьми, какое может быть открытие! Просто скопление небесных тел, впрочем, в небесной механике я не очень разбираюсь, но там и разбираться нечего! И какое ваше дело, Григорий?! Вы что? Частный детектив?!

— Послушайте, — начал Гриша, стараясь быть убедительным, — история такая. Я прихожу с девушкой в планетарий. Мы любим иногда по выходным ходить туда. Там нам показывают фильм. В фильме предсказывается гибель цивилизации и скорый конец света. В зале присутствует Басалаев. Начинается скандал. Он обвиняет академика Воскресенского в том, что тот украл его открытие. Ну, то есть вы украли!.. Я пытаюсь как-то остановить скандал, мне это удаётся, но не сразу. Басалаев всё это время твердит, что вы во всём виноваты. Вы воспользовались доверчивостью Юрия, вы смонтировали фильм, вы его показали, и вся слава теперь ваша. Басалаев при этом почти плачет, суёт всем какую-то фотографию, кричит и негодует. Проделав всё это, он умирает в коридоре второго этажа возле туалета. — Тут Гриша передохнул немного. Воскресенский и Маргарита слушали его внимательно и серьёзно. — Мы начинаем разбираться во всей этой путанице, и выясняется, что вы некогда собирались жениться вот на... Маргарите Николаевне, но Басалаев вас опередил. Что вы оба учились у профессора Астрова, но вы остались в науке, а Басалаев занялся поиском инопланетных цивилизаций, и вроде бы даже небезуспешно.

Воскресенский фыркнул и покрутил головой. У него было загорелое лицо и очень короткие светлые волосы. От этих светлых волос он выглядел моложе, чем был на самом деле. И вообще Марусе покойный Юрий Фёдорович казался очень пожилым человеком, а эти двое, скорее молодые и гораздо ближе по возрасту к ним с Гришей.

Пожалуй, понятно, почему профессорская внучка Агриппина всю дорогу называла академика Мишаней и говорила: он «наш человек».

Непонятно, что именно в академике могло быть «нашим», но так казалось.

— Самое интересное начинается, когда мы находим офис Юрия Фёдоровича. Между прочим, в Петровском переулке, а не где-нибудь на Газгольдерной! Там нам сообщают, что академик Воскресенский на днях заезжал и зачем-то поколотил покойного Басалаева.

— Мишка! — вдруг воскликнула Маргарита. — Ты что, с ума сошёл?.. Зачем?!

Академик пожал плечами, и вид у него стал, пожалуй, немного виноватый.

— Затем профессор Астров рассказывает нам о том, что Юрий Фёдорович был злодеем. Что он тиранил Маргариту Николаевну и затиранил почти до смерти.

— А вы хотели её спасти, — тихонько вставила Маруся.

— Потом мы находим студию, где был сделан тот самый фильм, что показали в планетарии и с которого всё началось. И тут нас ожидало большое потрясение! Оказалось, что фильм заказал сам Юрий Фёдорович. То есть он с самого начала знал, что вы у него не крали никакого открытия, не присваивали его и не объявляли на весь мир, что оно ваше!

— Занятно, — сказал Воскресенский. — Вот это действительно занятно.

— Тогда получается, что он не мог умереть от горя и... неожиданного потрясения. Не было никакого горя, и неожиданности тоже. Тогда получается, что в планетарии зачем-то было разыграно целое представление. И я совершенно не понимаю — зачем. А вы?.. Понимаете?..

— Маргошка, ты понимаешь? — спросил Воскресенский и взял Маргариту за руку. — У вас самовар кипит, молодой человек.

Гриша спохватился и, поискав по сторонам, старательно заткнул самоварное горло заглушкой, а потом, отворачиваясь от пара, аккуратно поставил его на стол. Рядом с Маргаритой Николаевной было специальное место для самовара — толстый литой поднос со следами угля и сажи.

Маргарита стала заваривать чай. Все молчали.

— Дети, дети, — сказала наконец Маргоша. — Миш, давай мне стаканы. Вам-то зачем всё это... ворошить?

— Им любопытно, — улыбнулся Воскресенский. — Разве ты не видишь? Большинство людей ленивы и нелюбопытны, а эти, как видно, любопытны и не ленивы.

— И Астровы! — продолжала Маргарита. — Всё им кажется, что меня нужно спасать. А я уже давно спаслась сама.

— А вот Агриппина и её бабушка думают, что нет, не спаслись, — опять вставила Маруся тихо.

— Мой муж был человеком... не очень порядочным, только и всего, — продолжала Маргарита. — В молодости я этого не понимала. Тогда всё было...

по-другому. Я осталась одна, а он единственный оказался рядом.

Воскресенский сопнул носом, хотел что-то сказать и не сказал.

— Я вышла за него, и мне — по воспитанию моему и убеждениям! — казалось, что замуж выходят один раз на всю жизнь. Чтобы в горе и радости, в болезнях и здравии... ну, и так далее. Это сейчас принято то и дело выходить замуж за любого, кто неожиданно тебе понравился и согласен жениться, а тогда!..

Гриша быстро и внимательно посмотрел на Марусю, а она на него. Пожалуй, мы тоже из тех, кто думает, что «в горе и радости, в болезнях и здравии». Пожалуй, мы тоже несовременны — в этом смысле.

...При чём здесь «мы»?! Мы здесь ни при чём! Мы же не собираемся «в болезни и здравии»! Мы же просто друзья! Мы играли в одной песочнице и однажды разбили зеркало на старой дедовой «Волге»!

— С Мишей мы тогда просто дружили, — продолжала Маргарита. — Ну, у нас была крепкая, настоящая дружба. — И вдруг засмеялась. — Мне тогда и в голову не приходило, что, когда мальчик дружит с девочкой, это значит: кто-то чего-то не понял. Или она, или он.

Маруся покраснела как рак, и ей стало стыдно, невыносимо просто. Гриша схватил со стола стакан с чаем, хлебнул, обжёгся, задышал открытым ртом.

Ни Воскресенский, ни Маргарита — спасибо им! — ничего не заметили.

— А Юра был очень заметный. Красиво говорил, идеи у него были какие-то необыкновенные.

Мне с ним было не скучно, и казалось... — Тут она махнула рукой. — Но ему всегда нужны были деньги. Ему никогда их не хватало. А зарабатывали мы всего ничего. А я жена и должна поддерживать мужа! Как же иначе?..

— Марго, я не желаю всё это выслушивать, — заявил Воскресенский мрачно. — Что ты в воспоминания ударилась, зачем?

— Так они же спрашивают, — возразила Маргарита. — И ты сказал, что это хорошо.

— Я не так говорил. Я сказал, что они любопытные. Короче, Юрец тогда, сто лет назад, все Маргошкины материальные ценности потихоньку прикарманил. Да и наплевать сто раз, всё это дело наживное, но...

— Но от маминых украшений ничего не осталось, — перебила его Маргарита, — и папину библиотеку продали... Вот когда продали библиотеку, я перепугалась. Я не хотела её продавать, а Юра всё же это сделал. Ему были нужны деньги для организации экспедиции в район Подкаменной Тунгуски. Он искал там следы космического корабля пришельцев!

— Кто их только там не искал, — пробормотал Гриша.

— Я не знаю, на что он надеялся. Но ему хотелось славы, причём какой-то неслыханной, мировой. Ну, чтоб как Шлиман! Шлиман нашёл Трою, и весь мир об этом помнит и никогда не забудет.

— И я решила, что нам нужно разойтись, — продолжала Маргарита. — Но это оказалось непросто. Всё, что осталось и что было моим с рождения, давно стало нашим общим. Квартира, дом этот. И для того чтобы развестись, надо было всё продать и поделить пополам. По закону. Когда-то я вписала его во все свидетельства о собственности. Я так понимала жизнь. Вместе так вместе.

— Значит, офис на Петровке снимали за ваши деньги? — спросил Гриша.

— Ну что вы! Никаких моих денег не хватит на Петровку!

— Но у него имелись деньги! — сердясь на что-то, громко сказал Гриша. — Большие! Хорошо, искать Тунгусский метеорит он поехал на ваши, но с тех пор прошло много лет, а деньги у него всё же были!.. Хотя бы на фильм! На аренду зала в планетарии!.. Откуда?!

— Я не знаю, — Маргарита вновь закурила. — Мы с Мишей хотели только одного — чтобы дом остался! Хотя бы дом, чёрт с ней, с квартирой! Я предлагала Юре: давай поделим, квартиру тебе, а дачу мне, но он не соглашался. Пополам, и точка. А это означало только одно — дом я потеряю. Но это не просто ужасно. Для меня это невозможно, понимаете?! Я здесь выросла, отсюда родителей на кладбище уносили!

— А заплатить ему отступные мне было нечем, — мрачно сказал Воскресенский. — Я не миллионер. Я физик. Я просил его не выкобениваться и сделать так, как предлагает Маргоша. Но он, конечно, не соглашался. Ни в какую!.. В конце концов я... ну, дал ему по роже. Ясное дело, это не помогло, но хоть душу отвёл.

— То есть Юрий Фёдорович умер очень вовремя, — заключил Гриша. — Иначе Маргарите Николаевне не поздоровилось бы. Развестись она не могла, пришлось бы всё продать. Не развестись, как я понимаю, она тоже не могла. И тут всё решилось само собой.

— Да, — согласилась Маргарита.

И все некоторое время молчали.

— А откуда у Басалаева деньги, я могу вам сказать. — Воскресенский засмеялся, и Гриша посмотрел на него с изумлением. — Я нашёл ему спонсора. Да ещё какого!..

Гриша поставил стакан на стол. Звякнул подстаканник.

— За... зачем?!

— Я предложил ему соглашение: я нахожу спонсора, а он оставляет Маргошку в покое. Никто не продаёт никаких дач и квартир, все мирно расстаются. Он при деньгах, а Маргошка в собственном доме. И он согласился!

— И дальше что?..

— Юрец стал получать от Кузнецова круглые суммы, вот офис на Петровке снял, а потом стал требовать у неё раздела имущества. Как будто не было никакого соглашения!

— Он всегда так делал, — поддержала Маргарита. — Он был не очень порядочным человеком.

— Это мы уже поняли! — сказал Гриша с досадой. — Это ясно. Только больше ничего не ясно! И кто спонсор?!

— У меня есть приятель от бизнеса, большой любитель всей этой чепухи — инопланетян, мексиканских плато, гигантских статуй и кругов на полях. Кузнецов его фамилия. Обожает всё загадочное. В науку не верит, лечится только у шаманов. Зубную

ВСЕЛЕНСКИЙ ЗАГОВОР

боль заговаривает у знахарок. Я свёл его с Басалаевым, и они, можно сказать, нашли друг друга. Кузнецов давал деньги, а Басалаев снабжал его загадочным. Полная гармония.

— Значит, деньги в этой истории всё же были, — заключил Гриша.

— Я готов был его убить, — признался академик. — Да он сам помер.

Гриша поднялся из-за стола и стал ходить между яблонями.

Маруся сосредоточенно думала.

...Ничего не сходится, ничего!.. Фильм заказал и оплатил сам Басалаев. На деньги, которые для него нашёл Воскресенский. Зачем Юрцу это было нужно? Зачем он кричал в планетарии, что у него украли открытие?.. Чтобы испортить репутацию Воскресенского, обвинить его в плагиате — да ну, ерунда, стали бы проверять, и быстро выяснилось бы, что Воскресенский ничего не крал. Тогда получается... Нет, ничего не получается. Смерть мужа выгодна только Маргарите, но фильм заказал сам Басалаев!..

— Тупик, — сказал рядом Гриша. И добавил: — To pick — в переводе означает «подбирать»...

— Я подобрала фотографию, — вдруг быстро добавила Маруся и полезла в свою сумку. — У Басалаева была фотография! Вернее, рядом с ним! На полу валялась какая-то бумажка, и я её подняла. Вот она!..

Воскресенский уставился на помятый листок, Гриша тоже подошёл, опёрся о стол и стал смотреть.

— Хотите ещё чаю? — спросила Маргарита.

145

Маруся прижала кулачки к щекам — она всегда так делала, когда думала изо всех сил.

— Что-то должно быть связано с этой фотографией, — заговорила она. — Почему он держал её в руке? Кому он хотел её показать? Зачем? С ним тогда был только этот его помощник, Игнат Васильченко. Игнат его успокаивал, а Юрий Фёдорович переживал! Антон его снимал на телефон, а Басалаев говорил о том, что гибель цивилизации близка и он раскрыл вселенский заговор... Конец света вот-вот настанет.

Воскресенский пожал плечами:

— Обыкновенная фотография. Сделана радиотелескопом. Я даже не знаю, в каком районе звёздного неба, это нужно у специалистов спросить.

— А Игнат тогда сказал, что Юрий Фёдорович увидел армию пришельцев в объектив радиотелескопа.

— Какой объектив, — поморщился Воскресенский, — у радиотелескопов не бывает объективов!..

— Гриша, деньги, — сказала Маруся и потрясла друга детства за плечо. — Ты просто гений, Гришка! Деньги были не только у Маргоши, то есть, простите, у вас, Маргарита Николаевна! Деньги были и у Юрия Фёдоровича тоже!.. От этого самого Кузнецова, любителя тайн и загадок!..

— И... что? — не понял Гриша.

— Мне нужно кое-что проверить, — сказала Маруся. — Это очень важно!.. Кажется, я обо всём догадалась.

— Дети, — повторила Маргарита. — Такие славные дети. Любители тайн и загадок...

...В контору «AGP-продакшн» они с Гришей примчались под вечер. Воскресенский предлагал их подвезти, но они отказались, и не напрасно — пробки стояли мёртвые, на электричке получилось быстрее.

Всю дорогу Маруся молчала и на Гришины вопросы не отвечала. В конце концов он надулся и тоже замолчал.

Режиссёр Греков встретил их так, как будто внезапно обрёл лучших друзей, с которыми тысячу лет не виделся.

— Хорошо, что ты нарисовалась, мам, — начал он, как только они ввалились, и сунул Грише руку. Гриша её пожал. — Смотри, какая мрачная картина вырисовывается. У меня в субботу съёмка в цирке на Цветном, а корреспондента обратно нету! Съезди, мам, будь другом, а я тебе заплачу по высшему разряду! Отпустишь её со мной, а, пап? Я не опасный, меня вот-вот в загс отволокут!

— Грек, помнишь, когда мы с тобой в тот раз ездили, ты говорил, что у тебя какая-то запись есть? Если её Ильяс не потёр! Помнишь?

Грек пожал плечами:

— Да у нас этих записей, мам, просто как грязи! Тебе какую надо-то?

— Я не знаю какую! Мы говорили про фильм про инопланетян! Помнишь?

— Смутно, мам.

— Ты нам фотографию заказчика показывал! Паспорт его!

— А-а, это помню.

— И про запись говорил! Что она у вас есть!

— Точно есть, Грек, — сказал из-за ширмы невидимый Ильяс. — Мы камеру тестили, записали его. Дуй сюда, я тебе покажу.

— Что ты хочешь смотреть? — спросил Гриша у Маруси. — Ты можешь объяснить?..

— Нет, пока не могу, но я чувствую, что права, понимаешь?

Все вместе они втиснулись за ширму, и Ильяс в сдвинутых на шею наушниках стал щёлкать «мышью».

Мелькали какие-то стоп-кадры, смазанные картинки, возникал и пропадал звук, и у Маруси от нетерпения и мелькания закружилась голова.

— Во!.. Глядите. Грек с ним разговаривает, а камера пишет!.. Ракурс неудобный, но мы ж не кино снимали, мы тест делали!

Маруся и Гриша уставились на монитор.

Грек тоже смотрел какое-то время, потом вздохнул и почесал за ухом флешкой, которую держал в руках.

— И чего тут такого?

Гриша посмотрел на него.

— Да ничего такого, только это совсем не тот человек. Ты нам фотографию показывал одного, а это другой!

— Иди ты!

Гриша покивал.

Грек оттолкнул от стола Ильяса, свернул картинку в небольшой квадрат и тоже защёлкал «мышью». На мониторе возникла фотография.

— Точно, — упавшим голосом сказал Грек. — От те на!.. А я его и не сличал по физиономии-то!.. Паспорт и паспорт!.. Выходит, это поддельный паспорт, что ли? И договор, выходит, поддельный?! И теперь меня за жабры возьмут?

— Паспорт, скорее всего, абсолютно подлинный, — успокоил его Гриша. — И вряд ли тебя возьмут... за это самое. Но ты бы документы смотрел всё же, — и добавил, — пап. Ты же не разбойник Румцайц!..

— Побежали, Гриш, — сказала Маруся, щёки у неё горели. — Может, мы его ещё застанем.

— Нет, — возразил друг детства. — Всё это нужно делать не так.

Для начала Игнат Васильченко сказал, что не намерен больше разговаривать с журналистами. На это Гриша ответил: у него в рюкзаке компромат такой взрывной силы, что Игнату и во сне не приснится. Домофон щёлкнул, открывая дверь, и вновь они поднимались по широкой прохладной лестнице, и Маруся трусила так, что зубы стучали, а Гриша был совершенно спокоен. Академик Воскресенский, которого они попросили «о содействии», посматривал на часы.

Увидев на пороге такую компанию, Игнат Васильченко всё понял.

Он понял и даже рванулся куда-то, побежал, Гриша за ним. Когда Маруся с Воскресенским разыскали их среди многочисленных пустых комнат, Гриша тащил Игната с окна.

— Куда тут прыгать, — приговаривал Гриша. — Этаж-то какой? Или ты решил самоубиться, дебил?..

Игнат тяжело дышал и отворачивался.

— Посадите его, — велел Воскресенский. — Вон хоть на тот стул.

Маруся выглядывала из-за его плеча. Ей было интересно и всё ещё немного страшно.

— Фильм заказал ты, — начал Гриша, приткнув Игната на стул. — И Басалаева на него потащил. Больше некому, никто не знал, что его будут показывать! А ты знал, потому что сам всё и провернул!.. Юрий Фёдорович ничего подобного не ожидал. Академик Воскресенский накануне был здесь, ссорился с ним, даже в глаз дал. Ты ловко ему вкрутил, что Воскресенский утащил... что он утащил? Диск? Флешку? Где именно было зафиксировано его гениальное открытие?

Игнат молчал, тяжело дышал, руки у него дрожали.

— В общем, что-то Воскресенский утащил. Сделал фильм и таким образом присвоил его открытие. Басалаев, конечно, был человеком странным и неприятным, но он не был дураком, уж точно! И он знал, что никакого открытия нету! Он его выдумал. Для спонсора, который давал ему деньги. Видимо, под это дело — нашествие инопланетян — он надеялся получить какие-нибудь очень значительные суммы!.. И фотографии из космоса были предназначены именно для спонсора, а не для широкой общественности. И тем более не для фильма! Басалаев быстро понял: Воскресенский, несмотря на то что он не астрофизик, сообразил бы, что ничего особенного на этих фотографиях нет, просто какой-то участок звёздного неба. Поначалу он был поражён тем, что Воскресенский вроде бы решил присвоить спонсорские деньги и даже фильм сделал! Он стал кричать, скандалить, мы видели, он чуть не плакал. Ну, конечно, денежки из-под носа уплывают! А потом сообразил, что это невозможно. Он никому не рассказывал про вселенский заговор, кроме тебя, Воскресенскому уж точно нет! И тот по обыкновенной фотографии звёзд никак не мог сделать вывод об армии инопланетян! Он позвал тебя на второй этаж, усадил на кушетку и стал показывать эту самую фотографию, — Гриша вынул из рюкзака листок. — И объяснять, что на ней ничего нет! Ничегошеньки, это любой специалист определит. Но ведь ты-то поверил, что там нечто необыкновенное. Ты не специалист. Ты уверен, у радиотелескопов бывают объективы! Ты кто по образованию?

— Менеджер, — выговорил Игнат сквозь зубы. — Специалист по торговым сетям.

— Ну вот! Откуда ж тебе знать про объективы, если ты по торговой части!

Маруся вздохнула.

— Зачем ты его убил — понятно. Деньгами спонсора распоряжался он, а тебе хотелось самому ими распоряжаться! Деньги-то не маленькие! А Басалаев тебя к ним не подпускал. Как ты его убил?..

— Он сам умер.

— Как, Игнат?..

Маруся опять вздохнула.

— Послушайте, — обратился к Игнату Воскресенский. — Мне некогда с вами рассусоливать. В любом случае я сдам вас властям, а они пусть делают с вами что хотят.

— Никто ничего не докажет!

— Вы давали ему таблетку, — сказала Маруся тихо. — Маргарита Николаевна вспоминала, что у Басалаева всю жизнь высокое давление, но он никогда не лечился. Что вы ему дали? Ударную дозу рицина?

— Что такое рицин? — спросил Гриша.

— Прспарат, повышающий давление, — ответила Маруся. — Тётя Лида его принимает, у неё давление нулевое, как она выражается. Да, Игнат? Он и так волновался сильно, а тут ещё рицин или какой-то похожий препарат. Вот он и умер прямо у вас на глазах. И вы стали полноправным руководителем уфологической организации, и спонсорские денежки автоматически стали вашими.

— Вы ничего не докажете!..

— Ну, это мы посмотрим, — сказал Воскресенский. — Подумаем. Прежде всего нужно подумать, правда? И что-нибудь придумается. Препарат наверняка рецептурный, вы его где-то доставали, какие-нибудь следы остались. Подумаем.

— У него вдруг появились деньги, — трясясь от злости, выговорил Игнат. — На всё! На офис этот, на машину! На Алтай он собрался звёзды изучать, в экспедицию! А я не мог к ним подобраться! Он меня к этому своему толстосуму даже не брал никогда, сам ездил! А мне деньги нужнее, я молодой ещё! Он бы так ни за что не отдал! И делиться бы не стал! А это нечестно, нечестно!..

— Нечестно, — повторил Воскресенский. — Честь — дело тонкое, молодой человек. Всё, поехали, у меня институт брошен на произвол судьбы практически. Я тебя сейчас знакомому полковнику сдам, а он подскажет, что дальше делать. Поехали, поехали!.. Я с Басалаевым рядом жизнь прожил и терпеть его не мог, но такой смерти — из-за недоумка последнего — он явно не заслужил.

Джип, в который затолкали Игната, заревел в тихом переулке, рванул с места и, полыхнув тормозными огнями, перевалился за поворот.

Маруся с Гришей постояли, глядя ему вслед, а потом не спеша пошли в сторону Петровки.

— Ты молодец, Маруська, — заметил Гриша. — Ловко всё раскрутила.

— Я бы одна ничего не раскрутила.

Он покивал. Они шли и молчали, думая каждый о своём.

— Я на работе отпуск взял, — сообщил Гриша ни с того ни с сего. — Сто лет в отпуске не был. У меня там три месяца накопилось.

— Ты на три месяца взял?! — поразилась она.

— Нет, на неделю всего.

Теперь покивала Маруся.

— Я рада, что Воскресенский теперь женится на Маргарите, — сказала она наконец. — Это правильно и справедливо.

— Да какая разница, женится он на ней или не женится!

— Очень большая!

— Да никакой нету!

— Ну и ладно!

— Вот именно!

Маруся пошла быстрее, он немного отстал.

— Марусь!

Она не оглядывалась.

— Марусь, остановись!

Она пошла ещё быстрее. Гриша догнал её и взял за руку.

— Слушай, можно я с тобой к тёте Лиде поеду? — Она вытаращила глаза. — Ну что? Будем на

Северку ходить, в лес тоже. На велосипедах станем кататься! Там же есть свободная комната!

— Е-есть, — протянула Маруся и зарделась, как будто он сделал ей предложение. — А в песочнице будем играть?

— Конечно. Ты хочешь? Тогда обязательно! И... вот ещё. — Он поставил рюкзак на асфальт, взвизгнул молнией и стал оттуда что-то тащить. Маруся терпеть не могла его привычку то и дело копаться в рюкзаке!

Гриша вытащил оттуда круглый букетик белых розочек, перевязанный лиловой лентой. Букетик был слегка помят.

— Это тебе, — и он сунул ей букет. Лицо у него стало красным. — Ужасная пошлость, да?

Маруся взяла букет и немного расправила.

— Ужасная красота, — поправила она, потянулась и поцеловала его. — Спасибо! Мне очень нравится.

Тогда он тоже её поцеловал.

И они долго стояли посреди пустынного переулка и целовались.

Мимо проехала машина и посигналила, но они не обратили на неё никакого внимания. Начиналось что-то новое, поразительное, немного опасное, и это было вовсе не нашествие инопланетян!..

Вечное свидание

Маруся распахнула обе створки окна, пристроила локти на подоконник и подпёрла руками щёки.

Хорошо!.. Лето хоть и закончилось почти, но всё равно солнышко припекает, пахнет укропом — судя по всему, тётя Лида собирается сегодня помидоры закатывать, — у соседей музыка играет, негромкая, мелодичная, где-то ветки жгут, дымком тянет.

На скамейке под окном стояла корзина с яблоками, сверху был пристроен пыльный кабачок. Маруся перевесилась из окна, громко засопела от неудобного положения, покопалась в корзине, выбрала яблоко получше. Угнездилась на подоконнике с ногами — романтическим образом, — подумала, с какой стороны приняться, и надкусила. Яблоко оказалось сочным, хрустким, сок потёк по подбородку. Такие яблоки бывают только в августе или в начале сентября. Ни ранние — мягкие, слабые, с рыхлой мякотью, ни поздние — крепкие, твёрдые, как будто суховатые, с этими, августовскими, не сравнятся!..

Маруся жевала яблоко и любовалась тётиным садом. Лидия Витальевна очень любила цветы, но сажала их не как все — на клумбах, — а прямо в траву. Получалось очень красиво!.. Зелёная лужайка, а посредине вдруг островок жёлтых роз, дальше георгины на высоких и твёрдых ногах, а за ними астры —

краски, как на картинах импрессионистов, и ещё какие-то розовые цветы, которые тётя называла «разбитое сердце». Они и вправду были похожи на розовые сердечки. В университете, где Маруся преподавала французский язык, девчонки наклеивали на тетрадки точно такие сердечки, только непременно блестящие.

— Встала? — прокричала откуда-то тётя Лида. — Наконец-то! Умывайся, завтракай и выходи!.. Я укроп срезаю, сегодня будем помидоры закрывать.

Маруся вздохнула. Ей не хотелось закрывать помидоры.

Она со всех сторон оглядела остатки яблока, подумала и огрызок тоже сжевала. Во рту стало горько от коричневых блестящих косточек. Так вкусно бывает иногда съесть яблоко вместе с огрызком!

— Отец обещал приехать, — продолжала невидимая тётя. — Ты ему не звонила, будет он?..

— Звонила, — ответила Маруся себе под нос. — Он меня отчитал за то, что я не постирала шторы и теперь дома пылища! А я постирала. Просто у нас всегда пылища.

— Что ты там бормочешь?

— Ничего! — громко сказала Маруся в сторону кустов смородины. — Тёть, а Гриша встал?

— Гриша твой уже давно в Егорьевск уехал за досками.

— Никакой он не мой, — опять себе под нос пробормотала Маруся.

— А?! Громче говори, тут не слышно! Завёл мотоциклетку свою и уехал! Ты у нас одна здорова спать!

Гриша увязался в отпуск за ней, и теперь тётя то и дело попрекала Марусю!.. Гриша то, Гриша сё!..

Он такой деловой да хваткий, а тебе бы только в гамаке валяться! Маруся никак не могла взять в толк, что такое с Гришей случилось!.. Страстью к хозяйственным работам он вроде бы никогда не отличался, а тут вдруг отличился! На весь день находил себе занятия, Маруся его и не видела совсем! То он колодец чистит, то погреб проветривает, а сначала вытаскивает оттуда бочки и ящики, то вдруг взялся колотить загородку для компоста. Тётя Лида всё стенала, что у неё пропадает великолепное «натуральное» удобрение — картофельные очистки, огуречная ботва, гнилые помидоры, капустные листья, скошенная трава, труха, остающаяся после чистки грибов, и прочее, — а из всего этого вышел бы отличный перегной. Гриша выразил готовность сейчас же соорудить ящик для «отличного перегноя», и пожалуйста — укатил в Егорьевск!.. А до него неблизко, значит, приедет не скоро.

...Вот тебе и друг детства! Маруся-то надеялась, он специально поехал, чтобы она не скучала на даче, а он, оказывается, поехал, чтобы ящики колотить и грядки копать!..

Ещё она немного надеялась на... романтическую историю, пусть это и смешно: друг детства и романтическая история несовместимы решительно, но у неё *никогда не было* вовсе никаких таких историй, и хотелось хоть какую-нибудь малюсенькую, кособокую, хоть бы и с другом детства. Тем более что лучшая подруга Даша выходит замуж и прожужжала Марусе все уши, что, мол, пора, пора!..

Маруся и сама понимала, пора — двадцать четыре года, а дело ни с места, — но откуда же взять кавалеров, если нету их?! Нет, и всё тут! Те, что нравились Марусе, не обращали на неё никакого внимания. Те, которые время от времени предлагали ей свидания, были сомнительны и, с её точки зрения, никуда не годились, что уж говорить о папе!.. С его точки зрения, ни один кавалер не достоин Маруси, не родился ещё достойный. Отец мог вынести только Гришино присутствие в жизни дочери, да и то только потому, что Гриша был «порядочный» — инженер, аспирантуру окончил, денег никаких, зато благородная работа в научном институте. Кроме того, Гриша присутствовал в Марусиной жизни с рождения, и даже папа-ретроград понимал, что друг детства не опасен для дочки.

Маруся сердито вздохнула и затопала босыми пятками по чистым доскам пола. Решено было в отпуске ни о чём таком — неприятном или невозможном, например, о женихах или о том, чтоб зарплату прибавили, — не думать, но думалось то и дело!..

В тесной кухоньке, где готовили в основном зимой или когда надолго заряжали дожди, а в хорошую погоду только на улице, Маруся налила себе в пиалу простокваши, взяла горсть вишен из кастрюли, пересчитала отмытые до блеска трёхлитровые банки — их оказалось двадцать семь, — сразу соскучилась, вышла в сад и уселась на лавочку. Съела вишню, выплюнула косточку и пересела в качалку, так, чтобы видеть лес за штакетником.

Когда делили участки и тянули жребий, дедушке достался самый плохой — у кромки леса, и бабушка потом долго убивалась, зачем она сорок лет назад вышла за дедушку замуж, если он такой неприспособленный, даже участок нормальный не может обеспечить! Прошли годы, и оказалось, что их участок — самый лучший, самый прекрасный. Двумя сторонами участок глядел в лес, сразу за забором начинались берёзы, высокая трава, в которой качались жёлто-фиолетовые соцветия иван-да-марьи, попадалась земляника, и с июня начинались белые грибы, по одному-два, но набрать на суп, самый первый, самый вкусный, можно было всегда. За берёзами невысокая горушка, на которой стояла деревня, сваливалась в лес, и тропинка выбегала к речке Северке, очень быстрой и даже в июле совершенно ледяной. Гриша каждое утро бегал купаться, а Маруся ленилась и за пять дней ещё ни разу не сходила.

Маруся ела простоквашу и вишни, смотрела, как качаются берёзы, слушала, как они шумят — с едва уловимым металлическим брюзжанием, — думала, что вот и кончилось лето!.. А она и не заметила. Тёплые дни наверняка последние, и эта вишня тоже последняя, поздняя, следующей ждать и ждать целую осень, зиму и весну ждать.

...Всё время приходится чего-то ждать: следующего лета, прибавки к зарплате, большой любви. Всё время получается, что самое настоящее впереди, а нынешнее — так, ожидание, бессмысленное, как сидение в очереди. Всё время получается так, что, когда будущее становится настоящим, оно оборачивается ненастоящим, и нужно снова сидеть и ждать — Нового года, интересной работы, большой любви...

Маруся нахмурилась. Решено было в отпуске ни о чём таком не думать, а думалось всё время, и отпуск вот-вот кончится, а она ещё ни разу не сходила на речку!..

За углом дома заговорили громко, раздражённо, и Маруся поняла, что явился Валерик, сосед, с которым тётя то и дело ссорилась. С Валериком постоянно ссорилась вся деревня.

...Когда-то эти участки были деревней, потом из неё все уехали — кто в Москву, кто в Егорьевск и Воскресенск, — а землю раздали дачникам. Марусе нравилось, что у них дача в деревне, а не в садовом кооперативе посреди чистого поля!..

— А я тебе сказал, снимай! — кричали из-за угла. — Или я сам кран вызову, они живо открутят!

— Да угомонишься ты когда-нибудь или нет?! — возражала Лидия Витальевна тоже очень активно. — Сколько раз сказано, я плачу! Плачу я за свет!.. И за этот тоже!..

Маруся поставила пиалу в траву, поднялась и пошла спасать тётю от нашествия татарского ига.

У забора тётя Лида в бейсболке, мятой майке и обрезанных по колено джинсах потрясала укропным веником перед носом плотного моложавого мужика, грудью налегавшего на штакетник. Казалось, ещё чуть-чуть, и под его весом забор завалится. Мужик пылал от негодования и был красен как рак.

Саня, деревенский оболтус, слезши с велосипеда, наблюдал с той стороны улицы, но не приближался.

— Я ещё когда говорил, чтобы ты эту фиговину свою отвинтила! — наддавал Валерик.

— Да иди ты к чёрту, — энергично отвечала тётя Лида, — у меня без фонаря на участке темень хоть глаза выколи!

— А мне плевать, чего у тебя на участке. — Мужик ещё сильнее навалился на забор. — Я за твой фонарь должен платить?! Я?!

— Тётя! — окликнула Маруся негромко. Лидия Витальевна оглянулась и махнула на неё рукой — уходи, мол, не встревай — и продолжала перепалку:

— Да ты глаза-то свои разуй, посмотри, куда кабель идёт! В дом он идёт, вон изоляторы белые! К счётчику идёт! Не ворую я электричество!..

— А откуда я знаю! Может, он фальшивый!

— Кто фальшивый?!

— Кабель этот твой! Может, он для виду сделан, а не по-настоящему!

— Да ты с ума, что ль, сошёл совсем?! Фальшивый! Зайди и посмотри!

— Не стану я смотреть! А фонарь твой завтра скручу и вон в овраг кину! Так и знай!

— Да я на тебя заявление напишу за хулиганство!

— А это пожалуйста! Это сколько угодно! На меня кто только не писал, а теперь они все знаешь где, знаешь?! Вот тебе, а не заявление! — гаркнул Валерик и сунул тёте Лиде под нос здоровенную фигу. — Карга старая, курица драная! Мозга нету, а туда же, заявление она напишет! Климакс у тебя? Таблетки принимай, а то в одном месте свербит небось!..

Тётя размахнулась — Маруся взвизгнула и кинулась к ней — и хлестанула Валерика укропным веником, сначала справа налево, а потом слева направо. Сухой укропный зонт зацепился за Валеркино ухо и повис, семечки обсыпали его потную физиономию, он взвыл, кинулся на забор и схватил Лидию за волосы.

Маруся подскочила и стала толкать его в плечи. Валерик не сдавался, Лида молча боролась, а племянница вопила:

— Отстань от неё!! Отстань сейчас же! Уходи! Пошёл вон!..

На дороге неожиданно громко засигналила машина, Валерик выпустил тётю Лиду, Маруся сильно его толкнула, он сделал шаг назад и неловко сел в куст шиповника.

Машина проехала мимо.

— Звони участковому, — велела Марусе тётя, тяжело дыша. — Хулиганство и разбой! Звони немедленно!

Маруся выхватила из кармана телефон и стала в него тыкать. Она так перепугалась, что руки тряслись.

— Ну, ты попомнишь, — пригрозил Валерик и выбрался из куста. — Ты у меня, Лидка, в ногах валяться будешь! Сожгу! — заорал он уже с дороги. — Спалю к чёртовой матери!..

— Давай, давай отсюда! Негодяй, подонок, — пробормотала Лидия Витальевна, подхватила с травы бейсболку, нахлобучила и сморщилась: — Должно быть, полголовы волос выдрал, придурок!..

— Тётя, я не знаю, как звонить участковому, — спохватилась Маруся.

— Да не надо никому звонить, — сказала Лида, морщась. — Он сейчас проорался, теперь недели на три отстанет. Ах, паразит!..

— Да, но так нельзя, он же на тебя... напал!

— Да ничего он не напал, подумаешь, за волосы схватил! Что он может, участковый? Беседу провести? Не станет он никаких бесед проводить, у него других дел навалом! Вон на переезде таксисты с маршруточниками подрались, и все как один эти... гости с юга!.. Где участковому наши дрязги разбирать...

Тётя Лида оглядела свой веник, сняла с забора застрявший пучок укропа, вздохнула и покачала головой:

— Такой характер поганый, — сказала она задумчиво. — Никому житья не даёт! Фонарь наш ему мешает, электричество мы воруем, видите ли! Как же! Всё через счётчик идёт, а ему неймётся, паразиту!.. Пацанов с поля разогнал, они там в футбол всё лето гоняли, нет, втемяшилось ему, что шумят очень и пыль от них!.. Да ладно бы просто разогнал, так он с ворот сетку срезал! А сетку Прокопенко на свои деньги покупал, он мужик серьёзный, не то что Валерик, пустобрёх!..

— Да кто он такой, Валерик этот?

— А шут его знает. Они и не ездят сюда почти. А как приедут, так сразу свары у нас начинаются. Жена-то только на выходные бывает, а он тут торчит, всех жизни учит!.. Шлагбаум какой-то собирается ставить, чтоб по дороге проезда не было, мол, мимо его участка все машины идут, выхлопные газы, для здоровья вредно. Нет, ты можешь себе представить?! Из Москвы приезжает, и здесь ему — газы! И сидел бы себе в Москве, там небось никаких газов нету!..

— У тебя с той стороны волосы вырваны!.. — ужаснулась Маруся.

Лида потрогала голову и опять сморщилась — больно.

— А может, и напишу заявление, — вдруг вспылила она. — До чего дошло, рукоприкладство, да ещё оскорбления!

Маруся негодовала изо всех сил, сочувствовала тёте и очень убедительно говорила, что нужно непременно обратиться в полицию, так это нельзя оставить. Попутно она сердилась на Гришу, который уехал и не знает, что на них тут напали.

Хотя... с другой стороны... если вдуматься... Гриша вряд ли смог бы помочь. Он человек мирный, интеллигентный, в очках. Несколько трусоват. Ну, стоял бы рядом и повторял: «Прекратите безобразие!» И она, Маруся, в нём бы окончательно разочаровалась. Пока ещё не окончательно, в смысле компостного ящика вместо романтических прогулок, а после сцены с Валериком наверняка разочаровалась бы по-настоящему.

Конечно, он очень помог ей, когда она решала головоломную задачу, связанную со странной смертью странного человека в планетарии — этот человек умер почти у неё на глазах, — но впоследствии все её ожидания и надежды потерпели крах. Гриша, уже почти было ставший её героем, как-то сдулся, вроде резинового тигра Васьки, с которым они в детстве плавали в Северке, и сколько его ни заклеивали, он всё равно сдувался моментально. А Марусе очень хотелось... героя. Не придуманного, не слепленного из разных — хорош, как артист, умён, как писатель, шутлив, как телевизионный ведущий, — а подлинного, натурального, чтобы всё в одном, и этим одним-единственным чтобы можно было гордиться!..

Подавая тёте Лиде длинненькие крепенькие помидорчики, которая та сосредоточенно упихивала в блестящую банку, Маруся громко вздыхала —

специально громко, чтобы тётя спросила, о чём она вздыхает.

Лида долго не спрашивала.

Рассол перекипал в большой кастрюле, пахло уксусом, укропом, смородиновым листом. Уже готовые закатанные банки стояли вверх дном вдоль стены, и ещё пустые громоздились на столе под чистым полотенцем, а Маруся всё вздыхала.

— Ты не огорчайся, — в конце концов сказала тётя Лида. — Я понимаю, Валерик кому хочешь настроение испортит! Ты, главное, не бойся его. Станет приставать, сразу мне скажи или Грише своему.

— Никакой он не мой, — перебила Маруся. — Тёть, а почему ты замуж не вышла?

— Я?.. — удивилась Лидия Витальевна. — Ну ты спросила!.. Не получилось у меня, вот и все дела.

— А почему у тебя не получилось?

— Ох ты, господи. Не знаю. Не у всех получается. Сначала мне никто не нравился...

...Мне тоже никто не нравится, быстро подумала Маруся.

— ...а потом уж и я никому не нравилась.

— Ну почему, почему? Ты же симпатичная! Ты всё умеешь! Я вот даже кашу варить не умею, а ты — всё! Даже баню сама топишь!

— Кашу варить я тебя научу, а замуж берут не за то, что баню умеешь топить, — тётя как следует утрамбовала очередной слой помидоров, — а потому что любят. А когда любят, не имеет значения, умеешь ты кашу варить или, может, стихи писать! Когда любят, ничего не имеет значения. Ну, по крайней мере, так принято считать.

— А тебя никто не любил? Совсем никто?..

Тётя поправила на голове косынку. Перед помидорами она туго повязала голову и Марусе велела тоже повязать.

— Наверное, никто, Марусенька, — сказала она и улыбнулась. — Раз так замуж и не взяли. А что такое, почему ты спрашиваешь? Замуж собралась?

— Меня тоже никто не берёт! — буркнула Маруся.

— Ты ещё молодая, девочка совсем! У тебя всё впереди.

— Да, впереди! Мне двадцать четыре года, а у меня никого нет!

— У тебя Гриша есть.

Маруся даже ногой топнула.

— Тётя! При чём здесь Гриша?! Мы с ним плавали на тигре в Северке! Помнишь, у нас такой надувной тигр был, его звали Васька? Он потом быстро порвался, потому что мы на него с берега прыгали!

— Помню, — сказала Лида и улыбнулась. Улыбалась она замечательно, нежно, лицо сразу становилось молодым, почти девичьим. — Гриша замечательный человек и...

— Да я знаю, что он хороший, — опять перебила её Маруся. — Но не то!

— Не то? — усомнилась Лида.

— Совсем не то!

— А так за тобой ухаживает...

— Это он за тобой ухаживает! За досками уехал! Чтобы оборудовать твой компост! А со мной он дружит! Подумаешь, один раз поцеловались, ну и что?

— Поцеловались, и ничего? — спросила тётя Лида и взглянула племяннице в лицо. — Ничего-ничегошеньки?..

Маруся вспыхнула, как будто её обдало паром из кастрюли с рассолом. Быстро отвернулась и поволокла на стол очередной таз с вымытыми помидорами.

Нет, как ничего?.. Конечно, тогда ей вдруг показалось, что Гриша и есть самый настоящий, единственный, целоваться с ним оказалось немного страшно, но так прекрасно, и от него хорошо пахло, и его ладонь держала Марусину шею, и весь он был приятный на ощупь, пугающе чужой и вместе с тем абсолютно свой, и это сочетание казалось опасным и притягательным.

— Понятно, — почему-то сказала Лидия Витальевна, рассматривая её. — Ты только не тяни особенно, Маруська. А то ведь он сейчас ждёт, а потом появится какая-нибудь... рыжая бестия и уведёт его. И не вернёшь...

— Тётя!

— Ясное дело, тебе принца надо, — заключила Лида и опять принялась за помидоры. — Беда с вами, с девками. Начитались глянцевых журналов! А там сплошь принцы! Один поёт, другой в театре представляет, третий в хоккей играет, пятому двадцать один год, а он уже миллионер и все миллионы своей головой заработал.

— А это что? Плохо?

— Должно быть, хорошо, только так не бывает.

— Как не бывает?! Тёть, но ведь они где-то есть, все эти люди! И они такие интересные, у них жизнь самая... настоящая! — Маруся восторженно улыбнулась. — Они всё успевают, всё могут: и деньги зарабатывают, и путешествуют, и за девушками ухаживают, и подарки им дарят, и в искусстве разбираются. Машины водят, самолётами управляют.

— Я таких не знаю.

— Конечно, не знаешь, я тоже не знаю! Они где-то... не здесь, в другой жизни, а мы тут прозябаем.

— Мы тут живём, — возразила тётя. — И, между прочим, неплохо живём.

— Плохо, — мрачно сказала Маруся, которая поклялась себе ни о чём таком в отпуске не думать, — скучно и глупо. И самое глупое, что вся жизнь пройдёт, а ничего интересного так и не будет. Ну, хорошо, — она швырнула на стол полотенце, — вот, допустим, выйду я замуж, и что?.. Всю жизнь ипотеку выплачивать, за очередь на детский сад биться, на работу двумя троллейбусами и метро? А по субботам в пробках страдать, чтоб на эту дачу приехать и тут компостную кучу огораживать?!

— Да, — согласилась тётя, — перспектива так себе.

— Ну вот! — возликовала Маруся. — А я хочу не так! Я хочу, чтоб интересно было, чтобы дух захватывало, чтобы каждый день новое и радостное случалось, чтобы...

— Каждый день праздник, — договорила Лида. — Ты только в голове держи на всякий случай, что праздники тебе устраивать никто не обязан, да ещё каждый день. Или тогда ты сама себе их устраивай, никого не привлекай к этому вопросу. Эти мужики, которых в природе нету и про которых журналы врут, они же работать должны день и ночь, от зари до зари. Хоккеист тренируется, артист репетирует, миллионер деньги куёт, а потом стережёт, чтобы не пропали. Не до праздников им. А подарки...

Ох, Маруська, бриллиантовое кольцо — отличный подарок, но зонтик — тоже неплохой, особенно когда дождь льёт, а у тебя зонта нету.

— При чём тут зонт?!

— А мне однажды кавалер зонт подарил. Я на остановке под крышей пряталась, дождь льёт, ну, проливной просто, и не кончается. Я прячусь и думаю, как домой побегу?.. Он со мной вместе из института вышел, вроде бы провожал меня. Вот мы стояли-стояли, а холодно, осень уже, такая поздняя, седая...

Маруся слушала очень внимательно.

— И я всё сокрушалась, что мне домой надо скорей, мама с работы придёт, а я посуду не помыла, влетит. Он слушал, слушал, а потом побежал через дорогу. Там напротив галантерея была. Я так удивилась! — Тётя засмеялась счастливым смехом. — Думала, он меня бросил, ему совсем в другую сторону надо было, там как раз автобус подошёл. Но он вернулся и принёс мне зонт, такой шикарный, складной. Они тогда только-только в Москве появились и стоили дорого, да и не во всяком магазине их продавали. А нам как раз стипендию дали. Вот он на этот зонт почти всю свою стипендию и потратил. Зато я домой пришла как принцесса — под зонтом. Даже у мамы такого не было. Она у меня время от времени его брала поносить. И я ей давала — это же мой собственный зонт!..

Тётя замолчала и стала заливать огненным рассолом очередную банку.

— А куда он потом делся? — осторожно спросила Маруся. — Тот парень, а не зонт!

— Убили его, — ответила тётя будничным голосом, — девяносто первый год, тогда таких историй сколько угодно было. На футбольном поле, прямо за институтом. Сняли куртку, кожаная куртка у него была, часы, деньги какие-то забрали. Зачем он в тот вечер через поле пошёл, не знаю... Кругом хулиганили, а он пошёл.

— А ты его... любила? — ужаснулась Маруся.

— Я не успела! — сказала тётя Лида с силой. — Я принца себе подыскивала, а он обыкновенный парень был, даже не очень симпатичный. Тогда всякие кооператоры появились, первые коммерческие палатки, магазины, и многие моментально разбогатели, «Жигули» стали покупать. Это такая шикарная машина была, «Жигули» восьмой модели! А он, обыкновенный студент, только и делал, что учился, никаких тебе палаток, никаких «Жигулей»... Маруська! — вдруг громко сказала Лида. — Ты смотри, у нас соль вся вышла! Как это я не рассчитала! Беги скорей за солью, на последнюю партию точно не хватит!..

— Тёть, а потом? Тебя уже больше никто не любил так, как он?..

— Марусь, давай быстрее! Возьми на всякий случай две пачки! У тебя деньги есть?

Маруся поняла, что расспрашивать дальше не стоит. Она задумчиво развязала косынку, сняла с крючка цветастый рюкзачок, купленный по секрету от отца перед самым отпуском в ЦУМе, — знак шикарной жизни и дань глянцевым журналам, — пересчитала в кошельке сотенные бумажки, три тысячи лежали отдельно, под молнией, сунула ноги в шлёпанцы и отправилась в магазин. Идти было всего ничего, через две улицы.

...И Гриши нету, что ты будешь делать! Она должна немедленно рассказать ему о тёте, она ведь никогда не знала, что в тётиной жизни когда-то случились такие трагические события. Нужно, чтобы Гриша тоже узнал и сказал ей, что делать. Пусть всё это произошло сто лет назад, просто раньше-то Маруся не знала, и тётя Лида должна была справляться сама, одна, а теперь она, Маруся, как-нибудь ей поможет! Тут слёзы навернулись Марусе на глаза — так жалко стало убитого парня и ту девчонку с зонтом, которой тётя Лида была когда-то. Воображение, которого Марусе было не занимать, моментально нарисовало картину: дождь, осень, автобусная остановка и новенький зонт из галантереи напротив. С тех пор прошла жизнь, которую тётя провела в одиночестве. То есть у неё всегда были Маруся и её отец, и бабушка с дедушкой, но больше никто и никогда не дарил Лиде зонтов на автобусных остановках.

Из-за углового дома доносились раздражённые голоса, кто-то почти кричал, и Маруся решила было повернуть обратно — она терпеть не могла скандалов, особенно публичных, на людях! — но тогда за солью побежит тётя Лида, помидоры же не бросишь!.. И Маруся, потоптавшись немного, отважно двинулась вперёд. В конце концов, ей нужно в магазин, и скандал *не может* иметь к ней никакого отношения!

У дверей магазина разорялся Валерик — ясное дело! Он животом наступал на маленькую женщину, похожую на кудлатую болонку. Женщина отступала и закрывалась от него пакетом, из которого торчал длинный батон.

— А я тебя предупреждаю серьёзно, Наталья! — кричал Валерик. — Ещё раз замечу твоего пацана возле машины, шкуру спущу, сначала с него, а потом с тебя!

— Да они играли там! — тоненько восклицала женщина. — Чего он тебе сделал?!

— Если б сделал, я бы его, гадёныша, в колодец головой сунул! Нечего ему возле моего дома шастать!

— Да как им не шастать, если твой дом на поле выходит, а они там играют!

— А мне положить, где они играют! Я поле колючкой обнесу, чтоб туда не совался никто!

— А оно что, твоё, поле это?!

— А твоё, что ли?!

Маруся подумала, что сейчас Валерик её увидит и набросится, непременно набросится! Ей стало страшно и захотелось убежать.

На той стороне улицы притормозила машина, из неё выбрались супруги Прокопенко.

— Бог мой, опять шум, — сказала жена плачущим голосом. — Опять Валера!..

— Как он мне надоел, — поддержал её муж.

Они были высокие, дородные, положительные, и оба в очках. У неё очки в золотой оправе и широкие, а у него в роговой и узкие.

Когда-то супруги купили у Гришиных родственников их участок, и, несмотря на то что они ни в чём не были виноваты — участок продавался, а они его приобрели, только и всего, — Маруся их недолюбливала. И тётя Лида недолюбливала. Эти люди не могли, не должны были оказаться на том месте, где много лет прожили Гришины бабушка и дедушка, они не имели права сносить беседку и сооружать вместо неё теплицу, они вообще ни на что не имели права, потому что были и остались чужаками.

Гриша никогда не ездил в деревню, чтобы не вспоминать и не видеть, как в доме его детства живут чужие люди, — в этом году в первый раз поехал!.. Маруся думала, что за ней ухаживать, а оказывается, чтобы ладить тёте Лиде забор и сооружать компостный ящик!

— Что вы шумите, — досадливо сказал супруг Прокопенко, приближаясь. — Ну что вам за охота?..

— Никакого покоя от вас нету, — поддержала его жена.

— Покой на том свете всем обеспечен, — с места в карьер накинулся на них Валерик, — а здесь всё по справедливости будет, по-моему!.. Ясно вам?!

Прокопенко насупился, хотел что-то сказать, но Валерик не дал:

— Шпану вашу я разгоню к чёртовой матери! С поля турнул, под окнами у меня никто орать не будет и пыль поднимать!.. А если опять к воротам сетку приладите, я ворота эти к вам во двор приволоку! И тебя, интеллигент, башкой в них суну! Понял, нет?

— Замолчите немедленно, — дрожащим контральто сказала супруга Прокопенко. — Держите себя в руках.

— Па-адумаешь, цаца какая! Сама себя держи, если мужик твой тебя держать не умеет! А щенка твоего, — он обернулся к маленькой женщине, — я утоплю, ты и пикнуть не успеешь!..

Маленькая женщина бросилась на него и стала молотить пакетом, как давеча тётя Лида укропом.

— Посмей только его тронуть, — визжала она, — убью!.. Убью-у-у!..

Валерику только того и надо было!.. Возле магазинного крыльца моментально завязалась потасовка,

175

дурацкая уличная потасовка, в которую оказались вовлечены все, кроме Маруси, которая стояла, прижав к лицу кулаки. Супруг Прокопенко пытался оттащить Валерика от маленькой женщины, но тот изловчился и ткнул кулаком ему в глаз, свалились в пыль очки, на крыльцо выскочила продавщица и завизжала, вообще все женщины визжали — на разные голоса.

— Ах ты, мать честная! — изумлённо сказал кто-то рядом с Марусей, она не поняла, кто именно. Затарахтел мотоцикл, что-то загремело, и возле дерущихся появился Гриша!

— Гришка! — закричала Маруся изо всех сил и бросилась к нему, но он не обратил на неё никого внимания.

Незнакомый мужик в грязной футболке, заправленной в камуфляжные штаны, схватил Валерика за шиворот, а Гриша за правую руку, так что буян моментально оказался обездвижен и повис вниз головой. Несмотря на такое своё положение, угрозы он продолжал выкрикивать.

Маруся смотрела на Гришу во все глаза.

— Боже мой, боже мой! — стонала супруга Прокопенко. Рукав платья у неё был почти оторван. — Что за кошмар, ужас!

— Пусти! — вопил Валерик и дёргался, как жук, которого насадили на иглу, чтобы поместить в коллекцию. — Убью!

Супруг Прокопенко шарил в песке, искал свалившиеся очки. Маленькая женщина громко плакала, продавщица на крыльце ругалась на чём свет стоит. Солнце светило августовским жёлтым светом, лежали на дороге плотные тени, плыли по небу белые облака с синими днищами, и пахло травой и листьями, и такая красота была вокруг, что безобразие происходящего вдруг по-настоящему ужаснуло Марусю.

— Ты бы язык свой поганый придержал, — негромко посоветовал камуфляжный Валерику и сделал движение коленом. От этого движения Валерик всхрюкнул, захрипел и обмяк.

Как по команде, Гриша и камуфляжный его отпустили, Валерик бухнулся лицом в пыль. И остался лежать.

— И руки бы тоже не распускал, — продолжал камуфляжный, наклоняясь над ним, как над упавшим ребёнком. — Хочешь бузить, вали в город, там бузи!

— Справились, да? — отплёвываясь от пыли, проскрежетал Валерик. — Двое на одного?! Я вам попомню, всем попомню!

— Спасибо вам, товарищ, — негромко сказал супруг Прокопенко. — И вам, молодой человек! — Очки у него на носу сидели криво, щека была исцарапана. Он нагнулся над Валериком и погрозил ему толстым розовым пальцем. — А сетку футбольную мы непременно поставим, и дети продолжат свои футбольные занятия!

— Я те продолжу, я те продолжу, — забормотал Валерик, поднимаясь на четвереньки.

Камуфляжный присел перед ним на корточки:

— Ты чего-то недопонял?

Валерик шарахнулся от него, пробежал немного на четвереньках, потом поднялся, придерживаясь рукой за ствол липы.

— Вы меня ещё не знаете, — сказал он из-за липы. — Сволочи, все на одного! Я вас всех... поодиночке... передавлю...

— Вали домой, — посоветовал камуфляжный.

— Марусь, — вдруг удивился Гриша, — а ты чего здесь? Или он к тебе... тоже приставал?!

— Нет-нет, — заспешила Маруся. — Я за солью, мы помидоры закрываем... А тут... он. Он ещё утром на тётю напал, а на меня нет...

Гриша внимательно осмотрел её с головы до ног, как будто хотел удостовериться, что с ней всё в порядке. Потом зачем-то пнул кедом кучу песка, так что песок полетел в сторону Валерика. Тот уходил по улице, оглядывался и всё что-то говорил.

— Сеанс окончен, — объявил камуфляжный. — Расходитесь, девочки и мальчики.

— Морду бы ему набить, а не так отпускать, — задумчиво сказал Саня из-за своего забора. Он подошёл недавно и наблюдал только окончание баталии. — Сволота такая! Ладно бы с бабами базарил, как вон утром с Лидой, а то ведь на дороге «колючку» разбросал, я шину утром пропорол! Это чтоб не ездили мимо него!

— Что вы говорите?.. — ужаснулся Прокопенко, а камуфляжный посмотрел на Саню, как показалось Марусе, с изумлением. — Нужно колёса осмотреть, может, и мы... наехали!

— Я и говорю, — продолжал Саня, — что разобраться надо по-взрослому, а не так!.. Башку ему открутить, да и все дела! Мало ли чего он ещё наделает! В колодец отравы кинет!

— А он может? — перепугалась Прокопенко-супруга.

— Ладно, граждане, не паникуйте раньше времени! — громко посоветовал камуфляжный. Оглянулся на Гришу и неожиданно сунул ему пятерню. — Константин.

— Григорий. А это Маруся.

— Ясное дело, — с необидной насмешкой сказал камуфляжный. — Эх, Маруся, нам ли быть в печали!

— Я не в печали, — пробормотала та.

— Оно и видно. Вы из крайнего дома, что ли?

— Мы у тёти гостим, — сказала Маруся. — А этот гад на неё сегодня напал! За волосы её схватил!

— Парень, ты как это допустил?!

— Да я в Егорьевск ездил, — и Гриша с досадой кивнул на свой мотоцикл. К коляске были привязаны доски.

...Как будто дело только в том, что он ездил в Егорьевск, подумала Маруся. Как будто, окажись Гриша на месте, он бы смог их с тётей защитить!.. Впрочем, он же схватил за руку этого ужасного Валерика! Никто не решался, а он схватил!

И Маруся покосилась на Гришу.

...Может, и защитил бы! Или нет?..

В сельпо они купили три пачки соли, камуфляжный Константин бутылку водки, и Гриша пригласил его «заходить». Тот пообещал.

— Гриш, — зашептала Маруся, когда они вышли на улицу, — зачем ты его к нам позвал?! Тётя в обморок упадёт, не дай бог, ещё папа приедет! И этот припрётся!.. Что мы будем делать?

— Садись, — велел Гриша, — поедем.

— Нет, я так дойду, а ты езжай! — перепугалась Маруся и, словно опасаясь, что Гриша может насильно затолкать её на сиденье, побежала по улице.

Маруся терпеть не могла этот самый мотоцикл с коляской! Вот просто ненавидела его! А Гриша обожал. Заобожал он его сразу же, как только выкатил из сарая, где мотоцикл куковал с начала девяностых. Когда-то на нём ездили Марусины дедушка и бабушка, это было сказочное, быстроходное и, главное, очень удобное средство передвижения! Бабушка ехала за дедушкиной спиной, а маленькую Марусину тётю сажали в коляску и накрывали кожаным фартуком. Гриша выкатил на свет кособокое пыльное чудовище с этой самой коляской, покрашенной в кастрюльный синий цвет, восхитился и дня два приводил его в порядок. Маруся и тётя Лида были убеждены, что чудовище давно померло от старости и реанимировать его нельзя, и отговаривали Гришу, но не тут-то было! Он установил, что карбюратор «заливает», а свеча не «даёт искру», долго возился, покупал запчасти и привёл всё в порядок. Даже сгонял на велосипеде на заправку и привёз канистру бензина!.. Когда мотоцикл в первый раз захрипел, задёргался, изрыгнул облако синего дыма, а потом взревел и застучал двигателем, Маруся и Лида выскочили во двор и обмерли, не веря своим глазам.

— Он ещё послужит! — перекрикивая мотоцикл, проорал Гриша. — Такая техника!.. Это настоящее всё, Ижевский завод!..

С тех пор Гриша повсюду разъезжал на этой самой «технике» и всё призывал Марусю разделить его восторг, но она не соглашалась ни в какую.

...Это такое убожество, такое унижение — мотоцикл с коляской! Ладно бы просто мотоцикл, пусть старенький, пусть какой угодно! В журналах то и дело печатали фотографии изумительных юношей рядом с потрясающей красоты мотоциклами! Юноши были изящными, утонченными, ухоженными, а мотоциклы брутальными, мощными, хищными, иногда совсем не новыми, они назывались «ретромотоциклы», и ими владельцы особенно гордились! В Марусин университет студенты-москвичи частенько приезжали на мотоциклах и на скутерах, лишь недавно вошедших в моду, и это было так шикарно, по-европейски! Но вот это кастрюльного цвета убожество, да ещё с коляской?! Чтобы Маруся на него села, и чтоб *все увидели*, что она едет на мотоцикле с коляской?!

Никогда в жизни!..

Гриша не понимал и, кажется, обижался.

Тётя Лида съездила с ним в «дальний лес» за грибами и вернулась счастливая. Пешком до того леса было не дойти, а мотоцикл довёз, да ещё бодро лез в грязь, объезжал поваленные деревья, ни разу не застрял, и грибов они привезли — целую коляску!..

— Как в детстве! — восторгалась Лида. — Гриш, ну какой ты молодец! Будут тебе вечером пироги с грибами!

Пироги с грибами были, и Марусины самые любимые, а на мотоцикл она так ни разу и не села. И не сядет!..

Когда она зашла на участок, Гриша уже таскал из коляски доски, а тётя Лида спрашивала у него, как там дела в Егорьевске и заезжал ли он в мясную лавку. Гриша отдал пакеты и спросил, что было нужно от неё Валерику.

Лидия Витальевна махнула рукой.

— Фонарь наш ему мешает, — сказала она с досадой. — Он считает, что мы государственное электричество воруем!

— Даст ему кто-нибудь по голове, — констатировал Гриша, принимаясь вновь за доски. — Всерьёз.

— Да кто ему даст, Гришенька?! Никто с ним связываться не хочет, все боятся! Такой скандальный мужик, не приведи господи!

До вечера они закрывали банки — после помидоров пришёл черёд перцев, как выражалась тётя Лида. Перцы долго не заканчивались, и Маруся уже падала с ног, когда Лида объявила, что банок больше нет и она сейчас быстренько соберёт ужин.

Маруся понимала, что должна помочь тёте с ужином, но у неё совсем не было сил, ноги на самом деле не держали, подкашивались.

Она накинула на плечи платок и вышла на улицу, где Гриша в сумерках продолжал стучать молотком и пила то и дело взвизгивала.

— Марусь, — велел Гриша, заметив её, — кинь мне переноску, темно уже.

— Может, хватит? — осведомилась Маруся. — Достоишь трудовую вахту завтра?

— Тут и на завтра работы достаточно.

Маруся вздохнула и приволокла тяжёлую уличную переноску с толстым чёрным шнуром. Гриша воткнул вилку в розетку, и над сараем загорелась лампочка.

— Давай хоть на речку сходим, — предложила Маруся. — Днём, когда жарко! Последние дни такая жара стоит, потом дожди зарядят, и всё!

— Днём я занят, — сопя, ответил Гриша. — Давай с утра.

— Утром холодно, — жалобно сказала Маруся, и он опять застучал молотком.

Маруся забралась на забор — сидеть было неудобно, но уж очень она устала стоять — и стала смотреть на Гришу. Вокруг лампочки вились толстые мохнатые мотыльки, тыкались в доски сарая со смачным звуком.

— Хочу на море, — неожиданно сказала Маруся. — Почему все ездят на море, а я никогда?

— На море дорого, — ответил Гриша не сразу. — Особенно в сезон. Там сейчас не протолкнуться.

— Почему никому не дорого, а мне всегда дорого?

Он вдруг засмеялся:

— Должно быть, потому, что ты мало зарабатываешь.

— А ты?! Ты много?

— И я мало, — согласился Гриша и взялся за пилу. — Но у меня всё гораздо проще. Я знаю, что не могу поехать на море, зато еду под Егорьевск, и мне отлично.

— А мне плохо, — пробормотала Маруся. Пила визжала, и он не мог её слышать.

Неожиданно, перекрывая шум пилы, что-то ахнуло неподалёку, громыхнуло, Марусе показалось даже, что молния сверкнула, хотя небо было высоким и чистым.

Лампочка над сараем взорвалась и погасла, по доскам что-то хлестнуло, как будто песком или мелкими камушками. Хлестнуло и осыпалось. Маруся в недоумении оглянулась, и тут бабахнуло ещё раз.

— Ложись! — закричал Гриша бешеным голосом, в один прыжок оказался рядом с ней и столкнул её с забора на землю. Она повалилась, ударилась боком и сразу заплакала — так стало больно.

— Тихо! — придавливая её к земле, приказал Гриша. — Тихо!..

Ничего не было видно и слышно, и Маруся едва могла дышать.

— Пусти меня, — всхлипывая, сказала она и попыталась его спихнуть. — Мне больно.

— Марина! — закричали от дома. — Гриша! Что случилось?! Где вы?!

— Мы здесь! — крикнул Гриша в ответ. — В дом идите! Дверь закройте!

— Что?!

Гриша вскочил, дёрнул Марусю за руку, поднял её и поволок. В темноте она натыкалась на доски и брёвна, потеряла шлёпанец и ушибла палец.

Внезапно сошедший с ума Гриша влетел на крыльцо террасы, затолкал в дом Марусю и тётю Лиду, моментально погасил везде свет и приказал:

— Сидите в доме. Обе! На улицу не выходите и свет не зажигайте!

— Да что случилось-то?

Он мельком оглянулся:

— Два выстрела. Из дробовика или из мелкашки. Он сейчас должен ружьё перезарядить. В дом идите!

Тётя ахнула, подхватила Марусю и захлопнула тяжёлую «зимнюю» дверь.

— Господи помилуй, — бормотала она, — Господи помилуй...

В доме было совсем темно и очень хорошо пахло — маринадом, смородиновым листом, чистотой и чем-то вкусным. Ужином пахло, спокойствием, августовским вечером.

И только тут Маруся вдруг перепугалась:

— Тётя, что это было?!

— Стрелял кто-то, — отрывисто сказала Лида. —
Я с кухни услышала!

— В нас стрелял?!

Лида быстро погладила её по голове, как маленькую:

— По дому стреляет, — как будто это могло Марусю успокоить! — Должно быть, из леса.

— Ху... хулиганы?

— Да кто ж знает, девочка! Должно быть, хулиганы. Нормальный человек разве станет из темноты
по окнам палить?!

Скрипнула дверь, слабо осветился проём, и в коридоре показался Гриша. Волосы у него на голове
стояли дыбом, как у Незнайки.

— Больше пока не стреляет, — сказал он. — Лидия Витальевна, нужно двери запереть. И окна, наверное.

— Сейчас, Гриш.

— И свет не зажигайте!

— Марусь, он в тебя не попал? — спросил Гриша.

— Нет, — сказала Маруся. — Не знаю. Наверное, нет.

— Неужели Валерик?! — громко спросила тётя
Лида из комнаты. — Вот ведь мозга нет — считай,
калека!

— А у него дробовик есть?

— Да откуда я знаю, Гришенька, чего там
у него есть! Но у нас сроду никто по окнам не
стрелял!

— Участковому нужно звонить. Или идти к нему! Сам я не справлюсь, — сказал Гриша мрачно.

Лица его Маруся не видела. — Я в темноте... ничего не вижу.

— Куда ты собрался в такую темноту?! — возопила тётя Лида. — Не пущу! Никого никуда на пущу!.. Ещё не хватает! А если у него не дробовик, а обрез?!

— Дробью стреляли, это точно.

— Да какая мне разница, чем стреляли! Двери запрём, утра дождёмся, а там уж пойдём хоть к участковому, хоть к министру обороны!..

И никто никуда не пошёл. До полночи сидели на кухне, свет не зажигали, только лунища лезла в окна, громадная, жёлтая, и от неё было почти светло. Лида положила им в миски гречневой каши и по хорошему куску мяса, они ели кашу с мясом и прислушивались. По деревне лаяли собаки, больше никаких звуков не доносилось.

Кое-как пристроились спать. Гришу Лидия Витальевна на сеновал не пустила, устроила в большой комнате на диване. Маруся была уверена, что ни за что не заснёт, но заснула тут же, едва натянула на себя одеяло.

Снились ей огромные мохнатые мотыльки, бившиеся в стену. Она отмахивалась, но их становилось всё больше и больше, а потом они начали гудеть утробными голосами всё громче и громче. Маруся закричала от страха и проснулась.

Солнце светило вовсю, было жарко, и она вся взмокла под одеялом, натянутым на голову.

Не было никаких мохнатых насекомых, за стеной дома гудели голоса.

Маруся вскочила, сморщилась от боли — палец-то она вчера ушибла, да ещё как! — и выскочила на крыльцо.

Во дворе у них шумела толпа, так ей показалось спросонья. В центре толпы громко говорила тётя, рядом с ней топтался мужик в фуражке и давешняя маленькая женщина по имени Наташа, что отбивалась от Валерика батоном, и Прокопенко-супруг что-то басил, и ещё кто-то.

Гриша — Маруся поискала его глазами — сидел на чурбаке как ни в чём не бывало и кидал в самоварную трубу шишки. Из трубы валил белый дым. Солнце пронизывало дым насквозь.

Как всегда, когда она чего-то не понимала или боялась, Маруся первым делом подумала несуразное: что-то Гриша с утра взялся самовар ставить?!

— Да вон племянницу мою чуть не застрелил! — закричала тётя, увидев на крыльце Марусю. — До смерти нас перепугал!.. Марусенька, иди сюда, девочка!

Маруся терпеть не могла никаких публичных выяснений отношений, боялась и ненавидела. С тех пор как отец однажды устроил на улице скандал из-за какой-то ерунды и вокруг собралась толпа, все смотрели и обменивались мнениями, и кто-то жалел Марусю — она тогда ещё маленькая была, — а кто-то, наоборот, отца.

Как только нужно было что-то говорить или делать на людях, на Марусю нападал столбняк и отупение. Она не могла ни говорить, ни шевелиться. На студентов, которым она преподавала, это странным образом не распространялось. Студентов она никогда не боялась.

— Подойди, Маруся! — звала тётя Лида.

— Я сейчас, — пробормотала она и отступила в дом. — Я сейчас, только умоюсь...

Она долго умывалась и причёсывалась, потом ещё тянула время, выбирая из двух юбок и одной футболки, что бы такое надеть, и в конце концов дождалась. Громко топая, в дом вошёл Гриша. Она не видела его, но точно знала, что он вошёл. Дверь в её комнату была распахнута, но он постучал в косяк.

— Марусь, ты решила засесть здесь навсегда?

— Я выхожу, Гриш.

Он заглянул. Она снова причёсывалась и мотала головой. Щётка застревала в волосах.

— Этого нашего дебошира прикончили, как его, Валерика, да? — сообщил Гриша. Маруся уронила щётку. Та загрохотала. — Участковый пришёл спросить, не я ли его прикончил. А все остальные следом явились.

— Как это? — тупо спросила Маруся.

Гриша поправил на носу очки и почесал ухо.

— Лида утром пошла к участковому, сообщила, что в нас из дробовика стреляли. А он решил поговорить с Валериком, пришёл к нему, а тот убит. Дробовик рядом с трупом валяется. Вот участковый и проверяет, что мы все делали после того, как в нас стреляли. Может, мы решили Валерика убить!

— А-а, — протянула Маруся. — А самовар ты зачем поставил?

Он пожал плечами:

— Чаю хочется. А завтракать, по всей видимости, мы будем ещё не скоро.

— Гриша, ты никого не убивал, — дрожащим голосом сказала Маруся. — Ты всю ночь нас стерёг.

Он усмехнулся:

— Откуда ты знаешь?.. Ты спала без задних ног. При этом страшно храпела, не давала мне заснуть.

Маруся вспыхнула:

— Я не храпела! Я никогда не храплю!

— Гриша! — закричали с улицы. — Маруся!

— Не переживай ты так, — сказал Гриша. — Всё обойдётся, точно тебе говорю.

И вышел. От его шагов зазвенели подвески чешской люстры, которой тётя очень гордилась.

Маруся встала на четвереньки, залезла под кровать, вытащила щётку, которая под неё завалилась, повертела её в руках, раздумывая, сунула на столик и тоже выскочила на улицу.

— ...Стало быть, вы все были дома, и никто не выходил, — говорил дядька в фуражке. — Ну, поверим на слово, а там поглядим. Граждане, чего вы столпились, расходимся по домам, расходимся, ожидаем вызова в отделение на местах.

— А что с ним случилось? — тихонько спросила Маруся у маленькой женщины Натальи. — С Валериком? Застрелили?

Та пожала плечами:

— Да, говорят, по башке дали. И сразу насмерть!..

— А где дали-то?

— Дома у него и дали! Илья Семёныч, участковый наш, пошёл к нему разбираться после того, как Лидка-то к нему прибежала, а он... того... давно готовый! Ударенный по голове в комнате лежит, возле стола.

— А чем, чем ударили?

— Да откуда ж я знаю! — вдруг возмутилась Наталья. — Не я ж его ударила! — И вдруг добавила: — Так ему и надо, злодею! Он мне, матери, говорил — утоплю твоего Димку в колодце!

— Наташ, перестань, — вмешалась тётя. — Никого он не утопит! Его самого вон как...

— А с вас, юноша, я подозрений не снимаю, — строго сказал участковый Грише. — Вы это поимейте в виду.

— Ладно, что ты говоришь, Илья Семёныч! Мало ли кто его шибанул! Да это не наши, наши все тут годами живут, и никто никого... — разом заговорили тётя и маленькая Наташа, а Прокопенко-супруга отчётливо зафыркала, выражая негодование.

— Ти-ха! — гаркнул участковый. — Что за птичий базар! Лидия Витальевна, веди меня, буду лампочку разбитую изымать, и дробь тоже! А вы, граждане, по домам расходитесь! Из Егорьевска вскоре приедут, из убойного отдела. Всех опрашивать будут.

— Убийство, — сказал Прокопенко себе под нос. — До чего докатились!

— Жалко, — вдруг протянула Наташа тонким голосом. — Человек всё же, живая душа.

— Да ну, — махнул рукой Саня, которому Валерик испортил шины. — Какой он человек! Погань мелкая, а не человек.

— А всё равно жалко...

Постепенно все соседи разошлись, и Гриша с Марусей остались одни.

— Завари чай, Марусь.

— А?.. Сейчас, конечно.

Не переставая думать о случившемся, Маруся живо собрала на поднос чашки, хлеб, колбасу, поставила на огонь воду, чтобы сварить яйцо — Гриша очень любил яйца вкрутую, — и вернулась во двор.

Из-за угла показались тётя и участковый. Он нёс в руке полиэтиленовый прозрачный пакет, в котором что-то болталось.

— Сядь, попей с нами чайку, Илья Семёныч, — предложила Лида. — Гляди, пакет у тебя порвался!

— Как ему не порваться, когда там стекляшки! — обиженно сказал участковый, как будто тётя Лида была виновата в том, что там стекляшки.

Он аккуратно пристроил пакет на поленницу, снял фуражку, зачем-то дунул в неё и боком сел к столу.

— Одно другого чище, — пожаловался он. — То туркмены с киргизами точки не поделили, то дачника по башке шарахнули! Знал бы я, что такая работа собачья, остался бы в армии на сверхсрочной, чего лучше! Сыт, обут, одет, всегда при начальстве! А ему виднее, начальству-то!

— Может, наливочки? — предложила Лида. — Как раз во вкус вошла! Вчера её процедила и в холодильник поставила. Малиновая!

— Куда там наливочки, одиннадцать только!.. А! — И участковый сплюнул в песок. — Тащи! Где наша не пропадала!..

Лида метнулась в дом и вынесла длинногорлую зелёную бутыль и две узкие гранёные рюмки на ножках.

Участковый покосился на бутыль.

— Ты налей и спрячь, — велел он. — А то ведь я ненароком... того... норму превышу...

Тётя налила в обе.

— Ну, за упокой, что ль, души! — Участковый опрокинул наливку, нашарил на тарелке бутерброд и откусил сразу половину, как отрезал.

— И чайку, чайку, — подсказала тётя Лида. — У меня чай хороший, вон ребята привезли из Москвы, дорогой, английский.

— Чай не водка, много не выпьешь.

— Что же получается, — вдруг сказала Маруся. — Валерик залез в овраг, стал стрелять по нашему дому. А потом пошёл к себе, и его там убили. Так, что ли?

— Кто его знает как, — ответил участковый с набитым ртом. — Должно быть, так. Стол у него был накрыт, гостей каких-то, видать, ждал. А может, и не ждал, может, раньше гости были! И накрыто так... деликатно!

— Что значит — деликатно? — не поняла Маруся.

Участковый повёл толстой рукой с зажатым в ладони бутербродом:

— Ну, красиво! Вот как у вас прям! Чашки с блюдцами. И портвейн сладкий, и конфеты в коробке. Может, жена его должна была приехать, кто её знает.

Маруся смотрела на него очень внимательно и пыталась соображать быстро:

— Из чашек пили?

— А чего ж из них ещё делать-то?! Пили, конечно. Ну, Лидусь, давай вторую, и пойду я этих гавриков из убойного ждать, егорьевских-то. Чует моё сердце, замордуют они меня!..

— То есть из чашек пили, из тарелок ели, да? — уточнила Маруся.

— Так точно, — вздохнув, согласился Илья Семёныч и опрокинул вторую. Сожаление и боль отразились на его лице. Должно быть, тётя это заметила, потому что ловко налила отставленную рюмку до самых краёв, поднялась и унесла бутылку в дом.

— Святая женщина, — прочувствованно сказал участковый. — Женился бы, если б не Тамарка моя.

Гриша жевал ломтик колбасы, положенный между двумя половинками огурца, хрустел и улыбался.

...Чему он улыбается? Марусе этот самый участковый совсем не нравился.

— То есть Валерик сначала стрелял в нас, а потом с кем-то пировал?

— Или наоборот, — подсказал Гриша. — Сначала пировал, а потом стрелял.

Участковый согласно покивал.

— А сейчас у него дома никого нет?

— Труп там его собственный есть, — вздохнул участковый. — Пока штукари из Егорьевска не явятся, трогать ничего не моги!

— А когда его убили? — продолжал спрашивать Гриша.

— Да я ж тебе не медицина, точно не скажу! Но давно уж, должно быть, вечером, не поздно.

— Да его кто угодно мог убить, — энергично жуя, сказала Лида. — Мало ли! Нет, не из наших, конечно! Но он ведь такой... говённый мужичонка был! Небось многим людям кровь портил, не только нам! Может, из Москвы приехали, да и... Наподдали ему как следует.

— Следов борьбы нету, — уточнил участковый.

— Может, картошки нажарить? — предложила тётя Лида. — У меня холодная есть!

— Под картошку-то опять выпивать придётся, а я на службе, — посуровел участковый. — Ну, оставайтесь на местах, ребята. Деваться некуда, теперь всем показания давать надо!

Он повздыхал, напялил фуражку, предварительно в неё дунув, забрал с поленницы пакет и ушёл за калитку. Маруся обратила внимание, что обут он не в форменные ботинки, а в зелёные резиновые шлепанцы без задников.

— Гриша, — начала Лидия Витальевна, как только участковый скрылся, — ты ни о чём не переживай и не беспокойся. Мы точно знаем, что ты всю ночь был дома и никуда не отлучался.

— Особенно хорошо это Маруська знает, — улыбнулся Гриша.

— Я никогда не храплю!

— Нет, конечно.

— Гриш, мне не нравится, когда ты надо мной издеваешься.

— Кто над кем издевается? — спросила тётя Лида. — Кто храпит? Мы были дома, спали, и никто из нас никуда не выходил.

— Лидия Витальевна, понятно, что я не убивал этого человека. Но нужны какие-то... доказательства. А у нас никаких доказательств нету, кроме Маруськиного храпа!

— Я не храплю!

— Какие доказательства? — вскинулась тётя Лида. — Ещё не хватает!.. Ничего мы не должны никому доказывать!

— Это только так кажется.

— Гриш, — испугалась Маруся, — может, нам в Москву уехать?

— Гениальная мысль.

Он налил себе чаю, отхлебнул и сказал:

— Лично я никуда не поеду.

— А если они к тебе будут приставать?

— Кто?

— Да эти... штукари из Егорьевска?!

— Значит, придётся доказать им, что я никого не убивал.

— Вот это правильно, — вдруг с чувством сказала тётя, и Маруся от неожиданности выронила ложку. — Вот это верно, сынок. А про доказательства я не подумавши сказала! Чего это мы будем ни с того ни с сего от людей бегать, когда мы ни в чём не виноваты?! Он вон в Маруську стрелял! Я чуть не умерла со страху! И ты тоже хороша, — укорила она племянницу. — Давай, говорит, уедем!.. Отец мне все уши прожужжал, какая ты великая сыщица! А ты сразу хвост поджала!

— Тебе папа так сказал? — спросила поражённая Маруся. — Что я великая сыщица?!

— Да не то что сказал! Сказал! Он то и дело про твои подвиги толкует и про аналитический ум!..

В это Маруся уж никак не могла поверить!..

Отец считал её дурёхой и размазнёй. И огорчался, что дочь у него такая размазня и дурёха, Маруся сочувствовала ему, понимала, что не удалась ни в каком отношении, никаких надежд его не оправдала! Вон шторы постирала, а в доме всё равно пылища!.. Она постоянно мечтала стать необыкновенной — красивой и умной, как профессорская внучка Агриппина, с которой Маруся недавно познакомилась. Агриппина была ловкой, деловитой, острой на язык и красавица необыкновенная, как из журнала. Такой дочерью папа наверняка бы гордился.

Нет, тётя Лида говорит что-то невозможное. Должно быть, она неправильно поняла отца. Да и вообще — странный какой-то разговор у них получается! Тётя предлагает им с Гришей приняться за расследование, что ли? И это тётя Лида — образец здравомыслия!

— Надо с людьми поговорить, — продолжала образец здравомыслия. — Наверняка кто-то что-то видел, слышал, но, может, внимания не обратил. Пока ещё эти из Егорьевска приедут, мы что-нибудь да разузнаем.

Маруся неуверенно засмеялась.

— Тёть, ты, оказывается, авантюристка.

— Да где мне! Гриш, кто вчера Валеру по зубам двинул?

— По зубам — никто, — сказал Гриша. — А в солнечное сплетение — мужик какой-то незнакомый.

— Константин, — подсказала Маруся.

Тётя подумала немного:

— С метеостанции, может? Или из лесничества? Оттуда иногда в магазин приезжают. За водкой, за хлебом. Продавщицу Зинку можно спросить. Она тут всех знает.

— Расспросить можно, — задумчиво протянул Гриша, — только вряд ли мы что-нибудь узнаем, Лидия Витальевна. Если это свои постарались, нам всё равно никто не признается, а если кто-то из города приезжал, этого не установишь. Дом Валерика на дороге самый первый, если и была какая-то машина, дальше его участка она не поехала.

— Хорошо бы узнать, чем его стукнули, — вступила Маруся. Её сыщицкий азарт, немного струсивший поначалу, теперь оживился и стал понемногу выбираться наружу. — Прикладом дробовика, из которого он по нашему дому стрелял? Или ещё чем-то?

— Эх, надо было у Ильи Семёныча спросить! — посетовала тётя. — Он мужик хороший, только на вид бестолочь. Он бы мне сказал по старой дружбе.

— Если у Валерика стол был накрыт, значит, он ждал гостей, правильно? — Маруся поднялась и стала ходить по траве, слегка прихрамывая — палец вчера сильно ушибла! — Или гостя. И что получается? Допустим, гость приехал, и они стали ужинать или чай пить...

— С портвейном, — подсказал Гриша.

— Ну да, с портвейном! А потом Валерик подхватился и помчался в лес из дробовика стрелять? А гость ждал, пока он постреляет?

— Или гостья, — опять подсказал Гриша.

— Ну да, гостья. Потом Валерик вернулся к столу, и этот гость или гостья его... убил. Так?

— Чепуха какая-то, — заключил Гриша.

— Точно чепуха, — подтвердила тётя Лида. Глаза у неё блестели.

— Тёть, ну ты-то что? — взмолилась Маруся. — Ты же такая осторожная! Когда я на электричке в Москву собираюсь, ты мне покоя не даёшь, каждый раз с меня слово берёшь, что я в тамбуре не поеду и у окна не сяду! И в тамбуре опасно, и у окна опасно!.. А сама что?

— А что я? — воинственно спросила Лида. — Разве я не человек? Человек, да ещё баба! И знаешь, какая любопытная? А тут такое дело! Убийство, да прямо у меня под носом. И от Гриши нужно подозрения отвести, мало ли чего там они надумают, егорьевские-то сыщики!

Маруся ещё немного походила по траве.

— Давай твой палец пластырем заклеим, — предложил Гриша, наблюдая за ней. — Или бинтом замотаем...

— Гриш, давай лучше в магазин сходим, шут с ним, с пальцем, — перебила его Маруся. — Тёть, чего нам надо? Соли полно, хлеб Гришка вчера привёз!

— Сахару надо, — моментально отозвалась тётя. — Килограмма три возьми, не меньше. Компоты будем крутить. Бутылку водки надо, я бы наливки ещё зарядила, у нас груши пропадают. Тортик вафельный возьми, только если свежий.

Гриша ушёл в дом и вернулся с йодом и пластырем. Через плечо перекинуто полотенце. Он налил в таз немного кипятку из самовара, добавил холодной воды из колонки и поставил таз перед Марусей. Тётя Лида наблюдала.

— Суй туда ногу, — велел он.

— Зачем?! — изумилась Маруся.

— Ампутировать буду, — буркнул Гриша. — Больная, на стол!

Маруся села на лавку и опустила ногу в таз. Гриша, крепко взяв её за щиколотку, побултыхал ногой туда-сюда, вынул, поставил на край скамейки и тщательно вытер полотенцем.

— Надо йодом сетку нарисовать, — посоветовала тётя Лида.

— А рожу можно нарисовать?

Он помазал Марусин палец, заклеил пластырем и вознамерился было забинтовать, но она воспротивилась.

— Гриш, у меня тогда нога ни в одни босоножки не влезет!

— Наденешь кеды.

— И в кеды не влезет!

— Мои наденешь.

— Да ну тебя! Не нужно мне никакого бинта!

Но он всё равно забинтовал, конечно.

Втиснувшись в кеды, Маруся поняла, что так значительно лучше и совсем не больно, но говорить об этом Грише не стала. Во-первых, он сказал, что она всю ночь храпела, а во-вторых, обращается с ней как с подружкой по пионерлагерю, а не со взрослой девушкой.

...Во всём виноват тигр Васька, вот что! Тигр Васька, на котором они плавали в Северке и который очень быстро порвался. У Гриши тогда были синие трусы с белой полоской, а у Маруси розовые с оборкой. Никогда и ничего романтического не получится у людей, которые в синих и розовых трусах плавали вместе на тигре!..

Гриша нацепил рюкзак, а Маруся пересчитала в потайном отделении кошелька бумажки — их было и осталось три.

— Может, на мотоцикле поедем? Тем более у тебя палец болит.

— Ой, Гриш, давай лучше пешком, а? Смотри, красота какая! Последние тёплые дни, а потом...

— Знаю, знаю, потом дожди зарядят!

Лида проводила их до калитки, посмотрела вслед. Они шли вдоль улицы: очень высокий и худой Гриша и крепенькая Маруся, едва достававшая ему до плеча, — и громко разговаривали.

Лида вздохнула, вернулась в дом и разыскала свой мобильный телефон, засунутый за ненадобностью на этажерку за горшок с геранью. Она набрала номер, послушала, и лицо у неё стало серьёзным.

— Я всё сделала, — сказала она, когда ответили. — Как и договаривались. Хотя на это много времени ушло, и вообще всё не так получилось, как мы планировали. Посмотрим, что из этого выйдет. Слишком опасно.

— Значит, мы хотим доказать, что ты никак не мог убить Валерика, — рассуждала Маруся на ходу. — Нет, ну это и правда смешно, но ведь они не знают, что ты на подобное не способен.

— Кто они и на что я не способен?

— Ну, эти, из Егорьевска. Специалисты по сыску, — Маруся состроила уважительную мину. — Они же не знают, что ты убить в принципе никого не способен! И нам нужно...

— По-моему, — перебил Гриша, — убить способен любой человек. В принципе.

Маруся сбоку взглянула на него — похоже, он не шутил.

— Гриш, ну что ты говоришь? Ты хочешь сказать, что можешь убить? И я тоже? И тётя?!

— Думаю, да. Я даже уверен, что да!.. Если кто-то станет всерьёз угрожать жизни моих близких и я смогу придумать, как это сделать, чтобы меня не поймали, я убью.

— С ума сошёл? Или ты шутишь?

— Не сошёл и не шучу. Я утверждаю, что «налёт цивилизации» гораздо тоньше, чем кажется. Мы себе льстим, когда называемся цивилизованными людьми. Я не более цивилизован, чем первобытный человек, который защищает свою пещеру. Если в неё лезет другой первобытный человек — чтобы занять место посуше, размозжить голову моему ребёнку, изнасиловать мою жену, а потом столкнуть её с обрыва, — я дам ему дубиной по голове. Чтобы он ничего этого не сделал. Объяснять ему, что он неправильно себя ведёт, я не стану. Мне будет некогда.

Маруся смотрела на него, чуть не открыв рот.

Он передразнил её.

— То, что я умею читать, считать и гоняю туда-сюда формулы, ничего не означает! Вернее, это означает только, что я умею читать, считать и знаю физику. Во всём остальном я по-прежнему ужасающе первобытен. И я в этом уверен.

— То есть ты ничем не отличаешься от тех питекантропов, которые подрались на переезде? Помнишь, тётя рассказывала?..

— Отличаюсь, конечно! Питекантропы дрались не за жизнь близких или свою собственную, а за кусок тухлого мяса!.. У меня хватит мозгов придумать, как добыть это мясо, ни у кого его не отнимая.

— Ты рассуждаешь... странно.

— Возможно. Но цивилизация терпит крах по всем статьям, разве ты не видишь? Каждый день телевизор смотришь и не видишь?.. Все поучения великих гуманистов вроде Руссо или Дидро пошли прахом. Их или извратили до состояния импотенции, или выбросили в сточные канавы. Ценность каждой человеческой жизни?.. Помилуй бог, где она? Кому сейчас это интересно? Интересно жечь, резать, взрывать, чтоб кровь рекой, чтоб трупов побольше, чтоб в Интернет выложить, как головы режут, — вот это да! Вот это интересно и зажигательно!

— Гришка, что ты придумал?!

— Ничего я не придумал. Я вижу, как меняется мир. Просто на глазах, Маруська. Если бы моему деду сказали, что университеты будут закрывать и на их месте открывать медресе, он бы страшно удивился и ни за что не поверил бы. Ты помнишь моего деда?

— По... помню, конечно, — запнувшись, сказала Маруся.

— Вот и получается, что пятьдесят лет назад мир был гораздо более цивилизованным, чем сейчас. А что будет ещё через пятьдесят лет, даже представить страшно.

Они помолчали.

— И мы сейчас идём не искать доказательства, что я не убивал Валерика, — продолжил Гриша тихо и чётко. — Мы собираемся установить истину и узнать, кто убил человека. Потому что мы одни из последних, кого это ещё интересует. Кто конкретно убил конкретно этого человека, не важно, плох он был или хорош. Просто мы когда-то читали гуманистов, и нам втемяшилось в голову, что человеческая жизнь — ценность сама по себе. Не в планетарном масштабе, не в политическом аспекте, не в рамках соглашений ОПЕК о ценах на нефть. Мы из той уходящей цивилизации, и нам важна человеческая жизнь.

— Ну, ты наговорил, — пробормотала Маруся. — Я-то до гуманизма не додумалась, Гриш. Мне просто любопытно, как и тёте Лиде.

— Кстати, про тётю я вообще ничего не понял, — сказал он. — Зачем ей понадобилось, чтобы мы затеяли какое-то доморощенное расследование?

— Ей понадобилось?!

— Ну, конечно! Ты вообще в Москву собралась уезжать, а она тебя остановила. Может, она знает, кто убил? Или догадывается? Или ей нужно что-то проверить и она хочет, чтобы проверили мы?

— Гриш, зачем ты всё это говоришь?! То крах цивилизации, то тётя! Я и так вчера перепугалась и ногу сильно ушибла!

— Болит?

— Не болит! Нормально всё!

На пыльном пятачке перед магазином никого не было — хлеб ещё не привезли, а за водкой слишком рано. По дороге гоняли на велосипедах мальчишки — разгонялись, доезжали до песка и там отчаянно виляли, стараясь удержать руль. Некоторые проскакивали песчаные кучи с ходу, другие с трудом, а третьи валились, поднимая тучи пыли. В поле за магазином Прокопенко-супруг в синих тренировочных штанах и майке-алкоголичке топтался возле железного остова футбольных ворот.

Гриша посмотрел на него и остановился.

— Марусь, ты иди за сахаром, — сказал он негромко, — а я подойду вон... к Прокопенко. Ты не знаешь, как его зовут? А то неудобно.

— Виктор Павлович, по-моему.

— Спроси у продавщицы, откуда взялся вчерашний Константин.

— Я сама знаю, что спрашивать, — фыркнула Маруся.

Ей не хотелось, чтобы Гриша разговаривал с Прокопенко, и она видела, что Грише тоже не хочется с ним разговаривать.

...Нынче супруги Прокопенко жили в доме Гришиного детства, и всё давно стало по-другому, изменилось навсегда, и ничего с этим нельзя поделать, но Гриша много лет не мог себя заставить приехать в деревню, трусил, не хотел бередить раны. Они давно должны были зажить, эти самые раны, но вот не заживали что-то.

Маруся поднялась на магазинное крылечко, помедлила, оглянулась на Гришу, который шагал через поле, высокий, как журавль, вздохнула от жалости к нему и вошла.

Странное дело, продавщицы Зины за прилавком не оказалось.

Всё было как всегда: полки, уставленные винными и водочными бутылками, пивными банками, а также банками с сизым сливовым вареньем и жёлтой кабачковой икрой, горчицей и хреном в тюбиках — почему-то здесь горчицу и хрен отпускали исключительно в тюбиках, как на космической станции. Дальше внавал шли чипсы, разнообразные печенья в мятых пачках, каменные пряники, баранки, карамельки в пакетах, за ними баллоны с растительным маслом, трёхлитровые банки с берёзовым соком, а в углу большая бочка с малосольными огурцами. Зимой к ней прибавлялась ещё бочка с квашеной капустой.

И огурцы, и капуста у них в сельпо были очень вкусные, их охотно брали, даже в Москву везли.

— Здравствуйте! — громко поздоровалась Маруся и прислушалась.

Никто не отозвался.

Вряд ли Зина куда-то ушла или уехала, позабыв запереть магазин на две деревянные перекладины. На одной из них всегда висел огромный, как из рыцарских времён, заржавленный замок.

— Здравствуйте! — повторила Маруся погромче.

В окно, забранное решёткой, ей было видно, как по улице носятся мальчишки.

Она ещё немного постояла, потом подняла перекладину и подошла к двери во внутреннее помещение.

— Зина! — позвала она и шагнула в тёмный коридор, уставленный ящиками из занозистых досок и мешками из коричневой дерюги. Поперёк одного из мешков шла чёрная надпись «САХАР-ПЕСОК, 50 кг».

— Зина, вы здесь?!

Маруся заглянула в первую же дверь. За дверью оказался крохотный кабинетик без окон, залитый синим электрическим светом. За столом в кабинетике сидел сосед Саня в наушниках и, притоптывая ногой, рассыпал по пакетам чай. Завидев Марусю, он вытаращил глаза, выдернул из уха наушник и спросил, чего ей надо.

— Мне Зину надо, — сказала Маруся. — Я за сахаром пришла.

Сосед Саня немного подумал, как будто не сразу сообразил, кто такая Зина и при чём тут сахар.

— Да! — вдруг воскликнул он, словно вспомнив. — Так пошли, я продам!

Запирая дверь в кабинет, он объяснил, что «Зинка попросила его подменить».

— У неё ребёнок в лагере тут недалеко и чего-то затемпературил, вот она и сорвалась. А мне говорит:

посиди, Сань, за меня, всё равно до пяти часов никакой торговли нету, а если закрыть магазин, то на меня верняк жалобу накатают! Такой народ, чуть что не по его, сразу — жалобу! А сейчас работу потерять кому охота?.. Так чего ты говоришь? Сахару тебе?

Маруся сказала, что три килограмма.

— Развесного или в пачках? Развесной дешевле выйдет.

Маруся согласилась на развесной.

— Я раньше на заправке работал, — говорил Саня, вешая сахар. — Там, конечно, водку и селёдку не продают, всё больше жвачки и сухарики, а всё одно — торговля.

Маруся попросила ещё бутылку водки, которую Саня снял с полки со всякими шутками, что пить, мол, здоровью вредить, и всякое такое, а Маруся объяснила, что водка нужна для наливки, и решила взять ещё полкило шоколадных конфет.

— Саша, а вы не знаете того вчерашнего человека, который... который Валерика приструнил? Я его раньше никогда не видела.

— Во дела с Валериком этим, да?.. Главное, орал, орал — всех, мол, убью, сожгу, в колодец головой суну! И тут ему конец и пришёл.

— Так что это за мужик?

— А я бы его сам убил, — продолжал Саня жизнерадостно, не отрывая взгляда от стрелки старомодных механических весов. Стрелка покачивалась. — С удовольствием! Он мне два колеса испортил! Главное дело, даже вулканизация не поможет, надо новые покупать, там всё в клочья изодрано! Скотина такая, «звёздочки» разбросал, где он только их взял! Господь Бог на небе всё-о видит, всё-о слышит! Раз — и готово, нету Валерика!

— А торт вафельный свежий?

— Откуда я знаю? На, посмотри!

Маруся посмотрела и вернула. Торт был совсем старинный.

— За кого ты спрашивала, я не понял? За Костяна, что ли?

— Который Валерика ударил, и тот сразу упал. Ну такой, в камуфляжных штанах, высокий.

— Костян и есть! Так он из лесничества Ново-Егорьевского! За Ёлкино сразу направо сворачиваешь и чешешь сначала по грунтовке, потом по грейдеру. А он тебе зачем?

— Да не за чем, — бросила Маруся беспечно. — Просто мы тут столько лет, а я его первый раз вижу.

— Он и есть недавний. Он раньше где-то под Владимиром, что ли, работал, или под Нижним. Главное дело, участковый наш, Семёныч, мне говорит: приедут спецы из Егорьевска, всех опрашивать станут, так ты первым делом расскажи, что Валерик тебе шины пропорол. А я что, дурак совсем? Я им про шины, а они меня на нары, да? Может, его Костян и порешил, а меня на зону?

— Да они разберутся, — сказала Маруся, которой надоел Саня.

— Знаю я, как они разбираются! Я чё, не сидел по малолетке, что ли?! Им, главное, палку-галку в ведомость, закрыто, мол, дело. А кто там по правде виноват, какая разница!..

Маруся отсчитала денежки, подождала, пока из кассового аппарата вылезет чек, и сняла с прилавка тяжёлый пакет.

— А этот лесничий и Валерик были хорошо знакомы?

— Да почём мне знать-то?! Вроде и вовсе не были. Костян редко здесь бывает, говорю же! И к нему туда не наездишься, в глухомань-тьмутаракань.

— А жену Валерика вы знаете? Где она сейчас?

— Ксаню-то? Конечно, знаю! Она приезжает редко и сейчас в Москве, должно быть, где же ещё? Они сами с Москвы. Тут половина с Москвы, а другая половина с Егорьевска. Зинка вон с Воскресенска, зимой там живёт. А чего она тебе далась, жена-то?

— Наверное, нужно ей позвонить, — на ходу придумала Маруся. — Она, может быть, не знает, что несчастье произошло.

— Да без нас есть кому звонить, — махнул рукой Саня. — И телефона у меня нету. У Наташки есть, которая из того дома. Они соседи, у ней точно есть.

Маруся выбралась из сельпо с непонятным чувством облегчения, как будто опасности избежала, хотя Саня был приветлив и ничего такого не говорил и не делал.

Гриша ждал её на лавочке и, как только она вышла, сразу поднялся и взял у неё из рук пакет. Он всегда носил её сумки, и Марусю это раздражало. Впрочем, сейчас его помощь была очень кстати.

— Ну что Прокопенко? — спросила она.

— Ничего не видели и не слышали. Мне кажется, я его оскорбил.

— Как?!

— Ну, я стал спрашивать про Валерика. А он мне сказал строго, что с такими отбросами общества ни он, ни его супруга не могут иметь ничего общего.

— А ты?

— А я сказал, что речь идёт не о том, что у них было много общего, а об убийстве.

— А он?

— А он говорит, что слышать ничего не желает.

От магазина они почему-то повернули в другую сторону, не к тётиному дому, а к краю деревни.

— Зины нет, — начала доклад Маруся. — Она уехала к сыну и попросила подежурить Саню.

— У которого «Лада Гранта», и ему Валерик шины пропорол, — перебил её Гриша.

— Саня сказал, что вчерашний мужик в камуфляже из Ново-Егорьевского лесничества. Сюда приезжает нечасто и с Валериком, кажется, был незнаком. Или почти незнаком. Кстати, про шины Саня рассказывать полиции не хочет, говорит, что его сразу на нары определят. Разбираться, мол, никто не станет: мол, Валерик шины ему попортил, а Саня его за это убил, и все дела.

— Это как раз подход питекантропов, — заявил Гриша и улыбнулся. — Не человеков.

— Гриш, мне от твоей сегодняшней философии тошно.

— Самому тошно, а что делать?

— Жену Валеры зовут, видимо, Оксана или Ксения. Саня назвал её — Ксаня. Телефон её есть у Натальи, они соседи. Я сказала, что, наверное, жене нужно позвонить.

— Да ей, скорее всего, уже позвонили.

— Я же должна была что-то сказать! — Тут Маруся остановилась и уставилась на ворота. — Гриш, зачем мы сюда пришли?!

— Мы ведём расследование, — быстро ответил он. — Я Шерлок, а ты Джон.

209

— Наоборот, — поправила Маруся. — Ты что, хочешь залезть в этот дом?!

— Если ты будешь вопить, весь план сорвётся. У тебя есть с собой стамеска, револьвер, газовый фонарь и две маски из чёрного шёлка?

Он сбросил на землю рюкзак и осторожно потянул на себя калитку. Оглянулся и подмигнул Марусе — ну просто невозможный тип!..

— Гриш, — зашептала она, — здесь человека убили, в этом самом доме! Его наверняка охраняют!

— Кто его охраняет? — в ответ зашептал Гриша. — Его может охранять только наш участковый Илья Семёныч. А он у твоей тёти угостился наливкой.

— И что?!

Гриша пошире открыл калитку, оглядел двор и снизу вверх кивнул Марусе. Она подлезла ему под руку и тоже заглянула.

Двор был пыльный и тесный, трава вся жёлтая с уцелевшими островками зелёной. Должно быть, на островки попадала вода, когда поливали грядки. Чахлые яблони почти не давали тени, и плотно в ряд теснились сараи и сараюшки, сколоченные из разномастных досок. Под стеной дома пристроена широкая, доски в четыре, лавка, некогда покрашенная в зелёный цвет. Краска давно облупилась и кое-где совсем облезла, а кое-где скатывалась в длинные струпья.

На лавке на боку, прикрыв лицо носовым платком, чтобы не лезли мухи, мирно спал участковый Илья Семёныч. Фуражка лежала рядом.

— Охрана на посту, — сказал Гриша тихо. — Дверь открыта, но в неё мы не пойдём.

— А как мы войдём?..

— Разумеется, в окно, Джон! Окна по такой жаре наверняка открыты тоже.

— Гениально, Шерлок, — прошипела Маруся со всем возможным сарказмом.

Гриша аккуратно прикрыл калитку, подумал немного, отбежал недалеко, сломал палочку с осинки и подсунул её под «вертушку».

— Это чтоб не сразу открылась. Пошли! У Валерика со стороны поля сетка, мы там перелезем.

Осторожно, стараясь не шуметь, они обошли дом. Гриша сунул рюкзак в небольшую копну сена, завалил его травой со всех сторон и с сомнением посмотрел на Марусю.

— Что-то я ерунду какую-то придумал, — сказал он и прищурился под очками. — Давай ты подождёшь меня здесь. А ещё лучше...

— Домой к тёте я не пойду и ждать тебя здесь не стану, — отрезала Маруся. — А если ты сейчас затеешь дискуссию, я разбужу Семёныча.

— Ты способна на такие подлости? — ужаснулся Гриша.

— Ты понятия не имеешь, на что я способна!

Гриша, друг детства, с которым они вместе прыгали на тигра Ваську и однажды разбили зеркало на дедушкиной «Волге», взял её за подбородок, повернул к себе и поцеловал.

Маруся пискнула.

Гриша разжал пальцы.

Маруся не отстранилась.

— Вы славный товарищ, Джон, — сказал Гриша, оторвавшись от неё. — Я всегда знал, что на вас можно положиться.

...Он стесняется, поняла Маруся, глядя ему в лицо. Ему неловко, и он несёт бог знает что.

— Как мы полезем? — спросила она, рассматривая его.

Он наклонился и задрал сетку. Получился лаз.

— Вы полезете так.

Маруся легла на живот в колкую и жёсткую траву и стала неуклюже протискиваться под сеткой. Гриша держал сетку и подпихивал Марусину попу.

— Отстань от меня, — сказала она, оказавшись на той стороне. Щёки от ползания по земле, поцелуя и его руки на её попе стали красными как свёкла. — Лезь сам давай.

Но он в дырку не полез. Он отпустил сетку, взялся рукой за железный столб и одним движением перемахнул на эту сторону.

Маруся пощупала свои щёки.

— Хорошо, что собаки нет, — пробормотал Гриша и пошёл вдоль дома, рассматривая окна. — Ну, конечно, всё открыто. Может, ты всё же здесь подождёшь? Там... мёртвый человек.

— Я с тобой.

Он кивнул, как будто принимая её решение, толкнул оконную раму, она неторопливо отворилась.

— Одну ногу сюда, а другую на подоконник. Поняла?

— Я к тёте сто раз в окно лазала!

И действительно, перелезла довольно ловко. Следом за ней в комнате оказался Гриша. Они стояли у окна и оглядывались по сторонам.

В доме было тихо, слышно только, как капает вода. Когда рыли колодец и ставили насосы, Валерик громче всех кричал, что водопровод и «тёплые сортиры» нужны только идиотам и он платить не станет, потому как знает, деньги всё равно украдут.

...Почему я об этом вспомнила? Всегда в минуты опасности или непонимания в голову лезут сплошные несуразности!..

Комната была большая и какая-то заброшенная. На диван накинута плёнка — видимо, накрывали его на зиму и забыли на всё лето. На подоконниках почему-то стояли чашки. Скатерть накрывала только половину стола, а на другой, не накрытой, были навалены старые газеты, пыльные журналы с закрутившимися углами страниц, а сверху на журналах пристроена жестянка с гвоздями. Шторы с оторванными петлями свисали неровно, языками, на полу вдоль стены выстроилась батарея бутылок.

Покойник, накрытый простынёй, лежал у стола, тело под тонким слоем ткани показалось Марусе маленьким, скрюченным, а при жизни Валерик виделся ей здоровенным мужиком!..

— Только ничего не трогай! — прошипел рядом Гриша.

— Сама знаю!

Один стул был опрокинут — видимо, на нём сидел Валерик, когда его ударили по голове. Маруся обошла стол с другой стороны, старательно отводя глаза от накрытого тела. Хорошо, что крови не видно!..

Второй стул стоял так, как будто сидящий отодвинул его, встал, но почему-то больше уже не садился. Может, потому, что гость встал как раз затем, чтобы убить хозяина? Он отодвинул стул, взял какой-то предмет — кстати, что это за предмет и где он? — ударил и ушёл, а мёртвый Валерик остался?..

На столе накрыто было на двоих — всё правильно рассказал участковый Илья Семёныч! И накрыто... деликатно, это точно. На разномастных тарелках залоснившаяся колбаса, сыр с масляными заветренными краями, серый сельповский раскрошившийся хлеб, коробка конфет, двух не хватает. Две гранёные розовые рюмки, точь-в-точь как у тёти Лиды, и бутылка портвейна, почти пустая.

— Смотри, — прошептала Маруся, и Гриша оглянулся. Он рассматривал что-то на комоде.

На одной из чашек были явные следы губной помады.

— Его что, женщина убила?!

— Совершенно необязательно, — быстро ответил Гриша. — Разумеется, портвейном и конфетами он угощался с какой-то дамой, но это не означает, что она его убила.

Вдруг послышался какой-то шум, нарастающий хрип, Маруся метнулась к окну, зацепила стул, тот загрохотал.

— Тихо! Тихо ты! — цыкнул Гриша.

Хрип перерос в шипение, и большие часы, висевшие в простенке, пробили двенадцать раз.

Маруся вытерла пот со лба. Гриша стоял не шелохнувшись, прислушивался. С улицы не доносилось никаких звуков, кроме обычных деревенских, — где-то пело радио, мальчишки играли в мяч, должно быть, возле сельпо, Прокопенко-супруг, по всей видимости, вновь натянул сетку, кто-то поехал на велосипеде, прозвонил в звонок.

Марусе стало стыдно, что она так струсила.

— Гриш, смотри, тут ещё окурки.

Он посмотрел.

— Явно курили двое.

— Если пили двое, возможно, что и курили двое, — согласился Гриша. — Ты лучше ко мне подойди. Читай. Только руками не трогай.

На комоде валялись какие-то счета, надорванные конверты с автомобильными штрафами, листы бумаги, все разного размера.

— Вот, смотри.

Маруся стала читать, сильно выгибая шею, потому что листок лежал криво.

«В прокуратуру Российской Федерации, — было старательно выведено на листке в линейку. — Довожу до вашего сведения, что гражданин Васильев К. Д. был неоднократно замечен в противоправных и противозаконных действиях, наносящих реальный урон народному хозяйству с материальной стороны дела. Кроме того, гр. Васильев К. Д. также неоднократно замечался...»

Больше текста на листочке в линеечку не было, а слова «реальный урон» были дважды подчёркнуты.

Маруся прочитала ещё раз.

— Эх, найти бы его компьютер, этого Валерика, — сказал Гриша задумчиво, — и посмотреть быстренько, что там есть!.. Всё стало бы на свои места.

— Гриш, это же кляуза, да?

— Это черновик кляузы.

— И кто такой гр. Васильев, непонятно.

— Непонятно, — согласился Гриша. — И непонятно, где именно он совершает противоправные и противозаконные действия! Валерик, видимо, собирался дальше это указать, но нам от этого не легче.

— Гриш, а женщина? Если тут была женщина, куда она потом делась? Она убийца или сообщница, так получается?

Он покивал.

— Надо посмотреть, что на кухне, — сказал он и скрылся за бамбуковой занавеской, на которой были нарисованы пальмы и яхты.

В этот момент за окнами зафырчал мотор, звук приблизился, скрипнули тормоза, и хлопнули двери. Гриша возник из-за занавески. Маруся замерла.

Послышался ещё какой-то шум, хлопнула калитка.

— Здравия желаю, товарищ капитан! — хриплым со сна голосом пролаял участковый.

— Здорово, Семёныч! Что-то у тебя на участке каждую неделю происшествия?! Не так, видать, разъяснительную работу ведёшь! Вот впаяю тебе взыскание, будешь знать.

— Воля ваша, товарищ капитан!..

— Ох, будь моя воля, я бы сейчас на Северке пескарей ловил! Ну, веди, показывай потерпевшего-то!

— Быстро, — одними губами сказал Гриша. — В окно.

Маруся ласточкой перемахнула подоконник, за ней бесшумно выпрыгнул Гриша, схватил её за подол и сильно потянул. Она почти упала на сухую твёрдую землю под стеной дома.

В доме топали тяжёлые башмаки, громко разговаривали люди.

— И окна распахнуты! — сказали у Маруси и Гриши над головой.

— Да, видать, сквозняком распахнуло, товарищ капитан. А может, и были открыты, жарынь какая стоит, спасу нет. Да вы не беспокойтесь за окна, никто сюда не полезет, что вы! Деревенские все покойников до ужаса боятся!

— Да где тут у тебя деревенские, когда все до единого дачники?!

— Тоже верно, товарищ капитан.

— Ну, докладывай, что ли.

— В девять ноль-ноль без малого я постучал в дверь. Мне никто не ответил, я зашёл и вот тебе пожалуйста.

В доме продолжали ходить. Защёлкал фотоаппарат.

— А чего тебя понесло сюда в девять ноль-ноль без малого?

— Жалоба поступила! От гражданки Александровой Лидии Витальевны. Покойник, то есть Валерий Петрович Сыркин, по её словам, обстрелял её племянницу из дробовика.

— Подтвердилось?

— Так точно. Стреляли в них. Лампочку разбитую и дробь я изъял при понятых.

Не было никаких понятых, под стеной подумала Маруся. Придумал ты понятых, Илья Семёныч! Но мы с тётей тебя не выдадим!

— Дробовик — вот он, я и без всякой экспертизы вам скажу, товарищ капитан, что из него стрельнули не позднее вчерашнего вечера!

— Так, может, эта твоя Лидия Витальевна или племянница её и долбанули потерпевшего по черепушке-то? Со страху?

Маруся стиснула Гришину руку.

— Никак нет, такое невозможно, — твёрдо ответил Илья Семёнович. — Их там в доме трое человек, они после стрельбы заперлись на все замки и всю ночь глаз не сомкнули. Сама Лидия Витальевна — человек исключительно положительный, племянница в университете обучается и вообще — девушка-ромашка, никаких тебе вредных привычек, кавалеров подозрительных, никаких шумных компаний, мухи не обидит!

Маруся слушала, и ей было стыдно, что Гриша тоже это слышит.

— А третий кто? Ты сказал, их в доме трое вроде.

— Бывший сосед ихний. Академика Яхонтова внучок. Яхонтовы участок уж лет десять как продали, а внучок приехал бывших соседей навестить, то есть Лиду и племянницу её. Мне так Лида объяснила. Они, видать, и в городе дружат, а может, и соседствуют.

— То есть обстрелянные не при делах, получается?

— По моему мнению, нет. Не при делах. А потерпевший был мужик вздорный, характером вредный. Крови многим попрепортил. Жена его и та раз в год по обещанию наведывалась.

— Гош, ты снимаешь?

— Ясное дело, товарищ капитан, — бодро ответил невидимый Гоша.

— А орудие убийства где?

— А вот тут загвоздка, товарищ капитан. Нету его.

— Как?! Убийца с собой забрал, что ли?

— Выходит, забрал.

— Марат Яковлевич, чем его шарахнули?

Возникла некоторая пауза, а потом заговорил язвительный и отчётливый голос:

— Как всегда, тяжёлым тупым предметом. Череп раскроен, по всей видимости, смерть наступила мгновенно. Как говорила моя бабушка Сара, когда приходили нежданные гости, эффект внезапности! Похоже, в момент смерти потерпевший что-то писал. Вот ручка.

— Писатель! — фыркнул товарищ капитан. — Я думал, он портвейн пил, а он — писал. Экая разносторонняя личность! Из двустволки постреля́л, портвейнцу попил, потом пописал! А там чего, Илья Семёныч?

— Кухня и спальня.

— Сейчас они выйдут из комнаты, — зашептал Гриша Марусе на ухо, — и мы уходим. Очень быстро и очень тихо. Я первый, ты за мной. Поняла?

Маруся кивнула.

— На счёт «три». Раз. Два. — Она зажмурилась. — Три!

Гриша, пригибаясь, побежал к сетке, перемахнул через неё, Маруся тоже сорвалась с места и побежала, как могла — ей казалось, очень быстро.

Он уже приподнял нижний край, и Маруся, обдирая колени, кое-как протиснулась под сетку.

— Что ты еле шевелишься, — прошипел Гриша. Раскопал в траве свой рюкзак, и они бросились к деревьям.

Бежали они довольно долго и остановились, только когда дом Сыркина скрылся за поворотом дороги.

— Я сейчас умру, — сказала Маруся, наклонилась и упёрлась ладонями в колени. — От жажды. И ещё от страха.

Гриша вытащил из рюкзака бутылку воды и подал ей.

Вода была тёплой, почти горячей, изумительной на вкус. Обливаясь и постанывая от наслаждения, Маруся выпила половину, а половину отдала Грише, и он тоже стал жадно пить.

— Давай на траве посидим, — допив, предложил он.

Они сели под дерево на колкую траву, и Маруся подолом юбки вытерла горящее лицо.

— Вы молодец, Джон, — похвалил Гриша и обнял её одной рукой. — Ваше умение лазать под заборами достойно кисти самого лучшего карикатуриста в мире!

— Гриш! — Маруся укоризненно посмотрела на него. — Ну что ты всё дразнишься!? Ну, знаю, что я размазня и тетёха! Не умею быстро бегать, скакать через козла и брать препятствия! И что теперь?!

— Никакая ты не тетёха, — сказал он удивлённо. — Я совсем не то имел в виду.

— Да! Не то! Мне школьная физкультура всю жизнь отравила! Вот всю жизнь! Может, я совсем другая была бы, если б не физкультура!

— Маня, при чём тут школьная физкультура, я не понял?

— Да при том, что это одни страдания! Прыгать не могу, в волейбол не умею! Ну, неловкая я! И нечего на меня смотреть! На козле этом я всю жизнь застревала, а другие девчонки знаешь как перепархивали?.. Мне физкультурник орал: «Александрова, что вы на него лезете, как куль с мякиной?!» И все смеялись. И ты вот тоже смеёшься!..

— Я не смеюсь, — он как будто всерьёз растерялся. — Ты ничего не поняла. Наоборот, я хотел сказать, что ты очень ловкая. И собранная. И хладнокровная! Ты же не стала орать и не побежала сдаваться, когда эти приехали, на «газике»! Ты в окно выскочила. Выпорхнула, — поправился он и улыбнулся. Маруся посмотрела, не смеётся ли всё же, но он и впрямь не смеялся. — А потом бежала! Нет, ты летела как стрела!..

Маруся улыбнулась.

— А про карикатуриста я просто так сказал. Нет, ну правда, всё это, наверное, было очень смешно! Как мы с тобой подслушивали, а потом понеслись...

— Благодарю вас, Шерлок, — кивнула Маруся.

Она помолчали.

— Очень хочется есть, — пожаловался Гриша, сорвал травинку и стал её жевать.

— Я тебе яйцо варила, — спохватилась Маруся. — Вкрутую, как ты любишь. И забыла про него. Хорошо бы тётя его выключила, а то оно, наверное, давно на потолке. Вот кулёма и есть кулёма!..

— Марусь, ты мне надоела. Ты вроде идиотическими припадками никогда не страдала.

— Это не идиотические припадки, — объяснила она серьёзно, — а комплексы. Медицинский термин.

— Я считаю, что комплексы и есть идиотизм.

— Повезло тебе. Ты — человек без комплексов!

— Я как-то никогда об этом не задумывался.

— Повезло тебе ещё раз!..

Они помолчали. Солнце светило, где-то трактор гудел, стучал мяч, мальчишки вопили восторженно: «Е-есть!», и радио пело длинную песню.

— Пойдём на речку, — вдруг предложил Гриша. — Последние дни такая теплынь стоит, потом дожди зарядят. Как пить дать.

Маруся, ни секунды не думая, потёрлась щекой о его плечо. Плечо было твёрдым, и от футболки приятно пахло — одеколоном и немного потом. Гриша пристроил подбородок ей на макушку, и они некоторое время сидели молча и неподвижно.

...Разве можно двигаться и разговаривать, когда твоя щека лежит у него на плече, а его подбородок упирается в твою макушку?.. Двигаться и разговаривать в таких случаях — преступление. Вам так не кажется?..

Они сидели довольно долго, а потом он отстранился. Маруся вздохнула.

— На речку, — быстро сказал он. — Только по дороге зайдём ещё в одно место, ладно?

— В какое место?

— К Наталье, у которой, по слухам, имеется телефон Валерикиной жены.

— Зачем?

— Мы попросим номер и поговорим с его женой. Может, это она приезжала вчера?

Маруся была согласна на всё, идти куда угодно и делать что угодно.

В конце концов, они ведь собрались на речку! В первый раз с тех пор, как они плавали вместе на тигре по имени Васька. Он очень быстро прохудился и потом всё время сдувался.

Они пошли по дороге обратно в сторону Валерикиного дома, возле которого так и стоял «газик», — видимо, егорьевские сыщики продолжали расследование.

Наталья, похожая на маленькую кудлатую болонку, вешала во дворе своего дома бельё.

— Здравствуйте, Наталья! — прокричал из-за низкого штакетника Гриша. — Бог в помощь!

Маруся на него взглянула, фыркнула и покрутила головой.

Женщина оглянулась.

— А мы к вам!

— У меня давно всё готово, — неожиданно ответила Наталья. — Сейчас только бельё довешаю!

Гриша с Марусей ничего не поняли.

Наталья пристроила на верёвку последнюю наволочку.

— Парень, как тебя, Гриша, да? Тащи вон ту рогулину!

Она показала, какую именно «рогулину» тащить. К яблоне на самом деле была прислонена суковатая палка. Гриша принёс её.

— Ну, подцепляй, подцепляй!

— Что... подцеплять?

— Ах ты, что за молодёжь бестолковая! Видишь, бельё почти по земле полощется! Верёвку подцепляй рогулиной! Дай, я сама!

Она ловко зацепила суком бельевую верёвку, утвердила палку на земле, полотенца и наволочки вознеслись вверх, как на флагштоке.

— Ну вот, внизу-то пылища, а так хорошо! А теперь пошли!

В доме Наталья скрылась за какой-то занавеской, чем-то там пошуровала и выволокла огромный медный таз.

— Вот! — сказала она, любуясь на таз. — Для райских яблок самое лучшее дело. А Лида сначала сироп из антоновки варит?

Маруся призналась, что не знает.

— Ну, говорю же, бестолковые! В медном тазу сироп ни за что не потемнеет — это главное, когда из райских яблок варишь. Лида меня ещё утром попросила, сказала, парня пришлёт.

— Наташа, — отважилась Маруся, — а у вас нет телефона жены Валерика? Как её зовут?

Наташа вдруг как будто испугалась. Глаза у неё забегали, словно у маленькой девочки, уличённой во вранье.

— Какой телефон? Зачем телефон? — пробормотала она, схватила какое-то полотенчико и стала смахивать пыль с комода.

— Жены Валерика, — пояснила Маруся. — Она редко приезжает, а вы же тут по соседству с ними живёте, наверняка у вас телефон есть!

Наташа ничего не ответила, продолжала вытирать пыль. Гриша снизу вверх кивнул Марусе, это означало — он что-то замышляет.

— Я у вас воды попью, — сказал он. — Жарко невозможно.

И вышел на кухню.

— Мы думали, ей нужно позвонить, жене, — оправдываясь, заговорила Маруся. — Вдруг она ещё не знает, что случилось...

— Нечего ей звонить! — вдруг резко сказала Наташа, перед носом у Маруси встряхнула полотенце и забросила его себе на плечо. — Только человека баламутить! Да и наверняка ей сто раз позвонили! Без нас!

— Вы не подумайте, что я не в своё дело лезу, — пробормотала Маруся, — я просто так... Мы с тётей Лидой подумали...

— Всю жизнь Оксана с этим придурком промаялась, — махнула рукой Наташа. — Всю жизнь!.. Вот не поймёшь, то ли замужем лучше, то ли вовсе бобылкой, если такой муж попадётся. Он же хулиган! Самый натуральный, таких на НТВ показывают! Столько лет он голову ей морочил, столько раз обещания обещал: исправлюсь, мол, стану другим человеком! Как же! Стал! И помереть-то по-человечески не смог. А её теперь затаскают, ох, затаскают!..

— Да кто её затаскает, если она ни при чём и вообще всё время в Москве была?! — удивилась Маруся.

— А это не наше дело, где она была! — вдруг взбеленилась Наташа. — Ты её в деревне видела? Нет? И я не видела. Не было её тут, с июля месяца не было! И нечего наговаривать!

— Никто не наговаривает, — успокаивающе сказал появившийся из кухни Гриша. — Мы просто думали телефон узнать! А если вы не хотите давать, так и не надо, сами позвоните, да и все дела.

— Не стану я никуда звонить!

Гриша пожал плечами и взялся за таз:

— Ну, мы пойдём?..

Они выбрались на улицу, где под жарким солнцем реяло в вышине чистое бельё и на дорожке от него шевелились и ползали тени.

— Лидке скажите, чтоб на сильный огонь таз не ставила, — в окно крикнула Наташа. — Медь сильного жара не любит, потемнеет вся!

— Скажем! — крикнул в ответ Гриша, и они опять — в который раз за сегодняшний день! — пошли по улице в сторону своего дома.

— Ничего не поняла, — призналась Маруся. — Что это она так... расстроилась?

— Она не расстроилась, а испугалась. Это разные вещи, дорогой Джон.

— Хорошо. Испугалась. Чего?

— Это вопрос.

— И вы знаете на него ответ, Шерлок?

— Да.

— Как?! — поразилась Маруся.

— Ты спросила телефон жены Валерика и ещё, кажется, как её зовут. — Гриша теперь нёс таз прямо перед собой, как щит. Щит горел на солнце так, что приходилось прищуривать глаза. — И Наташа моментально сильно перепугалась, даже мы это заметили. Мы же заметили?

Маруся кивнула.

— И мне вдруг пришло в голову, что они не просто соседки, а, допустим, подруги. Возможно это? Вполне! И Наташа знает что-то такое, что может быть для подруги... опасно. Например, вчера вечером Валерик угощал портвейном именно свою супругу, которая после долгого перерыва наконец-то приехала в деревню. Я решил это проверить и проверил.

— Как?! — опять поразилась Маруся.

— У Наташи на кухне в раковине стоит грязная посуда. На чашках следы губной помады, в точности такой же, как у Валерика дома. Я не эксперт, но это и так видно. В пепельнице окурки.

— Точно такие же, — перебила Маруся, — как в пепельнице у Валеры.

Гриша кивнул и опять перехватил таз. Тащить его было неудобно.

— Ничего себе, — протянула Маруся задумчиво. — То есть жена вчера была с ним.

— Примем это за рабочую гипотезу, — предложил Гриша.

— Тогда получается, что она его убила?!

— Возможно. Но равновероятно, что не она. Жена могла попить с Валериком чаю и уехать обратно в Москву, например. Или зайти в подруге Наташе, с ней тоже попить чаю и уже после этого уехать в Москву.

— Или он стал её оскорблять, как тут всех оскорблял, и она ударила его по голове!

— Тяжёлым тупым предметом, — подхватил Гриша, — которого так и не нашли возле трупа. Или она забрала этот предмет в Москву?

— Или выкинула в овраг, — рассердилась Маруся. — Тут у нас кругом сплошной лес, овраги, а дальше болота. Самые лучшие в мире места, чтобы спрятать тяжёлый тупой предмет, и никто его не найдёт!

Возле забора тётиного дома стояла какая-то незнакомая машина. Должно быть, к соседям кто-то приехал и перепутал участки. Гриша обошёл машину, толкнул калитку, пропустил вперёд Марусю — это оказалось очень неудобно, потому что ему мешал таз, но Гриша был вежливым человеком — и заключил:

— Самое непонятное и очень странное, что чашек с губной помадой в раковине было две. Две! То есть были две какие-то женщины с одинаковой губной помадой. И одна из них пила чай с убитым.

— Подожди, Гриша, — сказала Маруся быстро. — Это нужно обдумать. Это всё правда очень странно, очень...

— И кто такой гр. Васильев, которого убитый Валерик неоднократно замечал в противоправных и противозаконных действиях, наносящих реальный урон народному хозяйству с материальной стороны дела?

— Ты запомнил? — поразилась Маруся. — Такую лабуду?!

Гриша вздохнул.

— Понимаешь, если Сыркин реально портил жизнь гр. Васильеву, а этот гр., допустим, человек решительный, то он вполне мог убить. И нам обязательно нужно выяснить, кто он такой.

— Как мы это выясним?

— Для начала спросим у твоей тёти, нет ли в деревне людей по фамилии Васильев с инициалами К. Д. Только сначала махнём на речку, Джон! Последние жаркие дни, как мы можем их потерять, Джон!

— Никак, Шерлок! — засмеялась Маруся.

Ура! Они идут на речку вдвоём! В первый раз с тех самых пор, когда... Они обогнули дом, вышли на лужайку, и оба встали как вкопанные.

На лужайке было полно народу, и все незнакомые, так в первую секунду показалось Марусе.

— А у нас гости, — непривычным фальшивым голосом объявила вынырнувшая из кустов тётя Лида. — К тебе приехали, Марусенька!

На самом деле гостей было всего двое, а вовсе не толпа, но ни одного, ни другого Маруся не узнавала.

— Здрасте, — поздоровался вмиг помрачневший Гриша. — Лидия Витальевна, Наташа прислала вам таз. Для сиропа из антоновки.

— Вот спасибо! Я про него позабыла совсем.

— Ты чего уставилась как неродная, Марин? —

спросил из шезлонга статный красавец, засмеялся и сдернул тёмные очки. — Мы-то надеялись, что ты будешь визжать от восторга!

— Мы ни на что такое не надеялись, — заявила девица, объедавшая с куста чёрную смородину. — Привет, Маруська!

...И тут Маруся узнала в ней профессорскую внучку Агриппину, с которой виделась один раз в жизни! Они с Гришей приезжали к профессору Астрову после того, как Маруся нашла труп в планетарии, и его внучка угощала их шикарным обедом.

— Агриппина?! — словно не веря своим глазам, пролепетала Маруся. — Откуда ты взялась?..

— Из Москвы, — сказала внучка деловито, подошла и чмокнула Марусю в щёку. От неё изумительно пахло духами и чуть-чуть смородиной. — Меня дед послал тебя проведать. Правда-правда! Такая, говорит, хорошая девушка, надо её и молодого человека в гости пригласить! Привет, отличник! — поздоровалась она с Гришей.

— Привет.

— А я про тебя ничего не знаю, — энергично продолжала Агриппина. — Ни телефона, ничего! Только что ты в инязе преподаешь! А от деда не отвяжешься! Ты же знаешь моего деда!

— Знаю, — прошелестела Маруся.

— Ну, я поехала в иняз, и там на твоей кафедре мне сказали, что ты в отпуске под Егорьевском.

— А я вызвался её проводить, — вставил Антон галантно. — Не отпускать же такую девушку в одиночестве на какую-то дачу под Егорьевском!

Тут он сделал большие глаза, как бы в насмешку над самим собой.

— Твоя подруга дала нам адрес. Как её? Глаша? Маша? — добавил он.

— Даша, — поправила его Маруся.

Ситуация была до того неловкой, что у неё защипало в глазах.

Вот она в кедах, пыльной юбке и кофте, запачканной спереди жёлтой глиной — измазалась, когда под забором лезла. Вот Гриша в рваных мятых джинсах и несвежей футболке с каким-то дурацким тазом наперевес. Вот тётя Лида в идиотской футболке! Вот вкопанный под яблонями стол и лавки, покрытые домоткаными дорожками. Вот гамак между деревьями, совсем старый и серый от дождей. Ещё змеится по земле грязный чёрный шланг — должно быть, тётя смородину поливала, — и через него нужно перешагивать. А вон у сарая главный позор и ужас — мотоцикл с коляской кастрюльного цвета!

— Ты что? — спросил Антон. — Не рада нас видеть? А твоя гостеприимная бабуля нас обещала пирогами угостить!

— Это моя тётя, — сказала Маруся.

Пока Антон не назвал Лиду бабулей, она знала, что тётка в свои сорок восемь лет выглядит просто превосходно — загорелая, подтянутая, зубы белые, волосы пушистые. А сейчас ей показалось, что Лида и вправду бабка — ногами шаркает, сутулится, какие-то на ней вечно нелепые штаны и бейсболки!..

— Пироги ещё поставить нужно, — отозвалась бывшая только что молодой, а теперь ставшая старухой Лидия Витальевна. — Гриш, может, пока самовар поставишь и на речку сходите? Такие погоды стоят!

Агриппина переводила взгляд с одного на другого, прищурилась и сказала, что они вполне могут уехать, если явились не ко времени.

— Дед просил передать приглашение, — уточнила она. — На первое сентября. К нам, в Малаховку. Все свои будут — Маргошка, Мишаня Воскресенский. Бабушка из Карловых Вар наконец-то вернулась! У нас первого сентября всегда большой сбор. Но дед только самых-самых приглашает! Самых близких и любимых!

— Я тоже приеду, — заявил Антон весело.

— А вас мой дед разве приглашал? — удивилась Агриппина.

— Маруся, зови гостей к столу, — хлопотала «бабушка» Лида. — Неси варенье, ягоды. А я сейчас быстренько блинчиков напеку.

— Я помогу, — вступила Агриппина, засучивая рукава. Лидия Витальевна посмотрела на неё. — На самом деле дед меня страшно ругает, что я на журналистику пошла. Он считает, что журналистика — это вообще не профессия, а повар из меня вышел бы классный.

Лидия засмеялась и превратилась из старухи в молодую.

— Ну, посмотрим, — сказала она весело. — А ты как печёшь, на воде, на молоке?..

— Если на скорую руку, то на молоке, конечно, а дрожжевые на воде заводим. У вас такие цветы шикарные, а у нас с бабушкой ничего не растёт. Дед говорит, что мы необразованные, нужно книги читать по почвоведению, там ясно сказано, что под соснами растёт, а что не растёт...

Продолжая говорить, Агриппина следом за тётей Лидой скрылась в доме, а Гриша поволок самовар под уличный кран.

— Ты что, не рада меня видеть? — спросил Антон, подошёл и взял Марусю за руку. — Я думал, ты счастлива будешь!

— Я счастлива, — уныло пробормотала Маруся.

Антон был настолько блестящий молодой человек, да ещё юрист, да ещё выглядел точь-в-точь как те самые, из журналов, что рядом с ним она чувствовала себя убогой замарашкой, и ей было стыдно за дом, за участок, за Гришу и тётю.

В Москве, на работе, всё было чуть-чуть по-другому. Там она старалась принарядиться, как-то улучшиться, немного распрямить плечи, а здесь всё какое-то примитивное, первобытное, и сама Маруся с её забранными в хвост волосами казалась себе такой же примитивной и первобытной.

— Где ты взяла эту подругу? — Антон кивнул в сторону садового крылечка. — Я и не знал, что ты... водишь дружбу с такими людьми!

— Я видела её один раз в жизни.

Антон фыркнул.

— Не выдумывай. Зачем? Она к тебе попёрлась за сто километров, в гости зовёт, а ты чего? Интересничаешь?

Гриша притащил самовар, и Маруся осторожно высвободила свои пальцы из Антоновой ладони.

— Мы что, отсюда будем пить?! — удивился Антон. — Это ж полная антисанитария!

— На кухне есть вода в бутылках, — проинформировал Гриша.

— Нет, а что, в деревнях до сих пор пьют из таких штук? А с желудком потом что делать?

— Понятия не имею, — признался Гриша. Встал на колени и принялся дуть в самоварное днище. Оттуда во все стороны полетела зола. Антон отскочил. На нём были белые льняные брюки.

— Ты думаешь, разгорится? — по-прежнему уныло спросила Маруся у Гриши.

— Там ещё угли тлеют, я посмотрел. Мы его ставили-то недавно.

Из самоварного горла пошёл тоненький дымок, и Гриша стал колоть и по одной опускать в него щепки.

— Там же вода, — издалека предупредил Антон. — В воде деревяшки не горят.

Гриша и Маруся на него оглянулись.

— Марусь, давай корзину с шишками. Видишь, пошёл.

Маруся принесла корзину, которая всегда стояла на поленнице под крышей.

Антон вернулся в шезлонг и наблюдал за их манипуляциями с интересом.

— У вас на кафедре день рождения праздновали, — сказал он. — Меня звали, но я не пошёл. А твоя подруга Наташа, по-моему, на тебя сердится.

— Даша она.

— Когда я стал спрашивать, где этот твой Егорьевск, она слова через губу цедила. Еле добился от неё, как деревня называется! Дальше уже просто было, по навигатору.

— До Егорьевска отсюда ещё километров тридцать в сторону.

— Какая разница! И ты вот тут каждое лето отдыхаешь, да? А на море чего? Я так люблю море! Я без моря прямо болею! Тут же со скуки сдохнешь.

Маруся бросала в самовар шишки, Гриша установил трубу, и из неё сразу повалил густой белый дым.

— Ух ты! — восхитился Антон. — Разгорелось! Там, наверное, не просто вода, а с чем-нибудь, да?

— С керосином, — пояснил Гриша.

— Ну, тогда, конечно, разгорится. Слушайте, что они там так долго, бабуля с Агриппиной? Может, им нужно помочь? — Антон поднялся из шезлонга, посмотрел на самовар и опять восхитился: — Ну просто первобытно-общинный строй, а? Сейчас селфи сделаю, Сеть взорвётся!

Он вытащил мобильный телефон, посмотрел в него, как в зеркало, и стал пристраиваться поближе к самовару.

— Так, так, — приговаривал он. — Только чтоб дым было видно и паровоз этот.

Маруся не хотела смеяться. Вот совсем не хотела! Она почти впала в отчаяние. Только что всё было прекрасно, и они с Гришей — Шерлок и Джон — собирались на речку, и вдруг свалились на неё неожиданные испытания. Нет, она не хотела смеяться. Но, глядя, как Антон, извиваясь всем телом, пытается поймать в объектив телефона себя вместе с ничего не подозревающим самоваром — символом первобытности! — осторожно хихикнула.

Гриша посмотрел на неё и тоже хрюкнул. Антон ничего не замечал. Он фотографировал себя.

— Вот, отлично, и чтоб дрова попали, какая прелесть, дым, дым, ты куда, куда тебя понесло! Дым, ты нужен для красоты! — Он, приподанцовывая, задел локтём самоварную трубу, которая с жестяным грохотом обрушилась ему под ноги, изрыгнув на белые льняные брюки облако чёрной сажи.

— Чёрт! — завопил Антон и отпрыгнул. — Чёрт, что такое?!

— Труба упала, — проинформировал Гриша, нацепил рукавицы и водрузил трубу на место.

Антон отряхивал брюки. Тонкая чёрная пыль расползалась по белоснежной ткани всё больше и больше.

— Не трогай! — закричала Маруся. — Что ты делаешь?! Они сейчас все в саже будут!

— Блин, да что ж это за!.. Что за хрень?! Нет, как я в Москву поеду?!

— Вы на машине поедете, — сказал Гриша. — У вас машина исправна?

— Да иди ты в пень! Что теперь делать?!

С крылечка сбежала Агриппина. В руках у неё была большая тарелка с горкой блинов.

— Мы на двух сковородах нажарили, — похвасталась она. — Как там самовар? Антон, вы что, чистили каминные трубы?

— Маруся! — из дома закричала Лида. — Прими у меня сметану и варенье земляничное!

Маруся забежала в дом и тут только захохотала.

— Ты что? — озабоченно спросила тётя, подавая ей холодную тяжёлую крынку. — Это кто такие? Первый раз вижу!

— Агриппина — внучка профессора Астрова, — сказала Маруся. — Мы с ней недавно познакомились. Антон из нашего университета, только он юрист.

— Он твой кавалер? — осведомилась Лидия. — Или он кавалер этой профессорской внучки?

— Тётя, что ты?! Разве он может быть моим кавалером?!

— Не размахивай сметаной, выронишь. А почему он не может быть твоим кавалером?

Маруся закатила глаза.

— Да мы об этом с тобой уже говорили! Это совершенно другие люди, с другой планеты! Ты посмотри на него!

— Смотрю. Хлыщ какой-то. И, по-моему, не очень умный.

— Сама ты, тётя... ничего не понимаешь!

— Где мне.

— Он на все выставки ходит, в «Гараж» и на «Красный Октябрь»...

— По кондитерской части? На фабрику?

— Тёть, там сто лет нет никакой фабрики! Там крутые выставочные залы, галереи, там коцептуальные группы выступают! Вообще это модные, хипстерские места!

— И ты с ним в эти места ходишь?

— Ну что ты, тётя, — Маруся даже развеселилась. — У них свои девушки, у таких молодых людей. Вроде Агриппины.

— Не знаю, куда твоя Агриппина ходит, а блины она ловко жарит. Видно, дедушка с бабушкой у неё порядочные люди.

— Тётя, какое отношение порядочность имеет к блинам?!

— Самое прямое, — отрезала Лидия Витальевна. — Значит, не тунеядку вырастили, которая только делает вид, что в современном искусстве разбирается, а человека приспособленного.

— Почему... делает вид? — спросила Маруся озадаченно. — Может, на самом деле разбирается!

— Чтоб в искусстве как следует разбираться, — сказала тётя и захлопнула дверь холодильника, — нужно, дорогая моя, хорошее образование иметь! Нужно сначала византийское искусство изучить, потом греков, потом Средневековье от начала до конца, и не только Брейгеля с Босхом, их все знают, но и посложнее кого-нибудь. Ну, Рафаэля, Караваджо мы пропускаем, это даже не первый класс, это подготовительная группа. А уж потом библейские сюжеты, романтизм, реалисты всех возможных школ, авангард, абстракционизм, и ещё когда-а-а мы до современного искусства доберёмся! Самовар выкипит весь. Пойдём.

Маруся проводила тётю Лиду глазами, потом поскакала за ней:

— Тёть, ты что, разбираешься в искусстве?!

— Я? — удивилась Лидия Витальевна, напяливая уличные шлёпанцы. — Нет, конечно. — И закричала: — Гриша, самовар вскипел?! Агриппина, заваривай чай!

Они пили чай с блинами, и профессорская внучка всё подпускала Антону шпильки по поводу его штанов, а тётя Лида предлагала принести с чердака дедушкины брюки.

— В деревне разве можно ходить в эдаких шальварах и штиблетах? У нас тут кругом трава, земля, запачкаться раз плюнуть, попроще надо что-нибудь.

Антон сначала дулся, а потом углубился в свой телефон, повеселел и стал показывать селфи с самоваром. Селфи вышли замечательные, особенно дым. Он очень натурально валил из трубы. Антон ещё раз сказал, что «это взорвёт Сеть». Чаю он не пил, цедил воду из бутылки, а когда заглянул Агриппине в кружку и спросил, почему в чае не плавают щепки и угли, Лидия Витальевна объявила, что пора на речку.

— Вы идите, а вечером мы шашлык пожарим. Гриша вчера такую шейку привёз, хоть сырой ешь!

— Сырую свинину есть нельзя, — перепугался Антон. Он на самом деле не знал, чего от них можно ждать — дикие люди в диких местах, понесло красотку Агриппину к дикарям! — Только говядину, и только особых сортов!

— А, — протянул Гриша, — тогда мы сырую не будем.

Красотка Агриппина почему-то засмеялась и сказала, что, пока Маруся будет мыть посуду, она шашлык замаринует.

— Только я по-старинному мариную, без глупостей, — предупредила она. — Никаких кефиров и майонезов! Соль, перец, травки всякие. Меня так академики-грузины научили. У деда много друзей-грузин. И все почему-то академики!

— Ты, Грунечка, как хочешь, так и маринуй, — сказала Лида, и Маруся поняла, что профессорская внучка покорила тётино сердце навсегда.

На кухне, когда девушки остались вдвоём, Агриппина озабоченно спросила, не слишком ли она некстати.

— Да, конечно, кстати! — воскликнула Маруся почти искренне.

— А ничего, что я этого придурка с собой привезла? Я была без машины, она в сервисе чего-то застряла. Там запчастей каких-то ждут, а дед считает, что моя безопасность — самое главное! А этот придурок и говорит: я вас подвезу! Я ленивая, ты же знаешь! И в городе сидеть неохота, а в Малаховке нету никого, дед с бабушкой в Стокгольме. У деда там конференция. Он бабушку взял, а меня отказался.

— Почему не взял?

Агриппина резала розовое мясо аппетитными толстыми кусками и махнула рукой с зажатым в ней ножом.

— Я в Италии уже была этим летом. Дед считает, что туда-сюда без толку раскатывать не годится. Отдохнула за границей — и на дачу. Там всегда дел полно! Ты же знаешь моего деда! Он у нас строгий, но справедливый. Вы первого-то приедете?

Маруся расплылась в улыбке. Это было так заманчиво и... шикарно — отмечать начало учебного года на профессорской даче в Малаховке среди интересных и важных людей!

— Я не знаю, — сказала она. — Я бы с удовольствием, спасибо. Надо у Гриши спросить, вдруг он не может.

— Да, конечно, он сможет, — уверенно заявила Агриппина. — Как ты скажешь, так и будет, по нему всё видно! Он с тебя глаз не сводит!

— Гриша?!

— Или его переименовали в Васю?

— Агриппина, он просто мой друг детства.

— Называй меня Груней. А просто друг детства не может в тебя влюбиться? И не сводить с тебя глаз? Это разве запрещено законом?

— Ты всё выдумываешь, — сказала Маруся, перемывая под краном чашки.

— Дед, значит, тоже всё выдумывает, — согласилась Агриппина. — Он мне тогда сказал: какая прекрасная пара! Вот у тебя вечно в кавалерах какие-то обмылки, а тут сразу видно, что у ребят всё хорошо и сами молодые люди достойные. А если он тебе не нужен, так и скажи, я его себе заберу. Он мне подходит. — Маруся вытаращила глаза. — Дай мне соль. У вас есть крупная?

— У нас сколько угодно крупной соли, мы только что закрывали огурцы.

— Я купальник с собой взяла. Он в машине, надо достать.

— В Северке вода очень холодная. Зато она чистая, наша речка. И даже бобровая плотина есть!

— Покажешь?

— Покажу, — обрадовалась Маруся. — Только нужно обуваться, до неё в босоножках не дойдёшь.

— Дашь мне кеды? Или сапоги резиновые?

Когда они вышли на улицу, Маруся обнаружила, что случилось самое страшное — Гриша раскочегаривал мотоцикл. Антон издалека фотографировал его на телефон, но не приближался. Гриша ногой дёргал стартёр, мотоцикл взвывал и глох.

— Гриша! — закричала Маруся с крыльца и топнула ногой, но за грохотом её не было слышно. — Гриша, остановись!

В это самое время мотоцикл наконец «взял», изрыгнул дым, затарахтел и затрясся.

— Мы что, — перекрикивая шум, в ухо Марусе закричала Агриппина как будто в ужасе, — на нём поедем?!

— Нет!!! — проорала в ответ Маруся. — Ни за что на свете!!!

ВЕЧНОЕ СВИДАНИЕ

— Как?! Почему?!

— Гриш, выключи ты его, ради бога!

— Зачем?! Поехали! На речку только на нём и проедешь! Или пешком!? — проорал Гриша.

— Я не хочу пешком! — завопила Агриппина. — Я хочу на мотоцикле с коляской! Это мечта всей моей жизни! У деда с бабушкой такой был!! Можно я в коляске поеду?!

Мотоцикл тарахтел, тётя Лида смеялась, Гриша уселся за руль, а профессорская внучка взгромоздилась в коляску. Маруся и Антон оказались словно по другую сторону невидимого барьера.

Гриша газанул, описал круг по двору — счастливая Агриппина тряслась и подпрыгивала в коляске, — тётя откатила воротину, чтобы мотоцикл выехал.

— Маруська, садись! Давай, давай!..

Она в нерешительности приблизилась.

— Я на этой тарантайке никуда не поеду! — прокричал Антон, делая шаг назад, как бы из опасения, что его засунут в мотоцикл насильно. — Это даже не смешно! Это даже показать никому нельзя!

Маруся бросилась вперёд, перекинула ногу, устроилась на сиденье и обняла Гришу за талию.

— Вы езжайте, а я молодому человеку покажу дорожку! — и тётя Лида махнула рукой.

— Э-эх! — крикнул Гриша залихватски, мотоцикл наддал и покатил.

Марусе показалось, что покатил он очень быстро, ей даже страшно стало, тёплый августовский ветер засвистел в ушах. За ними по дороге клубилась пыль, Агриппина придерживала на голове каску Марусиного деда, которую напялила тут же, как только оказалась в коляске, и громко пела «Широка страна моя родная!». Они выехали на опушку, и Гриша повернул в лес. Дорога сразу стала мягкой, пыль пропала, колёса катились по примятой траве. Стало попрохладней и запахло цветами, листьями, грибами.

— Какая красота! — придерживая каску, громко восхищалась Агриппина. — Марусь, я у тебя жить останусь! Тут наверняка грибов полно! У нас в Малаховке никакого леса нет, весь давно свели и домами застроили! Как я люблю лес!

Они выкатились на пригорок с залитой солнцем макушкой, а внизу, в лопухах, лежала плотная тень. Здесь было много цветов и просторно стояли берёзы.

«...Как я люблю лес», — подумала Маруся.

Примятые колеи сбежали с пригорка, и некоторое время они ехали в тени под соснами. Они как будто очутились внутри огромного органа — сосны были янтарными, почти прозрачными посередине и тёмными там, откуда поднимались, а поднимались они из плотного зелёного мха, казавшегося бесконечным. Кое-где на зелёном виднелись яркие акварельные кляксы — разноцветные шляпки сыроежек.

Даже Агриппина притихла и ничего не говорила.

Теперь катились по толстой подушке из иголок, в воздухе сильно пахло хвоей.

Потом начались кусты бузины и заросли брусничника, они выехали на берег неширокой и быстрой речки. Этот берег был пологий, вдоль него стояли серебристые ивы, а противоположный — высокий, изрытый ласточкиными гнёздами.

Впереди показался маленький пляжик с белым песком, и Гриша заглушил мотор.

— Вот счастье-то, — говорила Агриппина, выбираясь из коляски. Гриша взял её за руку, помогая вылезти, и Маруся вдруг подумала: а что, если Агриппина заберёт его себе? Она ведь так и сказала!..

...Если он тебе не нужен...

...Как это может быть? Как может быть, что ей, Марусе, не нужен Гриша?! Что она тогда будет делать? Как жить? Она же останется совсем одна! Нет, папа и тётя останутся тоже, но это совсем другое.

...Ей никогда в голову не приходило, будто может когда-нибудь случиться так, что Гриша пойдёт своей дорогой, а она своей. А поезд пойдёт своей — как всегда, ей подумалось несуразное. Гриша был частью её жизни — привычной, иногда удобной, иногда раздражающей, но всегда постоянной. Он никогда и никуда не мог от неё деться! Он оказывается рядом всегда. Вполне можно подыскивать себе кавалеров, сетовать на то, что их нет, строить глазки Антону, всё это время зная: Гриша есть и он рядом.

Шерлок и Джон всегда вместе!..

Ну, не всегда и не до конца вместе, но... но...

Какой-то человек проехал по пригорку на мотороллере, Маруся оглянулась и сбилась с мыслей.

Этот человек на мотороллере почему-то показался ей зловещим. Она проводила его глазами.

Ясно одно: Агриппине она Гришу не отдаст. Она сама ещё как следует не знает, что с ним делать, но не отдаст.

...Или знает и просто притворяется? Перед самой собой притворяется?..

— Я каждое утро купаюсь, — говорил Гриша, прыгая на одной ноге и стаскивая джинсы. — Вода холодная, но, если быстро плавать, ничего.

— Быстро плавать — это как? Как Майкл Фелпс? — спросила Агриппина.

Она расстелила захваченный из машины коврик и клетчатый толстый плед — всё было новое, добротное, английское, расстегнула платье, как будто вышла из него. Маруся вздохнула и отвела глаза. Агриппина была вся загорелая, стройная, золотистая, ровная и длинная.

...Какой-то ужас и вселенская несправедливость.

...А вдруг Гриша сам захочет, чтобы Агриппина забрала его себе?! Если ей, Марусе, нравятся молодые люди «из журналов», почему Грише не могут нравиться *такие* девушки?! Их красота безусловна и безупречна, в них нет изъянов, они состоят только из совершенств, как будто собраны из материалов самого высшего качества!.. Агриппине даже украшать себя не надо. Ей не нужны косметика, драгоценности и наряды. Она и без них так прекрасна, что глаз невозможно оторвать.

— Что ты на меня смотришь? — осведомилась у неё профессорская внучка. И нахмурилась: — Со мной что-то не так?

Маруся пожала плечами. Она уже была совершенно уверена, что Гриша уедет вечером в Москву с Агриппиной. Тем более Груня в полном восторге от его дурацкого мотоциклета!

...Вот тебе и Шерлок с Джоном. Выходит, это их последнее дело?..

— Ты обещала мне бобровую плотину показать, — напомнила Агриппина.

— Это дальше по ручью.

— Сходим?

Маруся опять пожала плечами. Никуда ей не хотелось идти с Агриппиной! С ней теперь везде будет ходить Гриша.

...Ну и ладно. Ну и пожалуйста!

Снимать юбку и кофту при таком совершенстве профессорской внучки, демонстрировать старенький купальник было никак невозможно, и Маруся села в песок прямо в чём была. Песок оказался тёплым, приятным.

Гриша подошёл и сел рядом.

— Вон там мы прыгали, помнишь? — он показал рукой, и Маруся чуть не заплакала. Она изо всех сил прощалась с ним, отпускала его, а он ничего об этом не знал. — А ещё ты на тот берег за бабочкой поплыла! Плавать не умела, зато очень хотела бабочку поймать!.. И поплыла! Родители, как увидели, перепугались, твой отец сразу в воду кинулся — тебя спасать. А ты доплыла и на тот берег вылезла.

Маруся покивала.

— Только бабочки все улетели, и ты потом весь день ревела, — добавил Гриша.

Она опять чуть не заревела.

— Марусь, ты чего сидишь? — спросила Агриппина разнеженным голосом. — Давай позагораем немножко. А потом быстро поплывём, как Майклы Фелпсы!..

— Я сейчас, — сказала Маруся и поднялась. — Только погуляю немножко. Вы... загорайте.

— Ты куда? — удивился Гриша.

— Да-а-а... — Она ничего не могла придумать!.. — Пойду сыроежек соберу. Сыроежки с картошкой — очень вкусно!

— Марусь, давай на обратной дороге лучше! И они небось все червивые, август же!

— Я хороших соберу.

Ничего перед собой не видя, думая только о том, что нет больше никаких Джона с Шерлоком и Гриши с Марусей, она зашла в лес и стала подниматься на пригорок. В речке шумела вода, и слышно было, как Гриша и Агриппина разговаривают. Только слов не разобрать.

Из-за поворота вынырнул человек на мотороллере, оглянулся по сторонам и покатил прямо к Марусе. Она всё смотрела под ноги на жёлтые иголки. Он подкатил, спрыгнул с мотороллера, выдернул непонятно откуда железяку и коротким сильным движением стукнул Марусю по затылку.

Она ахнула и неслышно повалилась на иголки.

Он ещё оглянулся — никого не было видно, — прислонил к дереву свой транспорт, поднял под мышки бездыханную Марусю и сноровисто перевалил её через широкий багажник. Подумал, не привязать ли, и решил, что, если понадобится, привяжет потом, подальше. Марусины ноги и руки волочились по земле, но человек не обращал на это внимания.

Налегая на руль, он ходко повёл мотороллер по дороге, а потом, когда кончились мох и папоротник и началась твёрдая, усыпанная хвоей земля, свернул в лес.

Когда он свернул с дороги, его заметил Антон и очень удивился. Он некоторое время постоял, глядя ему вслед, а потом пошёл вниз к реке, которая была уже совсем рядом. Откуда-то взялись комары, и он сломал ветку бузины, чтобы от них отмахиваться.

Через полчаса Гриша начал беспокоиться, а минут через сорок отправился Марусю искать.

— Может, она домой вернулась? — предположила сонная Агриппина. Она дремала на своём клетчатом пледе, рядом, растянувшись, спал Антон. — Набрала сыроежек и решила их отнести? Здесь же всё близко, да?

— Да, — согласился Гриша.

Возвращаться домой Марусе было совершенно незачем, да и не ушла бы она просто так, не предупредив его! Что-то сильно её расстроило, и Гриша подумал, должно быть, она расстроилась из-за того, что Антон застал её в таком... непрезентабельном деревенском виде. Девчонки такие странные! Вечно им кажется, будто они плохо выглядят, как-то не так одеты, причёсаны не слишком хорошо, и — главное! — не на шпильках. Вот когда они не на шпильках, значит, всё плохо. Гриша ничего не понимал в красоте шпилек и однажды даже спросил, в чём тут дело. Маруся долго и нудно толковала что-то про тонкость щиколотки, про лёгкость походки, про устремлённость ввысь... Грише быстро надоело слушать, и он сказал, что читал однажды в научно-популярном журнале, что самка павиана, когда хочет понравиться павиану-самцу, ходит перед ним на цыпочках, и шпильки, видимо, это что-то оттуда.

Маруся тогда разобиделась и сказала, что больше ни за что не станет с ним разговаривать, как с нормальным человеком.

Вспомнив про павиана, Гриша улыбнулся. Некоторое время он ходил между соснами и звал:

— Ма-ру-ся! Ма-ру-ся-я-я!..

Но никто не откликался, только высоко-высоко шумел ветер, и янтарные стволы, похожие на органные трубы, качались величественно и неторопливо.

Гриша беспокоился всё сильнее.

Он сбегал к бобровой плотине и там тоже покричал — никого и ничего, — вернулся на пляж, но Маруся там не появлялась.

Агриппина уже не дремала, а сидела на пледе и смотрела встревоженно. Антон кидал в быструю речку камушки.

— Я в воду зашёл, — сказал он, едва завидев выскочившего из лесу Гришу, — она ледяная! Вы как хотите, а я купаться не стану!

— Не возвращалась Маруся, — проинформировала Агриппина. — Да подожди ты психовать, дома она, скорее всего!

Гриша завёл мотоцикл, сказал, что сейчас вернётся, и напрямик, через горушку, поехал в деревню. Мотоцикл натужно ревел, но всё же горку одолел.

Тётя Лида, собиравшая в кустах смородину, сказала, что Маруси дома нет, с речки она не приходила.

Тут Гриша растерялся.

...Что-то случилось. Причём только что, совсем недавно, у него под носом, а он проглядел, пропустил. Просто так потеряться Маруся не могла — всё же они выросли здесь, и окрестные лесочки были исхожены вдоль и поперёк!.. Кроме того, Маруся никогда не уходила одна. Вообще по одному в лес ходить было не принято, несмотря на то что заблудиться всерьёз в нём довольно сложно — с двух сторон автомобильные дороги, с третьей — деревня. Впрочем, лес был велик, и лоси в нём водились, и кабаны, ходили слухи, что и медведь перебрался с той стороны однопутки, по которой когда-то бегал дизелёк с торфяных разработок.

Вновь усевшись на мотоцикл, Гриша обнаружил,

что у него мокрые ладони, и по очереди старательно вытер их о джинсы.

Тётя Лида так и осталась в смородине, взявшись рукой за сердце, а он вернулся на речку.

Агриппина уже давно оделась и свернула свои пожитки, Антон ходил вдоль берега и спрашивал, почему это ласточки живут в земле в каких-то дырах, а не в гнёздах. В итальянских фильмах ласточки живут в гнёздах под потолком старых палаццо.

— Нужно искать, — сказал Гриша. — Дома её нет. Поедем?

— И не возвращалась? — глупо спросила Агриппина. Понятно было, что не возвращалась!

— Из-за чего сыр-бор? — Антон, рассматривая ласточкины гнёзда, пожал плечами. — Чего вы переполошились-то?.. Ну, погуляет, придёт, она же взрослая тётенька!..

— Поехали, — повторил Гриша и опять вытер ладони о джинсы. Сердце у него сильно колотилось, мешало дышать. Он всё старался вздохнуть поглубже.

— Да зачем?! Может, у неё тут местный парубок завёлся и она с ним... как это говорят... гуляет, вот! На танцы в соседнюю деревню ушла! Я однажды кино смотрел какое-то доисторическое, типа восемьдесят пятого года или семьдесят второго, так вот, там по сюжету...

— Ты остаёшься? — перебила его Агриппина.

Она уже устроилась на сиденье за Гришиной спиной.

— Да еду, еду!.. Позагорать не дали, черти!..

Марусю искали до вечера и без толку.

Постепенно к поискам подключились все, кто мог передвигаться, а один из соседей, у которого был трёхлетний малыш, ушёл в лес, посадив малыша в рюкзак. Саня на Гришином мотоцикле — его собственная машина с порванными колёсами была на приколе — поехал по дорогам в надежде, что Маруся может выйти в другую сторону. Прокопенко-супруг тоже поехал, сказав, что в лесу от него толку мало, он ничего не видит, а Прокопенко-супруга присоединилась к женщинам, которые вереницей пошли от деревни вдоль реки. Приехавшие из егорьевского «убойного отдела» тоже отправились, и участковый.

Лидия Витальевна осталась дома — её не держали ноги, идти она не могла. Илья Семёныч велел ей караулить и звонить, если Маруся вдруг вернётся. И Антон остался. Он сказал, что глупо искать человека, который, скорее всего, просто ушёл на прогулку. Он сказал: может, у человека есть свои дела, и вообще, все они — свободные личности и могут гулять где хотят.

Участковый Илья Семёныч посмотрел на него странно, как будто собирался дать подзатыльник, но раздумал.

Вечер наступал тёплый, августовский, синий, с плотными тенями — в тени земля сразу становилась холодной, а трава влажной, — но Марусю найти не могли.

Лидия Витальевна стояла у ворот и смотрела в лес, не отрываясь, только иногда забегала в дом, чтобы накапать себе ещё валокордину. Телефон она прижимала к груди, но что от него толку!.. Сначала из-под горушки звучали голоса, но постепенно стали удаляться и наконец стихли совсем. Лидия подумала, что Маруся пропала, и эти люди, которые стараются её выручить, все пропали тоже, всех поглотил туман, поднимавшийся от реки. Туман показался ей зловещим — плотным, глухим и холодным, как мокрая вата.

— Парень, — сказала она Антону, в очередной раз пробегая мимо него за валокордином, — видишь, все в лес ушли! И ты пошёл бы. Может, найдёшь её!..

— Да она не иголка в стоге сена, — бодро отвечал Антон, покачиваясь в гамаке, — вот помяните моё слово, сама найдётся! Придёт, никуда не денется.

Ему хотелось есть, и он всё время помнил, что Агриппина мариновала к вечеру шашлык. Он хотел было спросить, когда будет шашлык, но постеснялся — тётка уж больно расписиховалась, неудобно спрашивать.

Уже почти стемнело, когда вернулись Гриша и Агриппина.

— Ну?! — едва увидев их, крикнула Лидия Витальевна, и Гриша издалека покачал головой.

— Мне бы штаны какие-нибудь и куртку, что ли, — тяжело дыша, сказала Агриппина и присела на пень. — В платье далеко не уйдёшь. И дайте попить, а?..

Весь подол её цветастого платья был мокрый, сплошь залепленный зёрнышками травы и репейными колючками, исхлёстанные травой ноги горели. Один о другой она стянула кеды, сползла с пня и села на землю, привалившись к забору спиной.

— Агриппина, ты же умная девушка, — сказал Антон, подавая ей стакан с водой. — Ну, тебя-то куда несёт? Маруся наша здесь живёт, всех знает,

251

у неё, может, романтическое свидание на пригорке! А ты тоже... втягиваешься в коллективное безумие. Лучше в Москву поедем! Посидим где-нибудь, поболтаем, время не позднее, и завтра выходной! Ну что? Ты опять, что ли, в лес сейчас кинешься?

— Я буду искать Марусю, — сказала Агриппина и облизнула губы. — Она пропала. Мы должны её найти.

— Да придёт она, вот увидишь!..

— Хозяева! — закричали с другой стороны дома. — Есть кто?

Лида выронила свой валокордин и бросилась на голос, Гриша загремел сапогами по крыльцу, а Агриппина стремительно поднялась.

Из-за дома вышел высокий мужик в камуфляжных штанах, на первый взгляд совсем незнакомый.

— Здорово, хозяева, — сказал он громко. — А чего это у вас словно вымерли все? Или сегодня кино новое в клубе показывают?..

— Не нашли? — выдохнула Лида. Она уже всё поняла, но ещё надеялась.

Мужик помедлил.

— А чего искали?

— Маруся у нас пропала, — объяснил Гриша, подошёл и сунул мужику руку. — Ещё днём. Сказала, что сыроежек наберёт, и с тех пор её нет. Мы ищем.

— Константин, — ни с того ни с сего представился мужик. — Меня вот... Григорий в гости приглашал. Я и пришёл.

Лида кивнула, села на чурбак и закрыла лицо руками.

Мужик прошагал к столу, поставил на лавку рюкзак, в котором отчётливо звякнули бутылки, огляделся по сторонам и тоже уселся на чурбак, уперев в колено руку.

— Излагай, — велел он Грише. — Всё подробненько.

— Мы на речку поехали, — издалека сказала Агриппина. — Искупаться хотели!

— Мы — это кто? — перебил мужик.

— Маруся, Груня и я, — хмуро сообщил Гриша. — Да мы побыли-то там от силы минут десять. А потом она решила не купаться, а пойти за сыроежками.

— Поссорились?

— Нет, — возразил Гриша. — Никто не ссорился! Просто она сказала, что не хочет купаться! И ушла.

— Так, а после чего?..

— Потом почти сразу пришёл Антон. Мы на мотоцикле приехали, а он пешком пришёл. — Гриша подбородком показал, кто такой Антон. — Ну, и через полчаса, может, минут через сорок я побежал Марусю искать. И с тех пор её нет.

Константин немного подумал.

— Вы были на том пляже, где белый песок?

Гриша кивнул.

— А ты, парень, с горки шёл?

— Да, — подтвердил Антон, насторожившись. Что-то в тоне камуфляжного показалось ему странным.

— У нас ведь утром человека убили, — негромко сообщила Лида, Константин повернулся к ней. — Маруся хотела сразу в Москву уехать, а я её остановила...

И она заплакала, тяжело, навзрыд, прижимая кулаки к лицу. Агриппина ахнула. Антон попятился.

Константин посмотрел на Гришу:

— Кого у вас убили?

— Валерика, — объяснил тот, морщась. — Который возле магазина буянил.

— Да знаю я Валерика вашего как родного, — сказал Константин. — Допрыгался, значит, сволочь. Ну, упокой его Господи, как говорится.

— И убийца... где-то... здесь ходит, — проикала Лида. — И Маруся про... пропала!.. Ночь уже почти... А я её остановила! Она ведь в Москву хотела, а я... А теперь нет её...

Они рыдали уже обе — Агриппина тоже заплакала.

— Ну, ну, — негромко сказал Константин, и они как-то моментально примолкли. — А ты, парень, если с горки шёл, должен был её увидеть. Ну, если она от пляжа-то поднималась! На тот берег она ж не перелетела! Там лес такой, что всё далеко видать! Вон Григорий говорит, ты сразу подошёл, как она ушла, Маруся-то! Ты её видел?

Антон подумал, что дело принимает, пожалуй, неприятной оборот.

До этого ему всё было понятно и ясно, как день: Марусин деревенский жених возревновал её к городским приятелям, к их машинам, нарядам, к их веселью и свободе, и вообще... Короче, в нём взыграла классовая ненависть. У первобытных ненависть выражается очень просто: бабу нужно приструнить, а конкурентов избить. Антон однажды смотрел такой замшелый фильм — там на деревенских танцах подрались парни, как раз из-за какой-то кисули, то ли учительницы, то ли библиотекарши. Деревенский кавалер залепил Марусе в глаз и увёз её от конкурентов подальше. Возможно, сейчас в своей деревне он собирает таких же дружков-алкоголиков, чтобы отомстить свободным и красивым городским людям и их машинам. Вообще-то давно пора в город уехать, только Агриппина всё тянет, а уехать без неё Антон не мог, у него имелись на неё виды. Но он ничего не знал об убийстве! Оказывается, первобытность здесь зашла совсем далеко, питекантропы убивают друг друга.

Нет, нужно уезжать прямо сейчас, сию секунду. Уезжать, ни во что не вмешиваясь, ещё не хватает! Если профессорская внучка заартачится, придётся ехать без неё.

У Антона сделалось озабоченное лицо, он похлопал себя по карманам, проверяя автомобильные ключи.

— Я прошу прощения, — начал он деловито, — но нам давно пора в город. Агриппина, я тебя жду в машине. Как раз пока она прогреется...

И он пошёл к воротам. Константин переглянулся с Гришей и поднялся с чурбака. Чурбак, покачнувшись, повалился набок.

— Парень, ты куда помчался-то?! В какой город тебе понадобилось?! Ты на взгорке Марусю видел, когда на пляж шёл, или нет?

— Я ничего и никого не видел.

Антону оставалось-то всего ничего — прошмыгнуть до ворот, прыгнуть в машину и запереться на все замки. Спасение было совсем близко, но спастись ему не удалось.

Константин — даром, что огромный, как кабан-секач! — в секунду оказался рядом с ним и легонько взял Антона за грудки. Затрещала тонкая ткань рубашки.

— Говори, чего видел, — мягко попросил Константин. — Быстро говори и чётко, чтоб мы поняли.

Совсем рядом с собой перепуганный Антон видел свинцовое лицо и бесстрастные, как у ящерицы, глаза, чувствовал чужой, отвратительный, опасный запах.

— Отпустите меня, — на всякий случай сказал он и чуть-чуть шевельнулся. Ни слова не говоря, мужик взял его за горло и подержал.

— Видел я её, — задыхаясь, сказал Антон, когда тот ослабил хватку и стало можно говорить. — Ну и что?! Ей какой-то парень по морде съездил, посадил на скутер и увёз. И что из этого?! Я ей что, нянька?!

— Ка... какой парень? — пролепетала подскочившая Лидия Витальевна. — Что ты говоришь?..

— Я не знаю! Я их тут никого не знаю и его видел только со спины!

Константин свободной рукой перехватил Лиду, которая бросилась на Антона, и тут Гриша подоспел, оттащил её.

— Почему Маруся не кричала? На помощь не звала?

— Так она это... — Антон сглотнул. — Она, по ходу, без сознания была. Он её через сиденье перебросил и повёз.

— Понятно, — почти нежно сказал Константин. — Скутер — это, стало быть, мотороллер. Он его что, не заводил?

Антон помотал головой — нет, не заводил.

— Мы бы мотороллер услышали, — подал голос Гриша.

— Не факт. От речки ничего не слыхать, шумит она. И куда он мотороллер покатил?

— Налево, — закричал Антон, постепенно обретавший почву под ногами, — там дорога вниз идёт, а потом он в лес свернул! Я тут при чём?! У неё какие-то разборки с хахалем, а я что должен? Вмешиваться?

— Если вниз и от речки, значит, в сторону Ёлкина, — проговорил Константин и отпустил Антона. Тот стал торопливо заправлять вылезшую рубаху в брюки, руки у него тряслись. — Там только по старой дороге и можно проехать, ниже бурелом, никакой мотороллер не пройдёт. Когда-то по ней с лесопилки ездили. Тебя как звать-то? — вдруг обратился он к Лидии Витальевне. — Ты, Лидочка, кончай рыдать и звони ментам. Участковому звони, пусть они к старой лесопилке, ёлкинской, подгребают. Гриш, а мы с тобой напрямую сбегаем, тут недалеко. Хорошо бы транспорт какой, но темно уже, по лесу ни на чём не проедешь...

Гриша кивнул. Он сбросил сапоги и обувался в высокие ботинки на шнуровке.

— Агриппина, — сказал Антон бодро, — нам в Москву пора возвращаться. Они тут без нас разберутся, ты же видишь! Они всё здесь знают, лесопилки всякие, дороги!

Гриша потопал ногами, проверяя, хорошо ли сели ботинки.

— Гриша, — осторожно сказала Лида, как будто предупреждая.

Но было поздно.

По-звериному рыча, Гриша прыгнул на Антона, ударил его в лицо, моментально сбил с ног. Антон катался по земле и выл. Агриппина смотрела в сторону. Лидия тыкала в кнопки мобильного телефона. Константин наматывал на локоть какую-то толстую верёвку. Гриша бил Антона какое-то время, потом Константин сказал:

— Ну всё, хорош. Поучил малость, и достаточно. Пойдём, стемнеет сейчас совсем.

Гриша ещё пнул Антона в бок, вопреки всем правилам — лежачего бить не полагается, — плюнул в него и ушёл следом за Константином.

— Илья Семёныч, — говорила в трубку Лида, — тут наши на старую лесопилку побежали, на ёлкинскую. Может, Маруся там! Просили вам передать! Слышишь, Семёныч?! Да, да, туда!..

Она сунула телефон в карман, обошла лежащего посреди двора Антона и сказала Агриппине будничным голосом:

— Пойдём, девочка, я тебе одеться дам. Видишь, как холодает.

Ночной лес казался страшным и незнакомым, шумел и вздыхал тревожно, Гриша то и дело натыкался на ветки и попадал в кусты, казавшиеся непролазными, и очень отставал от Константина. Ориентироваться в темноте он не умел, а они несколько раз меняли направление.

— Здесь напрямую недалеко, — тяжело дыша, говорил впереди Константин. — Если мы правильно думаем и он её на лесопилку уволок, сейчас найдём, ничего!..

Гриша молчал, стиснув зубы. Он отлично понимал, что найти они могут Марусин труп.

Грише казалось, шли они очень долго, и ещё он

думал, что в лесу почему-то не слышно голосов и не видно людей, хотя все ушли на поиски. Где-то здесь люди, и они ищут Марусю!..

Вдруг деревья расступились, и открылось залитое луной пространство — они как будто на другой планете оказались. Кругом в беспорядке навалены какие-то брёвна, в широких лужах стояла вода, хотя лето было очень сухое и по всей области горели леса. Иногда тянуло дымом дальних пожаров.

Константин замедлил бег, потом совсем остановился и стал оглядываться.

— Что? — спросил подбежавший Гриша.

— Вон сторожка! Да подожди ты, парень, не трясись!

И вправду, на краю этой незнакомой планеты чернел домишко с провалившимися окнами, как будто зубы были выбиты. Они подбежали, но в сторожку Константин Гришу не пустил.

— Я вперёд, — сказал он, и Гриша не посмел ослушаться.

Он сел под стену, сунул в ладони колючее горящее лицо, и его вдруг удивило, что он всё ещё в очках.

В сторожке что-то двигалось, шуршало, сопело, и вдруг громко заплакала Маруся.

Гриша вскочил и постоял, закрыв глаза.

Она плакала.

— Маруська! — заорал он и полез в сторожку. — Это я, Гриша!.. И Костя!!! Маруська, это мы! Ты жива?!

— Тихо-тихо-тихо, — быстро проговорил Костя и, сильно толкнув Гришу, вынес Марусю на улицу. Здесь было намного светлее.

Он посадил её на какое-то бревно и стал быстро ощупывать. Она плакала и икала.

— Маруся! Маруська! Ты нашлась!

— Я... ничего, Гриш, испугалась только очень. И голова болит. Вот здесь, потрогай...

Он что-то потрогал. Там, где он трогал, Маруся была живой и тёплой.

— Ничего, ничего, — приговаривал Костя, — сейчас наши подгребут, домой отправимся. Кто хоть тебя ударил-то, видела?

Маруся замотала головой, охнула и схватилась за Гришу.

— Гришка, — проикала она, — как я испугалась! Как хорошо, что ты меня нашёл, как я тебя люблю, Гришка!

— И я тебя люблю.

— Я очнулась, никого нету, и руки связаны, и ноги... Я кричала-кричала, голос сорвала, а потом плакала всё время. Там, наверное, тётя с ума сходит.

— Да уж сошла! — сказал Константин как будто весело. — Всей деревней ищут тебя, красавица!

Маруся изо всех сил обнимала Гришу и всё плакала и плакала, в конце концов Костя сказал, что непонятно, как в ней, такой махонькой, столько воды помещается, и она засмеялась.

Где-то вдалеке, на той, другой планете, с которой они свалились на эту лунную поляну, родился натужный глухой звук. Он медленно нарастал, приближаясь.

— Ну, слава те господи, добрались, — под нос себе пробормотал Костя. — Давай поднимайся, ноги-то разомни малость.

Гриша поставил Марусю на ноги, но она сразу же села обратно на бревно.

— Походи, походи, — велел Костя. — Понятное дело, всё затекло, считай, весь день пролежала, верёвками перетянутая!

— Как сюда можно подъехать? — спросил Гриша. Ему трудно было дышать, звенело в ушах, и спрашивал он, потому что боялся упасть в обморок. Он всерьёз этого боялся — постыдного дамского обморока на глазах у Маруси и Кости. — Откуда дорога, кругом же бурелом?..

— Так то с нашей стороны бурелом, парень! А от речки тропинка идёт, по ней, видать, этот... похититель свой мотороллер и протащил. А с той стороны старая дорога от лесопилки. Она, конечно, заросла малость, но проехать можно. Да вон они!..

По стволам деревьев заплясали длинные лучи, казавшиеся дымными от поднявшегося тумана, двигатель зарычал совсем близко, и на поляну, ставшую от электрического света абсолютно тёмной, припрыгал «газик».

— Жива?! — закричали из «газика».

— Жива, жива, — прокричал в ответ Костя. — Давай, Гриш, ты с левой стороны, я с правой, как в кино раненых носят, видел?

Подхватив Марусю, они в два счёта доволокли её до «газика». Она жмурилась от света, отворачивалась, и слёзы всё текли.

— Ну-ка, хлебни, хлебни, дочка, — хлопотал участковый Илья Семёныч, — вот из фляжечки хлебни-ка, полегчает.

— Тётя... — хлебнув, едва выговорила Маруся, — она там одна совсем...

— Щас, щас, на горку выедем, позвоним тёте твоей, тут телефон не берёт! Чего вы глядите, мужики, сажайте её!

Гриша подхватил Марусю на руки и аккуратно опустил на сиденье «газика», следом забрался сам, а Костя сказал, что не поедет, потом сам придёт, сейчас ему нужно «немного осмотреться». Никто не стал спрашивать, что именно он собирается осматривать, «газик» проскакал по корням деревьев, взревел мотором и поехал.

Маруся боком прижималась к Грише и всё говорила, как ей было страшно и больно — пощупай вот тут! — и как она ничего не поняла, и как себя проклинала, что понесло её за этими сыроежками дурацкими, и как ужасно беспокоилась о Грише и о тёте Лиде.

— А папа? — вдруг спросила она с ужасом, отстранившись от него. — Папа не приехал?!

— Нет, нет.

— Вот счастье! У него сердце не очень, ему волноваться никак нельзя. Ты не знаешь, тётя ему не звонила?

Гриша обнял Марусю за голову, прижал лицом к своему плечу, и остаток дороги они ехали молча.

Тётя Лида, завидев Марусю, выбирающуюся из «газика», сначала села на крыльцо, но тут же вскочила, подбежала, стала её целовать, ругать, хвалить, ощупывать и снова целовать и ругать. Агриппина подбежала и тоже стала её целовать, и ещё какие-то люди, все они так рады были видеть Марусю живой и почти невредимой, всем нужно было её поцеловать, потрогать, погладить!.. Она сначала плакала, а потом стала смеяться.

— Ничего, отошла, — констатировал участковый Илья Семёнович, снял фуражку, дунул в неё и нацепил опять. — Это какой же сволоте понадобилось такие шутки шутить?! Да и зачем?!

— Вот именно, — отозвался Гриша. — Зачем?..

Он понимал, что сейчас думать об этом не имеет смысла, он всё равно ничего не надумает — у него сильно болела голова, как будто он нанюхался гари от дальних лесных пожаров, — и то и дело темнело в глазах так, что время от времени приходилось за что-нибудь браться рукой, за столбик крыльца, за ствол яблони.

— Гриша, — вдруг сказала Лидия Витальевна громко, — да на тебе лица нет!.. Пойди умойся вон водой холодной!

— Да чего умываться, ему бы водочки граммчиков двести!

— Сейчас, сейчас, Груня, вынеси бутыль, она в шкафчике или в холодильнике, что ли...

— Я найду, тётя Лида!

— Гришка, не переживай, — сказала Маруся. — Я нашлась.

— Девчонки, давайте в баню, она с обеда топлена! Где Агриппина?

— Вы её послали за водкой, тётя.

— Марусенька, пойдём, я тебя сама помою, маленькая! Груня! Груня! Где ты там застряла! Вчерашний день ищешь!..

— Я уже всё нашла, тётя Лида!..

— Не нужно меня мыть, я сама отлично помоюсь! — отбивалась Маруся.

— Да я теперь тебя ни на шажочек от себя не отпущу!

Почему-то никто не заходил в дом, все толпились во дворе, под светом того самого фонаря, который обещал разбить покойный Валерик, но разбил другой, на сарае.

Агриппина вынесла поднос, уставленный стаканами и тарелками, бутыль с водкой была у неё под мышкой. Она выставила всё на стол, вместе с тётей Лидой они подхватили Марусю и повели её в баню.

— Мы сами, — сказала Агриппина, когда Лидия Витальевна зажгла в тесном предбаннике слабую лампочку, — вы бегите к ним, тётя Лида. Они без вас не справятся.

В два счёта Агриппина скинула одежду и раздела Марусю, которая только вздыхала и морщилась.

— Вот у вас тут жизнь интересная, — говорила профессорская внучка, поливая Марусю горячей водой. — Как в сериале «Золотоискатели»! Или «Старатели»! Ты смотришь сериалы?

Маруся покачала головой — нет, не смотрит она сериалов.

— А мы с бабушкой очень их уважаем, — продолжала Агриппина, намыливая ей голову. — Здесь больно, да? — Она остановилась, потому что Маруся замычала. — По-хорошему, надо бы к врачу сходить, проверить, нет ли сотрясения. Ничего себе он тебя стукнул!.. Там и ссадина, знаешь, небольшая. Выстрижем тебе на голове тонзуру и зальём зелёнкой.

— Я не хочу тонзуру! Да ещё зелёную!..

— Куда тебя понесло, за какими сыроежками?! Зачем ты ушла?!

Маруся решительно не могла вспомнить, зачем она ушла, правда! Но ведь зачем-то ушла же!

— И этот тип! Который на тебя напал! Выходит, он знал, что ты по лесу одна бродишь!

— Или просто так увидел.

— И сразу решил тебе по голове дать и в какую-то сторожку отволочь. Зачем он тебя туда поволок?

— Я не знаю! — сказала Маруся, взяла у Агриппины из рук мочалку и стала яростно тереть лицо и руки. — Он мне не сказал! Я в себя пришла и не поняла ничего — какая-то солома кругом, опилки, ноги связаны, и руки тоже. И никого нет.

— Я бы от страха с ума сошла, — вставила Агриппина.

— А я не поняла ничего, — повторила Маруся. — Я думала, кто-то надо мной подшутил.

— Ты, Маруська, Спиноза, — заметила Агриппина. — Что ни мысль, то гениальная!

— Потом я Гришу стала звать. Думала, он поблизости. Звала, звала. После заплакала. Потом... не помню уже.

Ей стыдно было признаться Агриппине, как она испугалась.

Пожалуй, она сможет рассказать об этом Грише, и больше никому.

Они долго поливались водой, сначала горячей, потом холодной, и вылезли из бани, поддерживая друг друга, совершенно осоловевшие.

Кажется, тётя Лида дежурила у двери, потому что сразу подхватила обеих, накинула на мокрые волосы полотенца и, приговаривая, что после баньки и лёгкого пара самое милое дело полежать немного, отдохнуть, завела их в дом — они спотыкались и путались ногами — и моментально пристроила спать. Марусю на её диванчик, а Агриппину на раскладушку, застланную толстенным, как в сказке про принцессу и горошину, матрасом.

Маруся заснула тут же, а Агриппина ещё бормотала, что просто полежит немного, встанет и будет тёте Лиде помогать с гостями.

— Ну, конечно, — согласилась Лидия Витальевна, погасила свет и прикрыла за собой дверь.

Народ со двора почти весь разошёлся, и «газик» ускакал восвояси. Остались только супруги Прокопенко, участковый, Гриша и Константин, наконец-то вернувшийся из леса.

— Я стаканы все ополоснула, — проинформировала супруга Прокопенко, — и новые подала. Там колбаса была, в холодильнике, я подрезала. И вот хлеба от нас принесла, ваш весь вышел.

— Спасибо, Людочка, — устало сказала тётя Лида, и Гриша удивился, что дородную супругу Прокопенко зовут Людочкой.

— Всё хорошо, что хорошо кончается, — заявил супруг Прокопенко и вздохнул. Он был в болотных сапогах и в комбинезоне, облегавшем солидное пузцо.

— Да где ж кончается, — участковый сокрушённо покачал головой, — по всему видать, начинается только!..

— Ну, девочка спасена и в безопасности.

— Если по правде сказать, — подал голос Константин — история поганая. Так себе история-то.

— Это ты про что говоришь? — спросил участковый.

— Это я про то говорю, что на старой лесопилке пошуровал немного. — Он взял стакан и набулькал себе из бутылки почти полный. — Там вокруг лапник сухой навален и хворосту полно. С наветренной стороны вообще плотно уложен. Спичкой чиркнуть, и... готово.

Тётя Лида сдавленно ахнула, супруга Прокопенко ахнула тоже.

— Сжечь, что ль, девку хотели? — поразился Илья Семёныч.

Константин опрокинул в себя водку, взял кусок хлеба и с силой втянул воздух — занюхал.

— Да будет страху нагонять, — неуверенно сказал участковый. — И без тебя тошно.

— Завтра же в Москву её увезу, — быстро сказала Лида. — Первой электричкой. С самого утра, как встанем, так и уедем.

— Погоди ты, Лида, — участковый сунул свой стакан под нос Константину. Тот налил. — Тут разобраться надо, а как мы разберёмся, если вы обе того, тю-тю!..

— Вот этого я не знаю, как хотите, так и разбирайтесь, такая ваша работа. А племянницу я увезу!

...Поджечь, думал Гриша. Поджечь сторожку, где лежала связанная живая Маруська. Там и вправду всё сухое, вспыхнуло бы, как порох, через пять минут не осталось бы и следа. От Маруськи ничего не осталось бы!.. Смерть в огне — чудовищная. Страшная. Такая страшная, что лучше не думать и не представлять.

Но он уже подумал и представил. Отчётливо. В подробностях.

От подробностей сводило затылок.

Участковый выпил ещё стакан и ушёл звонить в Егорьевск. Супруг Прокопенко проводил его глазами и попросил, чтоб ему налили тоже.

— Витенька, — встревоженно сказала жена, — ты не забываешь о своём состоянии?

— Ах, оставь, Люда, я в прекрасной форме, — объявил Прокопенко.

Тётя Лида сказала, что надо бы вещи собрать, чтобы завтра прямо с утра уехать.

Прокопенко осторожно отпил из стакана водки, как чаю, словно боялся обжечься, вздохнул и обратился к Грише:

— Я ведь всё понимаю, Григорий Михайлович, — тот поднял на него глаза. — Вы нас терпеть не можете. Мы же, так сказать, вторглись на вашу малую родину. Но ведь мы с Людмилой не захватчики! Ваши родители продавали дом, а мы, так сказать, покупали!

— Я не хочу об этом говорить, — ответил Гриша. — Какая теперь разница?

— Большая, — твёрдо сказал Прокопенко. — Очень значительная. Ведь симметрия действует повсюду! Мы, так сказать, симметрично не питаем к вам тёплых чувств.

— Витенька...

— Это правда, Люда! Мы испытываем взаимную антипатию, так ведь?

Гриша вздохнул, Константин вздохнул тоже, как бы предвидя, что разговору этому не будет конца.

— Вас раздражает, что мы живём в вашем доме. Нас, в свою очередь, всегда раздражало, что дом был доведён до самого плачевного состояния.

— В нормальном он был состоянии, — пробормотал Гриша.

— Да не об этом речь, — продолжил Прокопенко и ещё отпил из стакана водки, будто чаю. — Мы вложили в этот дом средства, значительно превышающие его стоимость, это тоже не подогрело в нас нежных чувств к вашему семейству.

— Хорошо, хорошо, — морщась и думая о том, что Маруську могли сжечь заживо, сказал Гриша. — Я всё понял. Что вы от меня хотите? Денежной компенсации за причинённые неудобства?

Супруг Прокопенко покосился на него, а тётя Лида пробормотала:

— Какой ещё компенсации! Не дворец покупали...

— Пожалуй, да, — вдруг согласился Прокопенко. — Пожалуй, компенсации.

— Скажите мне сколько, а я прикину свои возможности.

— Я имею в виду компенсацию нашей взаимной антипатии, — строго произнёс Прокопенко. — Ей давно пора положить конец. Мы с Людочкой намереваемся сделать это прямо сейчас. Мы обещаем вам, что с сегодняшнего вечера будем относиться к вам и вашему семейству как и полагается добрым соседям, то есть с уважением и пониманием, даже если в следующий раз вы приедете ещё через десять лет.

— Спасибо, — пробормотал Гриша, не ожидавший ничего подобного.

— Мы приглашаем вас в гости, Григорий Михайлович, и вы сами убедитесь, что с вашим домом не произошло ничего плохого, кроме самого хорошего!

— Спасибо, — опять глупо пробормотал Гриша, а тётя Лида положила руку ему на плечо.

— Ну вот-с, — с облегчением, как будто сделал тяжёлую работу, которая давно его тяготила, сказал

Прокопенко. — Вы утром спрашивали меня о Валерии, убитом.

— Да, — встрепенулся Гриша. — Спрашивал.

— А я не стал с вами разговаривать — в силу нашей взаимной антипатии, с которой мы только что покончили...

Константин отвернулся и кашлянул в кулак.

— Так вот, накануне убийства к Валерию из города приезжала супруга.

Гриша некоторое время соображал. Все подробности убийства, казавшиеся ранее такими занимательными и важными, теперь не имели никакого значения.

...Нужно подумать, сам себе говорил Гриша. Всё началось именно с этого убийства!

— Вы... видели её? Супругу Валерия?

— Так же отчётливо, как вас, Григорий Михайлович. Я отправился на велосипеде на ферму, чтобы приобрести десяток яиц к завтраку. В магазине мы их не берём, предпочитаем на ферме, там несколько дороже, но...

— Витенька, — перебила его супруга.

— Да, и при выезде на дорогу я как раз увидел супругу Валерия. Она шла с автобусной остановки.

Гриша ещё немного подумал.

Утром, когда участковый явился в дом дебошира Сыркина и нашёл его мёртвым, никакой супруги там не было. Зато была чайная чашка со следами губной помады.

А у соседки Натальи в раковине таких чашек обнаружилось целых две!..

— Вы не видели, когда она уехала? — спросил Гриша. — Или, может быть, ушла куда-нибудь?

— Нет, больше мы её не видели.

Прокопенко допил водку, поднялся, загородив собой фонарь, и всем корпусом поклонился.

— Вы не поверите, — сказал он, — как нас с Людочкой угнетало это... взаимонепонимание! Ведь оно распространилось и на Лидию Витальевну, и на её племянницу!.. Теперь, я надеюсь, всё пойдёт, как следует у порядочных людей.

Гриша тоже поднялся, и они пожали друг другу руки.

— Ну, доброй ночи.

Оставшиеся долго молчали.

— Дела, — протянул Константин, когда в соседнем доме загорелись окошки: это означало, что супруги вернулись к себе. — Делишки.

— Ничего не понимаю, — призналась тётя Лида и обратилась к Константину: — А сам-то откуда? Что-то мы раньше и не встречались никогда!..

— Из Ново-Егорьевского лесничества, — пояснил тот. — Мы вон с Гришей на пару того хулигана приструнили, который потом в труп превратился. Сегодня я на почту ходил, дай, думаю, зайду к вам, раз приглашали. И вот... зашёл.

— Хорошо, что зашёл, — подал голос Гриша. — Без тебя её не нашли бы. А там, сам говоришь, всё приготовлено для... пожара.

— Благослови тебя Господь, — скороговоркой начала Лида. — А мы завтра в Москву...

— Разобраться бы надо, — осторожно сказал Константин. — А уж потом в Москву.

— Вы тут без нас разберётесь, — отрезала Лида и ушла в дом.

Гриша посмотрел на Костю.

— Утро вечера мудренее, — сказал тот. — Утром и поглядим, кто куда поедет или, может, не поедет.

— А ты что? — спросил Гриша, потёр лицо и опять удивился, что на нём очки, за весь этот длинный и страшный день они ни разу не свалились и не потерялись, хотя обычно то и дело съезжали с носа. — Может, у нас переночуешь? Какой смысл ночью возвращаться?

— Да, — согласился Константин. — Ночью дорога вдвое длиннее, а я без транспорта нынче.

— Бери мой мотоцикл, хочешь? Или лучше ночуй.

Ночевать Константин отказался, оседлал мотоцикл с коляской, пообещав завтра вернуть, и укатил. Стрекотанье мотора затихло в поле за деревней.

— А сколько до этого лесничества? — спросил Гриша, когда Лидия Витальевна вышла и стала собирать посуду.

— Километров пятнадцать, наверное. Я потому его и не знаю, этого лесничего, или кто он?.. Из лесничества к нам редко ходят. Они за водкой и за хлебом на Егорьевское шоссе ездят, им там ближе. Гриш, что мы делать-то будем?

Он посмотрел на неё.

— В Москву, конечно, надо ехать, но если Марусеньку мою убить пытались, так её и в Москве найдут! Чего нас искать-то, адреса все известны! Отца, что ль, сюда вызвать? Или что делать? — причитала Лидия.

— Подождите отца вызывать, — перепугался Гриша. — Вы Сергея Витальевича лучше моего знаете! Шума будет много, а толку никакого.

— Ох, это точно, — согласилась Лида. — И кому она понадобилась-то?! Наша Маруся! Она и за ворота редко выходит! Приедет и так и сидит на участке. Понимаю, скучно ей, но я с ней тоже не могу то и дело на речку ходить или в лес, у меня же дом на руках! — Она подумала и добавила с сердцем: — Будь они прокляты, и лес этот, и речка!

— Что-то Маруся узнала, — выговорил Гриша медленно. — Что-то такое, из-за чего кто-то решился на убийство. А я или не понял, или не догадался. Или она мне не сказала!

— Да Маруся всё тебе рассказывает!

— Конечно, — согласился Гриша. — Я же друг детства.

— Друг, друг, — подхватила тётя Лида. — Старый друг лучше новых двух, это нам известно. А девчонка откуда взялась, Груня-то эта, новый друг? И кавалер фасонистый?

— С Груней мы недавно познакомились. А кавалер из Марусиного института. Кстати, куда он делся?

— После того как ты его до смерти избил, — сказала Лидия Витальевна с удовольствием, — он полежал немного, потом поднялся, сел в свою тачку и отбыл. Он всё в Москву собирался, туда, должно быть, и отбыл.

— Не бил я его до смерти...

— В общем, он отбыл. Иди, Гришенька, помойся, там воды горячей прорва осталась, в бане-то, и ложись. Бог милостив, ночью ничего не стрясётся, а завтра посмотрим.

Гриша, который вдруг очень устал, кивнул и нога за ногу поплёлся в баню.

— А соседи наши каковы? — в спину ему сказала Лида и засмеялась. — Устранили взаимонепонимание! Видно, неплохие люди, а, Гриш?

Он обернулся на пороге бани, улыбнулся и махнул рукой.

Маруся проснулась от того, что страшно хотелось пить, так, что казалось, будто ссохлось горло. Она немного посидела, дыша ртом и стараясь немного охладить горящее нёбо. За окном было темно, в доме ни звука, слышно только, как спокойно и редко дышит Агриппина на своём матрасе, похожем на перину из сказки о принцессе на горошине, и стучат ходики.

Маруся поднялась, ощупью двинулась на кухню и жадно попила воды из-под крана. Она показалась ей тёплой, хотя насос качал её из глубины и вода всегда была ледяной.

Маруся пила долго и думала, что не напьётся никогда. Нужно выйти на улицу и немного подышать прохладным воздухом. Вся кожа у неё горела, как от температуры.

Стараясь не стучать дверью, она вышла в холодную часть дома и немного постояла, наслаждаясь прохладой и запахом сена.

Тётя каждый год устраивала сеновал, хотя ни коровы, ни козы никогда не держала, и сеновал был никому не нужен, только отец изредка ночевал, когда выбирался из города, а в этот приезд там спал Гриша. Но сено каждый год косили на лугу за домом, и «на покос», как это называлось в семье, Маруся с отцом обязательно приезжали, это было самое лучшее время в году — середина лета, длинные дни, короткие росистые ночи, и отец радостно и бодро работал, и не называл Марусю кулёмой, и не ссорился с тётей по политическим вопросам. Почему-то они то и дело ссорились именно по политическим вопросам!..

Маруся решила, что выйдет на улицу и попьёт из бочки — там наверняка холодная вода, полная бочка ледяной воды, — откинула щеколду и стала потихоньку открывать дверь.

— Кто там?!

Маруся замерла.

Где-то зажёгся свет, что-то заскрипело, зашуршало, и дверь сама распахнулась.

На пороге стоял Гриша в трусах и галошах на босу ногу. Он щурился от света, в руке держал топор, и вид у него был воинственный.

— Привет, — сказала Маруся и, потеснив его, вышла на крыльцо.

Луна валилась за горушку и казалась огромной, как на картинках из сказок. Воздух был прохладным и плотным, и ей уже было не так мучительно жарко.

— Маруся? — за спиной удивился Гриша, как будто только что её увидел. — Ты куда?!

Она добрела до бочки, сунула в неё голову и стала пить. Заломило лоб, и показалось, что вода затекла в уши, и там, в ушах, тоже стало немного прохладнее.

Она вынырнула, тяжело дыша, утёрлась, потом опустила в бочку руки по самые плечи и немного так постояла.

— Простынешь, — сказал Гриша.

Маруся отрицательно помотала головой.

Тем не менее он вытащил её из бочки и стал вытирать полотенцем, сдёрнутым с верёвки.

— Мне жарко, — сказала она. — Сейчас уже не очень, а в доме просто невозможно! Внутри всё ссохлось.

— Должно быть, у тебя температура.

И он потрогал её лоб.

— Ну что?

— Не знаю, — сказал он сердито. — Я не врач.

— Давай на лавочке посидим, — предложила она.

Они уселись на лавочку и молча смотрели, как луна потихоньку падает за вершины ёлок. Там, куда она падала, небо становилось похожим на широкую серебряную реку.

— А может, там и есть река? — задумчиво спросила Маруся.

— Где?

— Может, луна опускается в реку? Только не в нашу Северку! А на небе тоже есть река, из неё луна выныривает и в неё потом опускается. А?..

Гриша промолчал.

— Гриш, ты меня не слушаешь?

— Никакой реки там нет, — сказал он сухо. — Луна опускается за горизонт. Земля поворачивается, и луна скрывается за горизонтом. Это называется смена дня и ночи.

— Понятно.

— Зачем ты ушла сегодня в лес? Всё же было хорошо! Куда тебя понесло?.. Мы собирались купаться первый раз за лето! И вдруг ты ушла! За какими-то грибами!.. — негодовал он.

— Я подумала, что больше нет Шерлока и Джона, — вдруг вспомнила Маруся, уразумев, о чём он спрашивает. — Что Шерлок и Джон больше никогда не отправятся на задание.

Он тоже не сразу вспомнил Шерлока и Джона. А вспомнив, пришёл в изумление:

— Почему?!

— Потому что приехала Агриппина, — сказала Маруся. — Потому что она пришла на пляж, разделась и улеглась.

— Так. И при чём тут Джон и Шерлок?

— Ты не понимаешь?

Он с силой выдохнул и покачал головой — нет, не понимает!..

— Она такая... необыкновенная, — объяснила Маруся. — Очень красивая. Очень умная. Свободная. И она сказала, что заберёт тебя себе, если ты мне не нужен.

Гриша наклонился вперёд и взялся руками за голову.

— Так, — сказал он опять. — При чём тут Агриппина? Такая свободная?

— И я подумала, что нас с тобой больше не будет, — продолжала объяснения Маруся. Выходила какая-то глупость, она понимала, что это глупость, но других объяснений у неё не было. — Ну, никогда не будет. Мы с тобой уже взрослые. Мы больше не можем вдвоём прыгать на тигра Ваську. И я ушла. Чтобы тебе не мешать.

Он выпрямился и посмотрел на Марусю.

— Так, — сказал он в третий раз. — Ты ушла, чтобы не мешать мне делать что?..

Она не знала — что. Понятия не имела.

В то, что он взялся бы ухаживать за Агриппиной, она не могла поверить. Сейчас ей казалось, что и тогда, на пляже, она в это не верила тоже.

Но ушла-то она из-за этого! Из-за того, что появилась Агриппина — кто угодно мог появиться, дело не в ней! — и всё кончилось. Как детство, на-всегда.

Вся её жизнь кончилась сегодня на пляже, и должна была наступить какая-то другая жизнь. В которой не будет никаких Джона и Шерлока, и уж тем более тигра Васьки...

— Я так понял, что ты решила отдать меня Агриппине, потому что она свободная и прекрасная.

Маруся сердито посмотрела на него. В его изложении получалась даже не глупость, а просто идиотизм.

— Из этого следует, что я тебе не нужен, — заключил Гриша.

— Как?! — поразилась Маруся.

— Это вытекает из логики твоего рассказа. Агриппина сказала, что заберёт меня, если я тебе не нужен, и ты решила меня отдать. И несколько из-за этого расстроилась. Всё же ты ко мне привыкла. За долгие годы.

— Ты... мне нужен, — возразила Маруся. Теперь ей стало холодно.

— Зачем? — спросил безжалостный Гриша. — Чтобы ты была Джоном, а я Шерлоком? Или чтобы прыгать на тигра Ваську?

— Гриш, ты на меня сердишься, да?

— Я?! С чего ты так решила! Я ликую.

Она посмотрела на него, и луна посмотрела на него и, кажется, усмехнулась.

— Ты ликуешь? — уточнила Маруся. — Что-то незаметно.

— Как могу, так и ликую, — отрезал он.

И они замолчали.

— Гриш, скажи что-нибудь, — предложила Маруся. — Или сделай.

— Что я могу сделать, если я тебе не нужен и ты даже приняла по этому поводу решение?

...Какое решение?! Не принимала она никакого решения! Она страшно, отчаянно страдала и даже ушла, чтоб не мешать Грише оценить, насколько прелестной может быть девушка — Агриппина или не Агриппина, совершенно не важно, любая девушка может быть прелестной, только не она, Маруся!

Ей казалось, что она сделала и сказала всё для того, чтобы он её остановил, вернул, но ведь он не остановил и не вернул!

Он даже ничего не понял!..

Похоже, он до сих пор ничего не понимает!..

— Ты ничего не понимаешь, да? — уточнила Маруся на всякий случай.

— Нет, почему, я всё понимаю, — возразил Гриша.

...Нужно собраться с силами, встать, проводить её в дом и вернуться на свой сеновал. Это и будет означать то, что она пытается ему сказать — всё кончилось. Дальше пойдёт какая-то совершенно другая, новая жизнь, и ему придётся с этим смириться.

Ничего у них не получится. Бывает, что не получается. То, что очевидно и понятно ему — что они предназначены друг для друга, они и родились, чтобы быть вместе, — ей не очевидно и не понятно. Это был единственный шанс правильно и надёжно устроить жизнь — так, как она была устроена в детстве, — только уже взрослыми, и этого шанса не стало.

Так бывает. Ничего не поделаешь.

Нужно собраться с силами и расстаться — она вернётся в дом, а он на сеновал.

— Понятно, — повторил Гриша. — Всё понятно. Пойдём?

— Куда?

— Я провожу тебя в дом, и ты закроешься с той стороны.

Ему опять было трудно дышать и хотелось вдохнуть поглубже. Всё же не каждый день кончается жизнь.

— А ты? — спросила Маруся, поднимаясь.

— А я ещё посижу немного.

— Смотри не простудись, — сказала она заботливо. Он кивнул.

Держа его за руку — он чувствовал её ладонь в своей, как будто не пальцами, а душой, как будто в последний раз, — Маруся добрела до крыльца, потрогала свою голову и сказала, что ей там больно.

Он опять кивнул.

Маруся взялась за скобу двери, повернулась и спросила:

— Гриш, ты меня совсем, нисколечко не любишь, да? И никогда не любил? Я же просто... твой старый друг, да?

— Я люблю тебя всем сердцем, — ответил он нелепейшей фразой, и они уставились друг на друга.

И луна уставилась.

— Как?! — поразилась Маруся. — Ты же только что сказал...

— Это ты только что сказала, — перебил её он, и они замолчали.

— Гриша, я подумала, что страшно тебе мешаю, — пролепетала Маруся, нашарила его руку и поцеловала. — Именно сегодня подумала. Вокруг столько красивых девушек, совершенно разных и прекрасных, а я... всё время торчу у тебя на глазах.

— Это я всё время торчу у тебя на глазах, — возразил он. Теперь уж никак невозможно было дышать. — Порчу тебе жизнь и распугиваю кавалеров. Своими очками и длинным носом!

— У меня нет никаких кавалеров!

— Ну, они же могут быть!..

За разговором о Марусиных кавалерах они незаметно для себя начали целоваться и теперь уже целовались вовсю, как полагается, как нужно, даже луна, хихикнув, укрылась за какое-то дерево повыше, чтобы им не мешать, но всё же подглядывать оттуда.

Маруся обнимала Гришу за шею, привставала на цыпочки — всё же он был значительно выше, — а когда опускалась, он подхватывал её, приподнимал, чтоб ему было удобней с ней целоваться, и Маруся ничего вокруг не видела и не слышала, как будто оказалась в середине чёрной дыры, где не было ни единого проблеска света, никакого движения материи — только они с Гришей.

От него приятно пахло — разнотравьем, чистой кожей и немного потом, а от волос баней, и заросшие щёки были колючими, странно, необъяснимо приятными. Марусе всё хотелось потрогать его щёки как следует, она положила на них ладони и стала трогать. Он был совсем близко, так близко он ещё ни разу не был, и от этого она чувствовала неловкость. Ей хотелось, чтобы он отступил немного, чуть-чуть, не совсем, но всё же так, чтобы она смогла перевести дыхание и потрогать его щёки, которые ей очень нравились. Но он не отступал, наоборот, оказывался всё ближе и ближе, и Марусе от этого было неудобно, непривычно.

...За свою девичью жизнь она перечитала груды и кипы любовных историй, и там, в этих историях, всё было описано совсем не так!.. Не так!..

Она упёрлась в него руками и слегка оттолкнула. Всё равно что упёрлась в стену дома и попыталась отодвинуть дом. Ничего не изменилось.

Человек — здоровенный, сильный, почти голый, показавшийся ей совсем чужим, — продолжал наступать на неё, а ей хотелось от него... освободиться. Нет, не навсегда, но хоть на время!

— Гриша, — сказала она с отчаянием, — отпусти меня.

— Я не могу.

— Отпусти!

Он моментально перестал сжимать её, как в тисках, и заглянул в лицо.

— Что?..

...И вправду этого человека она не знала! Вместо глаз у него были тёмные впадины, — впрочем, хорошо, что она не видела его глаз! — щёки потемнели от щетины и тяжёлого румянца, на шее надулись какие-то жилы, и он не был, не был похож на её милого, привычного друга Гришу, с которым они вместе...

Рядом с ней сейчас был чужой человек.

Маруся зажмурилась. А потом открыла глаза.

Он трудно дышал рядом с ней, и его горячая сухая ладонь как будто отдельно от него провела по её голой руке. Прикосновение было неприятным, болезненным, и Маруся отдёрнула руку.

— Ты что? — шёпотом спросил он.

— Я не знаю, — сказала она с отчаянием.

...Не так, не так всё было написано в тех любовных историях, которых прочитано миллион!.. Сейчас — согласно инструкциям, — она должна пылать от вожделения, внутри у неё должно дрожать и холодеть от страсти и предвкушения, и она должна страстно слизывать каплю пота с его шеи! Фу, какая гадость. Да, и ещё шептать ему на ухо: «Займись со мной любовью! Я хочу тебя прямо сейчас!»

Единственное, чего хотелось Марусе, это чтобы он прямо сейчас куда-нибудь делся. Раз — и нет его.

...Нет, пожалуй, целоваться она согласна. Пожалуй, целоваться — это довольно приятно.

— Маруська, — незнакомым голосом сказал рядом незнакомый человек, — ты что, боишься меня?..

— Я не знаю! — повторила она.

Нет, пожалуй, убежать прочь она бы не хотела. Её разбирало любопытство, ей нравилось его трогать — он был приятный на ощупь, — и ей хотелось понять, о чём всё-таки шла речь в любовных историях.

Наверное, если бы он оставался Гришей, старым другом, милым парнем, вечно носившим за ней её сумку, это всё не имело бы вовсе никакого смысла! Но Гриши не стало. Появился этот новый, чужой, и с ним можно было... попробовать.

Маруся решила посмотреть, что будет дальше.

Она снова обняла его за шею, снова пристроилась целоваться, и они целовались долго, так что даже она устала немного и ей захотелось сесть, а лучше лечь и продолжать целоваться лёжа.

Он опять оказался очень близко, но сейчас это уже не было неприятно, а, пожалуй, интересно. Он был весь длинный, твёрдый, словно состоящий из какого-то другого материала, не из того, из которого сделана Маруся. И эта разность неожиданно оказалась привлекательной.

— Я тебя люблю, — сказал незнакомец, и Маруся на секунду усомнилась — как он может её любить или не любить, он ведь её совсем не знает! Её может любить Гриша, но Гриши здесь нет.

— Я тебя тоже люблю, — на всякий случай сказала Маруся.

Это правильно, так положено говорить. Она читала.

Они ещё немного поцеловались, и он стал её трогать, очень осторожно, очень бережно, но всё же как-то так, что Марусе опять захотелось, чтобы он куда-нибудь делся. Раз — и нет его. И чтобы она опять стала свободной, лёгкой, прохладной, принадлежащей только себе, и снова принялась бы размышлять о несправедливости жизни и отсутствии кавалеров!

Оказывается, в присутствии кавалеров нет никакой... обещанной романами красоты. Оказывается, в жизни всё это совсем не так привлекательно и изящно. Оказывается, в жизни больше неловкости, неудобства и дурацких мыслей, которые никак не удаётся выбросить из головы, и нет никакого «пожара в крови» и «дрожи глубоко внутри»!

— Маруська, ты где-то... очень далеко, — сказал рядом незнакомец, немного похожий на Гришу.

— Я здесь, здесь, — торопливо откликнулась Маруся, решив, что нужно довести дело до конца. Иначе как она узнает, в чём тут штука?..

...А может, если б её не ударили сегодня по голове железякой, она была бы совсем другой? Чувственной, дерзкой, пылающей от страсти? «Хочу я шёлка атласной груди, мы два дыханья в одно сольём»?

Нет, ничего не получается.

Маруся отодвинулась от него, и он дал себя отстранить, вздохнула, обняла его за шею и положила голову на плечо. Вот так ещё куда ни шло.

— Я так испугался, — признался вернувшийся Гриша и потёрся щекой о её макушку. — Я думал, мы тебя не найдём.

— А я как испугалась! — откликнулась Маруся, благодарная, что он перестал её трогать и сказал нечто простое и понятное, имеющее смысл. — Я думала, зачем я, дура, ушла?! Если бы не ушла, ничего бы не случилось!

Они помолчали, обнимая друг друга, и чёрная дыра расступилась, вокруг был знакомый тёмный двор, и круглая щека луны выглядывала из-за ёлок, и вон самовар на чурбачке, и корзина с яблоками, и медный таз на столе — нельзя ставить медный таз на сильный огонь, непременно потемнеет!..

Стало легко дышать, и оказалось, что прижиматься к нему, почти голому, приятно и радостно, и хочется прижаться ещё теснее, ведь это же Гриша, её Гриша, он никуда не делся, и вот-вот наступит утро, и продолжится прежняя прекрасная жизнь!

...Оказывается, жизнь её всегда была прекрасна, потому что в ней есть Гриша, и этот двор с самоваром и яблоками — как бы его продолжение, его часть, по-другому Маруся не могла объяснить.

Она изо всех сил стиснула его шею, погладила по спине — спина была прохладной и твёрдой — и потрогала ноги. Ноги оказались волосатыми. Маруся никогда не обращала внимания на его ноги, хотя видела их сто раз. Или даже двести.

— Что ты смеёшься?

— У тебя волосатые ноги.

Гриша взял её за талию, приподнял, поцеловал и сказал почти умоляюще:

— Пойдём со мной, а?

— Куда? — не поняла Маруся. Идти ей никуда не хотелось. Так хорошо было стоять!

— Ко... ко мне... На сеновал. Пойдём, пожалуйста.

Маруся поняла, что это опять из романа — там, на сеновале, должно свершиться главное, собственно, то, о чём эти самые романы и написаны. Нужно довести дело до конца.

— Пойдём, — сказала она решительно и взяла его за руку.

По приставной лестнице, как коты, они кое-как забрались на чердак. Марусино сердце колотилось. Во-первых, она боялась, что лестница завалится, а во-вторых, «продолжение» её волновало.

Гриша первым перелез внутрь и ловко снял её с корявой ступеньки. Маруся бухнулась прямо на него.

Здесь так сильно пахло травой, что немного закружилась голова. Сена было много, почти по двускатную крышу, в середине оно казалось немного утоптано, как будто берлога или пещерка. Маруся сюда к нему и не заглядывала никогда!.. Берлога или пещерка была застлана байковыми солдатскими одеялами, а сверху на них наброшены простыни и несколько ситцевых подушек. И ещё какая-то перина, видимо, накрываться.

Маруся упала прямо в середину берлоги на Гришу, тут же попыталась сесть и стала поправлять волосы. Он лежал, не делая никаких движений.

Маруся поправила волосы, немного посидела, независимо оглядываясь по сторонам, — кругом было сено, за распахнутой дверью серело предутреннее холодное небо, и луна уже почти совсем завалилась за лес, — а потом легла рядом с ним и пристроила голову ему на плечо.

У него сильно бухало сердце, так сильно, что грудная клетка вздрагивала, и Марусе было неудобно лежать.

Лежали они довольно долго, потом она всё же кое-как повернулась к нему. Ещё немного полежала, а потом поцеловала в подбородок.

— Маруська, ты совсем дурочка, — сказал Гриша. — Почему я раньше не догадался, что ты такая дурочка?..

— Я просто не знаю, как правильно, — призналась Маруся. — Что нужно делать, чтобы всё было правильно?

— Обними меня.

Маруся его обняла.

— И больше ничего не делай. Вот совсем ничего!

У него был такой голос, что она отстранилась, чтобы посмотреть, не смеётся ли он над ней. Но он не смеялся. В предутренних сумерках выражение его лица определить было трудно.

Они опять лежали довольно долго, а потом Гриша сказал сердито:

— Всё, я больше не могу.

И как-то... напал на неё. Он навалился на неё всем телом, придавил ноги, захватил обе её руки од-

287

ной своей ручищей, а другой стал гладить её, трогать, прижимать.

Поначалу Маруся уговаривала себя, что так и надо, как раз сейчас всё происходит в соответствии с описанием из романов. Немного неудобно и, главное, ужасно стыдно, потому что его руки были там, где им уж точно быть не полагалось, и он трогал её так, как никто и никогда не трогал. Но Маруся знала, что так нужно, что в этом суть.

Поначалу она просто старалась не вырываться и не отпихивать его, и у неё получалось, потому что она то и дело напоминала себе, что «так правильно», и была в страшном напряжении, и вскоре — а может, и не вскоре! — от напряжения очень устала.

Она устала и перестала думать о правильности и неправильности, и об описаниях в романах перестала думать, и о том, насколько всё это красиво выглядит — ведь непременно должно быть красиво!.. А потом и о красоте позабыла.

Можно ничего не изображать, никого из себя не строить, ничему не соответствовать, ведь рядом Гриша, её Гриша, вместе с которым они когда-то прыгали на тигра Ваську!..

Марусе стало весело и как будто щекотно внутри.

Она кое-как освободилась от его хватки, вцепилась ему в волосы, откинула голову назад и стала целовать его шею, выпирающие ключицы, потом грудь и живот, и тут уж он вцепился в неё и подтащил повыше. Маруся засмеялась — ведь это уже была игра, играть в которую было весело и немного опасно.

Его ноги казались очень тяжёлыми — они же с ним были сделаны из разных материалов, — и она трогала и гладила его ноги, удивляясь, что они такие

твёрдые, она раньше никакого внимания не обращала на его ноги!.. Потом Маруся сообразила, что на
них обоих не осталось никакой одежды, куда-то по-
девались его трусы и её рубашонка, и это тоже было
приятно — всё тело у неё дышало и двигалось, как
будто зажило какой-то новой жизнью. Она вытянула вверх собственную руку и не узнала её, это была какая-то новая рука! Гриша её перехватил и положил на себя, Маруся продолжила свои изыскания,
и чем дальше, тем больше ей нравилось его трогать,
это казалось так естественно — трогать его там, где
уж точно трогать не полагалось!..

Какая-то утренняя птаха пискнула под крышей
сердито, когда Гриша прижал Марусю изо всех сил,
перекатился и оказался сверху.

Маруся захлебнулась, тоже пискнула, и он сказал, глядя ей в глаза:

— Держись.

Она схватилась за него — чтобы держаться, —
уже нельзя было ни бояться, ни размышлять, ни на-
блюдать со стороны.

Она с силой выдохнула, стиснула его руками и
ногами, зажмурилась изо всех сил, и нечто странное, почти болезненное, очень далёкое от наслаждения или удовольствия, стало нарастать, раскры-
ваться, и опять вокруг образовалась чёрная дыра без
единого проблеска света и движения материи, только теперь она была заполнена этим новым и болезненным, требовавшим какого-то выхода, немедлен-
ного и решающего.

Маруся застонала, заметалась, ища выхода, но
выход вдруг нашёлся сам. Что-то случилось во Вселенной, она куда-то сдвинулась, качнулась из сто-

роны в сторону, замерла и обрушилась на Марусю. И опять в этом не было ничего похожего на наслаждение или удовольствие, больше на разрушение, болезненное, но отчего-то необходимое, словно в старой Вселенной невозможно было больше жить ни секунды.

И это болезненное разрушение было долгим и трудным, а когда оно закончилось, когда всё разрушилось до конца, Маруся поняла, что вместе со Вселенной разрушилась и она сама, прежняя.

Рядом с ней кто-то тяжело дышал, как будто всхлипывал, и не сразу стало понятно, что дышит и всхлипывает она сама.

Гриша откуда-то издалека нашарил её руку, и они долго лежали, сцепившись вялыми пальцами и не говоря ни слова.

Потом Маруся что-то сказала, а он что-то ответил. И они опять замолчали.

Вдруг Маруся спохватилась:

— Ты что-то сказал?

Он поднял голову и посмотрел на неё.

— Ничего.

Птаха возилась под крышей, попискивала, и полоска неба в дверном проёме наливалась голубым утренним светом.

— А где луна? — спросила Маруся.

Гриша в сене пожал плечами. Луна его не интересовала.

— Была же луна, — не сдавалась Маруся, рассматривая утреннее небо.

Тогда он на коленях подполз к ней и обнял. Маруся моментально пристроилась так, чтобы чувствовать его всего как можно ближе.

— Ты как? — спросил Гриша.

— Как-то странно, — призналась Маруся. — Очень странно.

Гриша хотел спросить, не сделал ли он ей больно или ещё какую-то ерунду в этом же духе, но понял, что спрашивать не нужно, нельзя. И сказал:

— Маруська.

Единственно правильное, что он мог сказать!..

Она погладила его по груди и по шее.

Ей ещё предстоит... обжиться в собственном новом теле и в новой Вселенной и понять, куда делась луна, поговорить с собой и поговорить с ним.

На это уйдёт много времени, просто уйма времени! Пожалуй, вся жизнь.

Пожалуй, некогда теперь будет читать романы о том, как «у неё что-то задрожало внизу живота», потому что у Маруси там ничего не дрожало, всё было совсем по-другому, и ощущения свои придётся ещё сто раз повторить, или тысячу раз повторить — хотя бы для того, чтобы осмыслить.

Маруся была думающей девушкой!..

Но самое главное!.. Вот же оно, а она чуть было его не упустила, это главное!.. Гриша остался с ней, её обожаемый Гриша, её единственный Гриша, тот самый, с которым они вместе прыгали на...

Господи, сколько можно вспоминать этого тигра Ваську!..

...с которым они вместе с самого детства, они же родились для того, чтоб быть вместе, и у них это получилось, они вместе именно так, как нужно для взрослой жизни, это и есть самое главное!

— Гриша, — прошептала Маруся, вдруг осознав счастье единения, — как я тебя люблю. Если бы ты знал!

— Если бы ты знала, как я тебя люблю. Ты меня чуть с ума не свела этим своим Антоном, а ещё потом ты решила меня бросить...

Но Маруся не хотела слушать никаких глупостей. Она хотела сказать ему, как его любит, — и не умела. Не знала слов, да и стеснялась.

— Ты поговоришь со мной? — спросила она. — Потом, не сейчас. Когда-нибудь?

— Я буду разговаривать с тобой всю жизнь, — пообещал Гриша серьёзно. — Даже если ты будешь говорить глупости про лунные реки.

— Я тоже буду с тобой разговаривать, даже если ты будешь говорить скучности про производную, которая рвётся на стенке.

— Неужели я и про производную тебе рассказывал? — удивился Гриша.

— Сто раз, — зевнула Маруся.

Ей жалко было спать, ей хотелось трогать и гладить его уже по-другому, не так, как в первый раз, но спать тоже очень хотелось, и, когда он потянул на них обоих перину, она прижалась к нему покрепче — куда уж крепче! — и заснула. Снилась ей весёлая производная, которая скакала по деревьям и потом почему-то раздваивалась, и они скакали уже парой, и луна с ямочками на щеках выглядывала из-за ёлки, и весь мир сужался до горячей Гришиной руки, которая лежала у неё на груди, от руки Марусе становилось жарко и щекотно, и проснулась она от того, что где-то истошно закричали:

— Гриша! Гри-иша!..

Он подскочил и несколько секунд сидел, ничего не понимая. Маруся тоже подскочила. Сеновал был залит солнцем по самую двускатную крышу, птицы пели вовсю, близкий лес шелестел по-утреннему жизнерадостно, и небо голубело, настраиваясь на большую жару.

— Гриша! — надрывались где-то. — Гриша!

Как был, голый, он проворно подполз к двери.

— Что случилось?!

— Ма... Маруся пропала! Гриша, она опять пропала!

Маруся ахнула и тоже подползла.

Внизу, задрав голову к чердаку, стояла тётя Лида. И у неё было такое лицо, как будто надвигается всемирный потоп.

— Я не пропала, — пискнула Маруся из-за Гришиного плеча. — Я здесь.

— О господи, — сказала Лидия Витальевна внизу.

Держась за стену дома — Гриша с Марусей смотрели на неё сверху, — она добрела до лавочки, села на неё и перекрестилась.

— Тёть, я сейчас, — зачастила Маруся, — я сейчас спущусь, ты что? Тебе плохо?

И она полезла было на лестницу, но Гриша схватил её за ногу.

— Что?!

Он кинул ей рубашонку, которую с трудом отыскал в сене. Маруся полезла с чердака в чём мать родила! Она покраснела до ушей, стала натягивать рубашонку, Гриша ей помогал, как мог — трогал её грудь, гладил, снова трогал, и рубашонка никак не надевалась.

— Тёть, ты как? Тебе плохо? — спрашивала совершенно красная Маруся, взгромождаясь на верхнюю ступеньку лестницы и придерживая подол рубашки.

— Мне отлично, — проинформировала Лидия Витальевна, рассматривая, как Маруся спускается спиной вперёд, нащупывая босой ногой очередную ступеньку. — Хворостиной бы тебе по заднице, вот было бы дело.

— Тётя, — предупредила Маруся с середины лестницы, — ты смотри, ничего мне не говори, ладно?

Лида кивнула.

— Совсем ничего не говори, поняла?

— А хворостиной можно?..

Гриша в шортах и вчерашней футболке перелез через порог сеновала, повис на руках, покачался немного, спрыгнул на землю и галантно подал Марусе руку.

Лида посмотрела на них, набок склонив голову, что-то пошептала про себя, как будто молитву сотворила, и ушла в дом.

Маруся ринулась в баню, где ещё была тёплая вода, наскоро помылась, ощущая собственное тело чужим и неловким. Впрочем, она же знала, что к нему, к новому телу, придётся приспосабливаться.

В доме полным ходом готовили завтрак. Агриппина, о которой Маруся совсем позабыла, жарила оладьи на огромной чугунной сковороде, небольшая горка готовых отдыхала на расписном блюде.

— Привет! — сказала Груня и чмокнула Марусю в щёку. — Я проснулась — а тебя нет! Но я-то сразу поняла, что ты к Грише убежала, а тётя твоя шум подняла.

От Агриппины пахло свежим тестом и ягодами.

— Маруся, оденься, — велела тётя Лида. — Того гляди участковый явится, а ты в рубашке!

— Сейчас, сейчас!..

Пока готовили и подавали завтрак, Гриша не показывался — и правильно делал, потому что Маруся непременно стала бы к нему приставать, и вышло бы некрасиво, — а когда вышли к столу, он явился.

Это был какой-то новый Гриша, совсем не такой, как вчера. Маруся на него засмотрелась.

Он оказался очень красивым — куда там юношам из журналов! — загорелым, белые зубы сверкали, когда он улыбался. И улыбался он как-то особенно, одной стороной рта, и ему это очень шло. И очки ему подходили, и щетина, и отросшие волосы, из которых он, видимо, повыдёргивал солому!..

— Не смотри на меня, — велел он Марусе, усаживаясь за стол. — Я подавлюсь.

Странно, но тётя, вчера собиравшаяся в Москву, нынче утром об отъезде не обмолвилась ни словом, как будто опасность, нависшая над Марусей, за ночь миновала. Все с аппетитом ели и вспоминали вчерашнее, как будто оно случилось давным-давно и уже превратилось в приключение, опасное, но пережитое и от этого не страшное.

— Странные дела творятся, — говорила Агриппина, щедро накладывая на горячий оладушек холодное земляничное варенье. — Убийства, похищения! У вас тут что, криминальная столица?

— А этот ваш, — перебила тётя, — видел же, как Марусеньку уволокли, и ведь ни слова не сказал, скотина!..

— Да ну его, тётя Лида, что о нём говорить!

— Спасибо лесничему, нашёл девочку! Кстати, мотоцикл-то твой он когда вернёт?

— Когда вернёт, тогда и вернёт, я всё равно на нём сегодня никуда не собираюсь.

— Ну, как знаешь. Девочки, нам сегодня нужно варенье сварить. Наталья таз не навеки вечные отдала, он ей самой небось нужен!

— Как варенье?! — перепугалась Маруся.

Ей не хотелось варить варенье, а хотелось играть с Гришей в Джона и Шерлока и в разные другие игры.

— Сначала сироп из антоновки, — начала Лида, решив, что племянница спрашивает, как именно они будут варить варенье. — Потом, когда он чуть подостынет, райские яблочки в него запустим вместе с хвостиками, в них самый вкус. Они полежат, а потом ещё раз вскипятим.

— А можно мы с Марусей сходим по делу... тут недалеко? — перебил Гриша. — Вы не волнуйтесь, мы ненадолго!

Маруся умоляюще уставилась на Лиду.

— А подружка как же? — удивилась тётя. — Бросишь её?

— Ничего, ничего, — моментально отозвалась Агриппина и засмеялась. — Я варенье с вами варить стану. Я люблю, правда! А могу и в Москву уехать, чтобы не смущать никого!

Тут все разом заговорили, что никого, решительно никого Агриппина не смущает, с ней, наоборот, гораздо веселее. И Маруся даже мимолётно подумала, как ей могла прийти в голову такая глупость, что Грише нужна Агриппина, или наша, или любая другая, когда ему может быть нужна только одна Маруся.

И больше никто. Никто и никогда.

Когда Гриша с Марусей ушли за ворота, а Агриппина попросилась «до варенья» полежать в шезлонге с книжкой, Лида забежала в дом, нашарила на этажерке телефон и нажала кнопку.

— Всё хорошо! — сказала она ликующим голосом, когда ей ответили. — Да точно говорю!.. Сама не ожидала! Теперь можно. Тут у нас, правда, не всё слава богу, ну, ничего, ничего, разберёмся потихонечку. В самом главном-то разобрались!

Потом она пошла в свою комнату, которая именовалась «светёлкой», долго рылась в старинном дубовом гардеробе, достала из его глубин пакет, долго на него смотрела и аккуратно и бережно положила на кровать.

— Смотри, — говорил Гриша. Он держал Марусю за руку и качал ею туда-сюда. — Нам нужно установить две вещи. Кто такой гр. Васильев К. Д., который неоднократно был замечен в противоправных и противозаконных действиях, наносящих реальный урон народному хозяйству с материальной стороны дела.

— Гриш, какой Васильев?!

— У Валерика на буфете лежала кляуза, помнишь? Черновик кляузы! Эх, жаль, я не могу посмотреть его компьютер!.. Всё бы объяснилось.

Маруся, которая обо всём на свете позабыла, даже о шишке на собственной голове, попыталась вспомнить.

— Ах, да, Васильев, точно! А зачем он нам?

— Джон, соображайте быстрее! — И Гриша поцеловал ей руку. Ещё вчера он не мог просто так поцеловать ей руку, а сегодня мог, и это всё меняло. —

Может быть, этот Васильев и есть убийца! Если Валерик достал его своими кляузами, такое вполне возможно.

Маруся подумала немного.

— Хорошо, это первое, что нам нужно установить. По-моему, можно просто спросить участкового, и дело с концом.

— Если участковый его знает, а если нет?

— А второе что?

— Мы должны выяснить, куда делась жена Валерика. Прокопенко сказал, что видел её собственными глазами. Валерик пил чай и портвейн с какой-то женщиной. Потом эта женщина, скорее всего жена, куда-то из деревни делась. Куда она могла деться?.. И зачем? Её что-то напугало? Или она убила мужа и исчезла?

— И оставила на столе чашку со следами своей губной помады! Она что, дура последняя?..

— Она могла просто дать ему по башке, а он взял и помер. Так бывает. А она испугалась и убежала.

— Куда убежала, Гриш? Ночь была. Автобусы ночью не ходят, а она на автобусе приехала, Прокопенко так сказал. В лес?

— Вот именно. Это всё нам и нужно выяснить.

Тут он остановился прямо посреди улицы, взял Марусю за щёки, поднял её лицо и посмотрел в него.

— Маруська, — сказал он, — как я рад тебя видеть. Ты даже не можешь себе представить!

И поцеловал.

Маруся вся потянулась к нему, привстала на цыпочки, обняла, и тут мимо них проехал велосипедист. Проехал и даже прозвенел в звонок — поприветствовал. Маруся отшатнулась от Гриши и открыла глаза.

— Здрасте, Виктор Палыч! — вслед округлой спине велосипедиста прокричал Гриша. — Наше взаимонепонимание полностью устранено, — сообщил он Марусе и захохотал. — Мы теперь абсолютно взаимопонимаем друг друга!..

Вдруг он стал абсолютно серьёзен и даже суров. Маруся смотрела на него, не отрываясь, так он ей нравился.

— Нам нужно установить, кто на тебя напал.

— Вот это совсем непонятно, как сделать.

— Всё это звенья одной цепи, Джон, — заявил Гриша важно. — Ухватившись за одно звено, мы вытянем всю цепь!.. Пошли скорей!

Он рванулся вперёд, потащил за собой Марусю, как козу на верёвочке, потом обернулся и немного шёл спиной вперёд.

— Тебе понравилось у меня на сеновале?

Маруся смотрела на него.

— Ты сегодня ко мне придёшь?

Она всё смотрела.

— Ты же больше не станешь прогонять меня из своей жизни?

Она покачала головой: нет, не стану.

— Вот и хорошо, — сказал Гриша серьёзно, повернулся и толкнул калитку. — Мы пришли.

Маруся как будто очнулась от забытья. Он ввергал её в забытьё. Они пришли в дом к Наталье, которая одалживала тёте медный таз для варенья.

— Она нам ничего не скажет, — пробормотала Маруся. — Она нас выгонит.

На этот раз на дворе не было никакого белья, и двор оказался просторным, ухоженным и чистеньким. Дорожки по краям обсажены бархатцами, яблони до половины побелены, под окнами растут георгины и «золотые шары».

— Люблю эти цветы, — сказала Маруся про шары. — Мама их тоже очень любила, тётя говорит.

Гриша погладил её по голове — пожалел, — и громко позвал:

— Наташа! Наташа, можно к вам?

С крылечка скатился рыжий пыльный кот, потом занавеска — во всей деревне двери всегда занавешивали от мух — отлетела в сторону, и из дома выскочил загорелый мальчишка в шортах и кепке.

— Здорово, — сказал ему Гриша.

— Привет, — отозвался мальчишка, хватая прислонённый к лавочке велосипед. — Слушай, это ты вчера в лесу пропала?

— Я, — призналась Маруся.

— Мы с пацанами тоже однажды решили пропасть, — сказал мальчишка, усаживаясь на велосипед. — Шалаш построили, всякое такое. А вечером есть так захотелось, ужас! Даже в животе трещало! И мы по домам рванули.

— Правильно сделали, — похвалила Маруся.

— Да где здесь пропадать-то, — протянул мальчишка с лёгким презрением, — это тебе не тайга!

И покатил со двора.

— Доброго утра, — поздоровались с крыльца. — Таз принесли? Раздумала Лида варенье варить?

— Таз не принесли, — сказал Гриша. — К варенью только приступили.

Женщина на крыльце сразу как будто насторожилась:

— А чего пришли? — Она посмотрела на Марусю и немного смягчилась. — Ну как, девочка? Отошла немного?

— Ничего, — бодро ответила Маруся. — Даже голова не болит!

— Ещё заболит, — почему-то пообещала Наталья, — какие твои годы, ещё заболит голова!..

— Можно войти?

— А что надо-то? На улице как хорошо! Можно и на дворе потолковать.

Гриша посмотрел ей в лицо.

— Наташа, — сказал он очень серьёзно, — мы можем где угодно разговаривать. Хоть на улице, хоть в доме. Но вряд ли ваша подруга захочет выходить. Она же прячется!

Наталья дрогнула, очень заметно. Она испугалась. Испугалась и отступила.

— Какая подруга, — пробормотала она, — нету у меня никакой подруги, что ты придумал, парень!..

— Вы не переживайте, — продолжал Гриша так же серьёзно. — И, главное, ничего лишнего не говорите. Я знаю, что жена Валерика находится у вас с самой ночи убийства. Вы её прячете.

— Никого я не прячу, — пробормотала Наталья упрямо.

— Оксана в ту ночь была у вас. Она была у вас дважды! И пила чай. На следующий день в раковине я видел две чашки со следами губной помады, точно такой же, как на чашке в доме у Валерика. Вы так за неё переживали, что даже не помыли с вечера посуду. Соседи видели, как она приехала и шла с автобуса. — Гриша говорил негромко и очень убедительно. — Но никто не видел, как она уезжала, да она и не могла уехать. Ночью автобусы не ходят, а утром участковый уже обнаружил тело её мужа, вся деревня узнала о происшествии. Она не могла пройти до остановки и сесть в автобус, её обязательно бы заметили. Так что она у вас. И мне хотелось бы с ней поговорить.

Штора на распахнутом окне дрогнула, и оттуда, из-за шторы, раздался женский голос:

— Да пусть они заходят, Наташ. Всё ясно, да и прятаться больше сил нет!

— Вот привязался, — в сердцах сказала Наталья. — Как слепень к коровьему хвосту! Всё он замечает, всё сопоставляет, кто куда шёл, кто кого заметил! Ну, проходите, ладно!

Гриша поднялся на крыльцо.

— Не слепень и не к хвосту, — рассердился он. — Марусю вчера тоже чуть не убили. Я должен разобраться.

В весёлой комнате с розовыми занавесками, полосатыми деревенскими обоями и выцветшим ковром стояла, прижавшись спиной к стене, унылая женщина. Она стояла как-то безнадёжно, свесив руки, и хотелось переставить её поудобнее, куда-то деть руки, чтобы не висели так безвольно, и вообще как-то ей помочь.

— Здравствуйте, — сказала Маруся.

Женщина улыбнулась.

— Это ты потеряшка? — спросила она.

Маруся кивнула.

— А я Оксана, — представилась женщина. — Всё ты, парень, правильно рассказал, как будто своими глазами видел. Приехала я на автобусе, так с тех пор у Наташки на чердаке и сижу. Боюсь.

— Чего вы боитесь? — спросила Маруся. Ей было очень жалко Оксану!

— Тюрьмы боюсь, — просто ответила она. — Даже от Димки прячусь, чтоб не сболтнул друзьям, что я тут. Посадят меня, да и все дела.

— Вы мне всё расскажите, — попросил Гриша. — Я же не участковый! И я вас никуда не посажу.

— Вы расскажите, Оксана, — вступила Маруся. — Гриша очень умный, правда! Он придумает, как вам помочь, если... если нужно.

— Да чего рассказывать-то! — сказала Наталья сердито. — Жизнь прожить не поле перейти. Вот она и промаялась с этим своим... козодоем! А чего маялась? Вот чего маялась? — вдруг накинулась она на Оксану. — Развелась бы сразу, была бы сейчас свободная, весёлая, сама себе хозяйка!

У Оксаны из глаз ни с того ни с сего потекли слёзы, крупные и отчего-то мутные, белёсые. Они текли вдоль носа, и она их не вытирала. Они капали на грудь, на ситцевую кофту, оставляя тёмные следы.

Наталья подошла и сунула ей полотенце.

— Утри лицо-то! Чего теперь плакать? Теперь уж всё позади.

Оксана крепко вытерла лицо и приткнулась на табуретку, тоже как-то очень неудобно, так что сразу захотелось её усадить получше.

— Ну, мужа моего вы знаете, — сказала она. — Что ни утро, то скандал, что ни вечер, то скандалище! И ладно бы по делу или за правду какую-никакую человек бился, а то ведь так, только от дурости и скверности характера.

— Он вас бил? — спросила Маруся, из своей новой Вселенной взглянув на старую, в которой остались все эти люди. В её Вселенной не могло быть так, чтобы Гриша её... избил. Это было так же невозможно, как если бы небо упало на Землю.

...Оно ведь не может упасть, правда?

— Да не бил, — с досадой сказала Оксана. — Так, по мелочи. Ну, толкнёт, за волосы оттаскает. Лицом в кашу макнёт, если там она пересолена или недоварена.

Марусю передёрнуло.

— У меня дети, куда я пойду? Обратно к матери? Так и мать в общежитии живёт, и всю жизнь одна!

И слёзы опять полились.

— А Валерик... ему слушатели были нужны. Зрители. Вот уедет сюда на дачу, а я не еду, отдыхаю от него. Он так уговаривает, так уговаривает — приезжай, всё по-другому будет. Ну, я приеду. Уговорам-то я не верю давно, всё про него знаю и знаю, что, если не приеду, только хуже станет. Будет месяц скандалить. Это он любит!..

— Позавчера вечером вы приехали, да? — спросил Гриша. — Он вас не встречал, вы сами пришли.

— Пришла, — кивнула Оксана. — А у него и стол накрыт, он всегда так скандалить начинал, подготавливался. Вроде всё для меня делает, старается изо всех сил, а я ему жизнь порчу. Ну, сели мы за стол, я как на иголках, знаю же, что дальше-то будет!.. Он вина какого-то сладкого налил, чаю. Я глоток выпила. Ну, рассказывает он мне, как тут в деревне всем укорот даёт. Я молчу, чай пью. Он дальше рассказывает, а я всё молчу. Боюсь его. Ну, тут он не выдержал, конечно. Ты, говорит, стерва старая, чего молчишь?! Не веришь, что я их тут всех заставлю по струнке ходить?! И пошло-поехало, и поехало и пошло!

— Долго скандалил? — спросил Гриша.

Оксана пожала плечами.

— Да не очень. Как обычно всё. Ну, за волосы меня оттаскал, на диван кинул. А как вышел — видно, в туалет захотел, — я к Наташке и сбежала!

— А он не догадывался, что вы у неё?

— Да нет, откуда! Мы при нём двух слов друг другу не сказали, всё боялись! Да и Димку моего он терпеть не мог, всё грозился его... о господи... ну ладно, всё уже... — влезла Наташа.

И обе женщины переглянулись и замолчали.

— Но вы вернулись, — продолжил Гриша. — Вы посидели у Наташи, тоже чаю попили и вернулись домой, правильно?

— Правильно. Всё правильно. Куда мне деваться, обратно надо. А то стал бы искать, по деревне носиться! Орать, меня позорить на весь мир. Я думаю, вдруг он заснул? Тогда пройду потихоньку, лягу, а утречком уеду в Москву.

— И... что?

Оксана вздохнула.

— Я зашла. Свет горит, на столе посуда, всё, как я оставила. А Валера на полу лежит. Мёртвый. И ружье постороннее рядом с ним валяется. Я подумала, что его из этого ружья и...

— Подождите, — перебил Гриша. — Двустволка не его? Не вашего мужа?!

Оксана покачала головой:

— Нет, что ты! У нас никакого оружия в доме никогда не было. Ружьё это не наше, не Валерино, точно! Я же говорю, думала, из него убили. Это уж потом Наташка мне сказала, что вовсе не из ружья убили, а вроде по голове стукнули, я не знаю.

— Тогда кто в нас стрелял? — спросила изумлённая Маруся у Гриши. — Выходит, кто-то другой?! Не Валерик?!

— Не беги впереди паровоза, — скороговоркой сказал он. — Подожди, мы всё выясним.

— Я, когда поняла, что он мёртвый и уже не поможешь никак, обратно к Наташке убежала, — призналась Оксана с горечью. — Подло поступила, да? Только я так решила: если узнают, что я в тот вечер приехала, меня в убийстве и обвинят. Все знают, как он народ изводил, а надо мной больше всех измывался, он же муж мой!.. Вот и решат, что я сгоряча и... убила. — Она вздохнула и посмотрела в окно, где было просторно и солнечно и август был таким прекрасным, словно в подарок. — А я за него в тюрьму не хочу. Всю жизнь он мне испортил, и за него ещё в тюрьме сидеть?! Не хочу я, не могу! Дети у меня выросли хорошие, сочувствующие, позор-то им какой! Мать за отца посадили!

Маруся взяла Гришу за руку. Он посмотрел на неё и кивнул — утешил.

— И решили мы с Наташкой сделать вид, что я вообще не приезжала! Ни про какую губную помаду мы и не подумали! Мало ли с кем он чаи-то распивал? Не обязательно же со мной! — Оксана снова вздохнула. — А убивать, я не убивала! Богом клянусь, детьми клянусь!..

— Я знаю, — сказал Гриша. — Не нужно ничем клясться.

Он немного походил по весёлой комнате.

— Участковому всё равно придётся рассказать, — начал он. И обе женщины накинулись на него:

— Как же ему расскажешь, ведь он сразу в камеру посадит! Зачем ему рассказывать-то, что ты придумал, парень! Ей уехать надо, да и всё!

— Нет, не всё! — твёрдо сказал Гриша. — Не всё!.. Телефон у вас наверняка выключен, да? — Оксана кивнула. — А вам наверняка сто раз звонили! Вас соседи видели, когда вы от автобусной остановки шли, и из пассажиров кто-нибудь наверняка вспомнит, если дело до этого дойдёт! И помада на чашке! Экспертиза покажет, что ваша она, помада эта...

Он ещё походил немного.

— Так что рассказать всё равно нужно. Только не сейчас! — Он повысил голос. — Я разберусь сначала, а уж вы потом мои выводы подтвердите, если надо будет! Так что посидите ещё денёк на чердаке, хорошо?

Оксана кивнула в некотором затруднении:

— Хорошо.

— А я забегу и скажу, что осада снята и можно выходить.

— Парень, — задумчиво проговорила Наталья, — ты чего, сам хочешь до всего докопаться? Прям как разбирает тебя!

— Он Марусю чуть не убил. — Гриша улыбнулся так, что Наталья вдруг ойкнула и зажала рот рукой. — А это один и тот же человек, я уверен.

Он подумал немного:

— И самое в этом деле главное, что из дробовика по нашему дому стрелял вовсе не Валерик. Да и вообще ружьё не его.

— И... что? — спросила Маруся.

— А то, что преступник дробовик возле тела оставил, чтобы убедить всех, будто из него стрелял по нашему дому именно Валера.

— Зачем?

— Вот именно, — подтвердил Гриша. — Зачем?..

Они вышли на улицу и некоторое время молчали.

— Гриш, я ничего не поняла, — призналась Маруся в конце концов. Он ничего не ответил, и она ткнула его кулачком в бок. — Слышишь? Ещё и дробовик... не его? То есть, получается, ружьё ему подкинули. Зачем?

— Да что с вами такое, Джон? — спросил Гриша задумчиво. — Вы утратили нюх?

— Гриш, говори по-человечески!

— Некий человек решает убить Валерика. То есть ему нужно убить, но обезопасить себя. Налёт цивилизации очень тонок, помнишь? Если можно убить и не попасться, значит, нужно убить! Он берёт дробовик, идёт ночью в осины к нашему дому и сидит там в засаде. Это местный житель, и он знает, что я до вечера вожусь на заднем дворе. Тут начинает смеркаться, ты выходишь, и он два раза стреляет. Разбивает лампу.

— Он что, собирался заодно убить кого-то из нас?!

— Да ну, Марусь. Из дробовика с такого расстояния, да ещё в сумерках, не убьёшь!.. Но мы делаем единственно возможный вывод — стрелял Валерик, потому что именно он утром напал на тётю Лиду из-за этого фонаря и обещал его разбить. Тот же самый вывод должны сделать и все остальные, то есть менты и участковый.

— Зачем?!

— Чтобы навести на меня, как зачем? — сказал Гриша совершенно спокойно. — Валерик якобы в меня стрелял, и я его убил. Всё логично. То есть выходит, что после выстрелов я помчался к нему в дом и дал ему по голове... чем там? Тяжёлым тупым предметом. Похоже на правду?

Марусе хотелось ответить, что нисколько не похоже, что это всё выдумки и притянуто за уши, но она промолчала.

Пожалуй, могло быть именно так.

— В качестве запасного варианта могла сработать и чашка со следами губной помады. То есть, если не я убил, значит, жена. Я же тебе говорю, этот человек местный, и всё про всех знает, и в курсе, как Валерик с женой скандалил и как она его боялась!

— Но жена его не убивала, — твёрдо сказала Маруся.

— И я не убивал, — продолжил Гриша.

— Тогда кто его убил?

— И за что? За скандальный характер? За кляузы? Или он на самом деле кому-то или чему-то помешал или мог помешать? — Гриша взял Марусю за руку и притянул к себе. — И за что он собирался убить тебя? Ты-то чем ему помешала?

— Гриш, — сказала Маруся жалобно, — может, нам лучше оставить это дело... егорьевским сыщикам? Может, они без нас разберутся?

— Может, и разберутся, — согласился Гриша, — но мы тоже попробуем.

Вывеска отдела полиции была новенькой, чёрные буквы на синем фоне, а сверху, под козырьком, выцветшие, но бодрые буквы сообщали «Отделение милиции пос. им. Цюрупы».

— Милиция, полиция, — проговорила Маруся, приставив ладонь козырьком к глазам. — Слушай, Гриш, кто такой Цюрупа?

Он потянул на себя обитую чёрным дерматином дверь. Внутри было полутемно, пыльно и пахло канцелярией.

— Цюрупа Александр Дмитриевич, нарком продовольствия, пламенный борец за уничтожение крестьянства как такового, очень настаивал на введении продотрядов. Собственно, он был их непосредственным организатором. Прославился кристальной честностью — ведал едой и то и дело бухался в голодный обморок.

Маруся посмотрела на Гришу. Вид у того был серьёзный, даже печальный немного, как и подобает при изложении биографии Цюрупы Александра Дмитриевича.

— Слушай, — спросила Маруся, — откуда ты всё это помнишь, а?.. Никто не помнит, а ты помнишь!

— Я некоторое время учился в школе, — объяснил Гриша, ему страшно польстило Марусино восхищение, — потом ещё некоторое время в институте. В обоих этих местах я именно учился, а не размещал свои красивые фотографии в Инстаграме и не постил свои умные мысли в блогах. И потом!.. Меня же бабушка и дедушка воспитывали, а они были куда умнее меня. Мне нравилось их слушать.

Весь отдел полиции-милиции состоял из одной комнаты, крашеная дверь оказалось распахнута настежь.

— Кого там принесло? — закричали оттуда, как только Гриша закончил свою устную краткую справку, как будто тоже слушали его с интересом.

— Илья Семёныч, это мы! — Гриша сунул в проём голову и зачем-то постучал в дверь. — Разрешите войти?

— Разрешаю. Чего тебе?

Илья Семёныч сидел за жёлтым столом, на котором не было ни бумаг, ни блокнотов, ни записок, ни фотографий, ни томов Уголовного кодекса, а лежали только одна картонная папочка и пластмассовая ученическая ручка. Рядом с ней фуражка. Вид участковый имел до крайности раздражённый.

— Протокола́ пишу, — сообщил он язвительным тоном, как будто это Гриша с Марусей заставили его писать «протокола́». — Сейчас опрашивать пойду! Кто где был, кто чего видел! Садись, вас тоже опрошу! Штукари обратно в Егорьевск укатили, а мне — вон, пиши, Семёныч, протокола́!..

— Илья Семёныч, кто такой Васильев К. Д.?

— Это откуда такой? Из кроссворда? Вроде художник был Васильев. К. Д. он там или не К. Д. — это уж я не помню.

— Да не художник, а на которого Валерик кляузы писал.

Тут участковый немного подумал, пошевелил бровями, взял свою фуражку, дунул в неё и довольно грозно спросил у Гриши, откуда ему известно, на кого Сыркин писал жалобы.

— Ну, известно и известно, — сказал Гриша и улыбнулся улыбкой мальчишки-озорника, подцепил у стены стул, уселся перед участковым — спина столбиком, руки сложены на коленках, вроде озорник, но сейчас образец послушания и внимания. — Вы мне скажите, кто это такой, да и всё!

— А ты сам-то кто такой, чтобы я тебе отчет давал?!

— Илья Семёныч, — заскулил Гриша, — вы же всех тут знаете, про каждого можете рассказать. Лидия Витальевна говорит, что лучше вас участкового на её памяти не было!

— Да будет врать-то!

— Вот честное слово! Она говорит: наш Илья Семёныч мало того что человек умный, так ещё и понимает всё, и не ленится никогда! Она говорит: мы прошлых участковых ни в лицо, ни по имени не знали, а Илья Семёныч — наш родной и любимый!

«Родной и любимый» посмотрел на Гришу и вдруг засмеялся.

— Ну, певец! — сказал он, пожалуй, с одобрением. — Целую песню сложил!.. Ты чего, решил расследование вести? Вместо штукарей из отдела? Ты это дело брось, парень. У тебя вон девчонка под боком, тебе заняться нечем, что ли?

Маруся немедленно потупила глазки, но Гриша нисколько не утратил своего бравого вида.

— Вы профессиональные сыщики, — не моргнув глазом продолжал он обольщать участкового. — А мы-то просто дачники!.. Нам со стороны, может, многое по-другому видится, не так, как вам! Я же в помощники не набиваюсь, Илья Семёнович! Я же не прошу, к примеру, покажите мне место преступления!..

Тут участковый и Гриша уставились друг на друга. При этом Гришины глаза были чистыми и правдивыми, как у отличника боевой и политической подготовки.

Илья Семёныч покрутил головой, потом поднялся из-за стола, погремев ключами, отпер несгораемый облезлый шкаф и вынул оттуда растрёпанную кипу бумаг.

— Вот он у меня где, этот ваш Валерик, — сказал он в сердцах и швырнул кипу на стол. — Это же надо столько бумаги извести, столько сочинений сочинить! Всё его творчество!

Гриша едва удержался, чтобы не потянуть на себя один из листов, отлетевший на край стола. Нельзя было тянуть, никак нельзя, и он не стал.

— Про всех писал, — продолжал участковый. — Даже вон про Лиду, то есть про Лидию Витальевну, что, мол, фонарь у ней на дворе незаконным образом горит, в обход счётчика!.. А я по каждой жалобе — ответ давай, мол, жалоба проверена, факт нарушения закона не установлен. Да ладно б он только мне писал-то! А то он и в район, и в область, а оттуда директивы — давай, Семёныч, разбирайся дальше, делать как будто мне нечего!

— А на кого ещё он жаловался? — перебила его Маруся и этим испортила всё дело.

Илья Семёныч насупился, собрал со стола бумаги, подровнял их и накрыл сверху большой ладонью.

— Про кого ты спрашивал-то, я забыл?

— Васильев К. Д. Вы такого не знаете?

Участковый взял верхний лист и пробежал его глазами.

— Тут прейскурант у меня обозначен, — пояснил он. — На кого и сколько раз написано. Васильев, Васильев... Где тут у нас Васильев... А! Да это ж Костян! Вот он самый и есть!

— Какой... Костян? — не понял Гриша.

— Да из лесничества Ново-Егорьевского! Ну, Константин, который вчера невесту твою нашёл! Фамилия его Васильев, звать Константин Дмитриевич. И жалоб на него по прейскуранту аж восемь штук.

У Гриши вдруг изменилось лицо. Из отличника, бывшего озорника, он превратился в обычного встревоженного человека.

— И в чём Валерик его... обвинял?

Илья Семёнович махнул рукой:

— Да во всём подряд! Ёлки зимой незаконно на продажу рубит, древесину государственную налево продает, когда лес валят, чуть не наркоманов какихто у себя привечает! А я ему, Валерику, тыщу раз говорил: лесничество не в моём ведомстве, там свой участковый есть, ему и пиши — а он всё равно мне шпарил! Того, говорит, я не знаю, а ты обязан проверить! Я, мол, налогоплательщик, а ты на государственной службе, следовательно, мне должен!.. Вот всем я должен! И супруге, и детям, и государству, и Валерке ещё!..

Они вышли из отделения милиции-полиции и медленно пошли по жаркой и пыльной улице.

Маруся ни о чём не спрашивала, а Гриша ничего не говорил.

Так они дошли до хлипкой лавочки, торчавшей на берегу затянутого ряской деревенского пруда. Тётя Лида рассказывала, что, когда была маленькой, этот пруд был чистый, прозрачный до самого последнего донного камушка. И холодный!.. В нём бил единственный ключ, и особой заслугой у ребят считалось донырнуть до дна, открыть глаза и увидеть, как он бьёт, размывая вокруг плотные мелкие волны жёлтого песка. Потом в пруд стали валить всякую гадость — это когда вокруг строительство коттеджей началось. Приезжали ночью грузовики и вываливали... И ключ погиб. И пруд погиб тоже. Теперь в нём даже лягушки не живут.

Гриша пристроил на лавочку свой рюкзак, который немедленно свалился в траву, сел верхом на гнилую доску, взял Марусю за обе руки и притянул к себе.

— Хорошо, — сказал он, глядя на неё снизу вверх. — Ну, предположим. Предположим, что это Костя.

— Похоже, — согласилась Маруся и прижалась к нему. Неудобно было, но она всё равно прижалась. — Понимаешь, ещё и дробовик!

— Вот именно. У лесничего наверняка есть дробовик, и он умеет им пользоваться. Скорее всего, у него не один дробовик, и об этом, оставленном на месте преступления, никто не знает.

— Гриша, это не мог быть Костя. Он меня нашёл в лесу.

Гриша помолчал, глядя на чуть колыхавшуюся жирную ряску.

— Может, он тебя нашёл, потому что знал, где искать? И просто опасался, что тебя найдут другие? А так... он нашёл, его никто ни в чём не подозревает, он герой. Мы ему благодарны по гроб жизни, мы ему доверяем, и ничто не мешает ему повторить попытку.

Маруся погладила его по голове. Она понимала, как ему нелегко, ей самой было трудно и страшно.

— Подожди, — он вывернулся у неё из-под руки. — Давай ещё подумаем. Значит, Валерик пишет на Костю кляузы. И что-то, видимо, в этих кляузах есть такое, чего Костя действительно опасается. Допустим, Сыркин случайно или нарочно узнал какую-то его тайну. Костя решает его убить. Он приезжает утром в деревню, застаёт скандал возле магазина, вмешивается в этот скандал, и я вмешиваюсь тоже. Он понимает, что время подходящее — для того, чтобы убить, и для того, чтобы навести на меня. Дальше всё по предыдущему сценарию. Похоже?..

Маруся изо всех сил старалась придумать что-нибудь такое, что отвело бы от лесничего всякие подозрения — он же её спас! На самом деле она всерьёз обязана ему жизнью. И сейчас должна что-то придумать — может быть, не спасти, но помочь ему!

— Подожди, Гриша. Тогда при чём тут я? Зачем он хотел убить меня? Я его видела первый раз в жизни возле магазина и больше не видела! Почему он решил, что меня тоже нужно...

— Маруська, замолчи, — велел Гриша.

Как только он вспоминал, как искал её, как почти отчаялся, как потом под стеной той развалюхи думал, что там внутри может оказаться Марусин труп, ему становилось трудно дышать и не получалось вдохнуть поглубже.

— Мы должны тебя спрятать, — сказал он какую-то глупость.

— На чердаке? — спросила Маруся с нежной насмешкой. — Вместе с Оксаной?..

— Ты не понимаешь. Если мы... правильно думаем, то это очень опасно. Он знает лес вдоль и поперёк, и он не остановится.

— Гришка! — сказала Маруся и взяла его за уши. — Посмотри на меня. Что ты так запаниковал? Ты думай, думай, ты же хорошо это умеешь. Пока что это всё наши предположения, да? Ни на чём не основанные!

— А кляузы и дробовик?

— С чего мы взяли, что это его дробовик?! Может, это... я не знаю... Санин?! Тут у половины деревни дробовики, и что с того? И ведь именно Костя меня нашёл!

— Это можно повернуть в любую сторону. Нашёл, потому что знал, где искать. Потому что сам спрятал.

— Нет, — убеждённо сказала Маруся. — Мы что-то упускаем. Точно тебе говорю!

— Где? В чём?

— Ему не было никакого смысла нападать на меня. Ну, никакого!

— Хорошо, тогда у кого был?

— Я не знаю! Но мы можем попробовать установить, где был Костя той ночью. Когда убили Валерика.

— Я должен тебя спрятать от него.

Маруся, которая не отпускала Гришиных ушей, хорошенько потрясла его голову в разные стороны.

— Не выдумывай, — велела она. — Ты как тётя Лида! Странно, что она сегодня с утра не верещала, что мы немедленно уезжаем в Москву. Хочешь, привяжи меня на верёвочку и води за собой, я согласна! Вряд ли он пристукнет нас обоих.

— Маруська, ты не понимаешь.

Он поднялся с лавочки — Марусе пришлось отпустить его уши, — отряхнул рваные и грязные джинсы, подхватил рюкзак и забросил его себе за спину.

— Я съезжу к нему в лесничество.

Маруся фыркнула.

— Я тебя не пущу и не мечтай даже!..

— Марусь, я сам разберусь, ладно?

— Ладно, но в лесничество я тебя не пущу.

— Мне нужно с ним поговорить.

— Очень прекрасно. Поговорим вместе.

...Гриша вдруг понял, что она от него не отстанет. Всё изменилось нынешним утром. Ещё вчера он мог сесть на свой любимый мотоцикл с коляской, сказать, что ему надо «по делу», и уехать в любом выбранном направлении. Маруся и ухом бы не повела. Надо так надо!.. Но с сегодняшнего дня это стало невозможным. Отныне и навсегда. Он вынужден будет давать отчёт, сообщать о времени прибытия, оправдываться, если опоздает. Это показалось ему странным и неправильным, и он пока не знал, как именно следует поступать в таких случаях.

— Кстати, — сказал он с досадой, — привязать тебя — хорошая идея.

Варка варенья шла полным ходом, а Маруся-то начисто позабыла про варенье! Тётя с красным, разгорячённым лицом, повязанная косынкой, мешала в тазу над жаровней прозрачный, как шампанское, сироп. В нём, как раньше в деревенском прудике, тоже били ключи — со дна поднимались тоненькие пузырьки. Агриппина тоже была в косынке. Она чистила антоновку для следующей партии.

— Марина, куда вы пропали? — начала тётя, и по тому, что её назвали Мариной, Маруся поняла, что дело серьёзное. — У нас работы полно, а ты ходишь где-то!

— Это я виноват, — тут же вступился Гриша. — Извините, Лидия Витальевна. А... Константин мотоцикл не приводил?

— Как же! Приведёт он! Теперь не дождёшься! Вот помяни моё слово, сам за ним поедешь!

— Так, может, я прямо сейчас и съезжу?..

— Гриша, — тревожно сказала Маруся, — я с тобой!

— Ты останешься варенье варить.

— Вот именно! — подхватила тётя Лида. — Подружку бросила, варенье бросила, так не годится!

— Гриша, я с тобой!

Агриппина посмотрела с подозрением — что такое? Подумаешь, дело, в лесничество съездить!

— А ты на чём поедешь? — Руки у неё работали очень проворно, гора очищенных яблок росла. — На палочке верхом?

— На велосипеде, — буркнул Гриша.

— Груня, давай яблоки, пока не потемнели!

— Несу, тётя Лида!

Маруся заступила Грише дорогу.

— Ты никуда не поедешь ни на каком велосипеде! Ты меня слышишь?

— Слышу. — Гриша обошёл её, как какой-нибудь чурбак, торчавший у него на пути. — Марусь, займись вареньем. Я скоро приеду.

Она топнула ногой.

— Да что такое-то? — издалека спросила тётя Лида. А Агриппина добавила:

— Милые бранятся? Или тешатся?

Гриша вывел из сарая велосипед.

— Мы не бранимся и не тешимся, — ответил он, не глядя на Марусю. — Я скоро вернусь.

Но Лида догадалась, что дело серьёзное. Племянница чуть не плакала — изо всех сил старалась не зареветь, хотя слёзы дрожали в глазах, и вид у неё был странный, словно она провожала близкого человека на войну. Гриша же, напротив, был решителен сверх всякой меры, и впрямь воин перед битвой!

...Как бы чего-нибудь не натворили!

— Гриш, подожди, — сказала Лидия Витальевна, придумывая на ходу, — успеешь ты за мотоциклеткой своей.

Гриша закатывал штанину. Маруся так и стояла посреди дорожки.

— Груня, посмотри за сиропом.

Вытирая руки фартуком, Лидия Витальевна обошла жаровню, взглянула на Марусю — та всё ещё собиралась зарыдать, стояла посреди дорожки, закрывая Грише путь и упрямо наклонив голову, видно было, что с места она не сойдёт, — и спросила:

— Ты в прошлый раз сколько сахару в сельпо брала?

— Вроде... три килограмма.

— Гриша, сходите, принесите ещё. Сейчас варенье доварим, компоты будем закрывать!

— Я потом успею, — попытался увильнуть Гриша. — Я быстренько съезжу, а на обратной дороге заскочу в магазин.

— Не потом, а сейчас, — перебила его Лидия Витальевна. — Мы без простоев работаем, да, Грунечка?

— Это точно, тёть Лид!

— Вот послал Бог помощницу, — похвалила тётя, поглядывая на Марусю, — родная племянница всё увильнуть норовит, а подружка — пожалуйста! Как Золушка, всё утро в трудах.

— А я это люблю, — безмятежно сказала Агриппина, отправляя в рот кусок яблока. — Дед говорит, зря я на журналистику пошла. Он считает, что из меня вышел бы превосходный повар. Только что это за профессия — повар?! Никакой красоты, никакого изящества!

И она скорчила смешную гримасу.

— Дед твой абсолютно прав, — заявила тётя Лида. — Гриша, слезай, кому говорю, с драндулета, сходите в магазин. Маруся одна не дотащит. Килограммов пять возьмите!.. Да, и томатного сока трёхлитровочку! Мы сегодня мясо-то будем жарить? Или все закормленные, никто не хочет?

— Будем, будем, — оживилась Агриппина. — Пойду маринад попробую. Свинина лишнего маринада не любит.

Она ушла в дом, а тётя Лида стала совать Марусе деньги.

— У нас есть, — сказал Гриша мрачно. Теперь они оба были надутые и мрачные, Лидию это беспокоило.

Он отставил велосипед, подхватил рюкзак и пошёл к калитке, не оглядываясь.

— Давай, давай, дуй за ним, — зашептала Лидия. — Что такое стряслось-то? Поссорились, что ли?

— Никто не ссорился, — сказала Маруся и медленно, стараясь сохранить остатки достоинства, пошла за Гришей.

Она догнала его у поворота дороги. Впрочем, он остановился и подождал её. Она пошла ещё медленней, нога за ногу.

— Маруська, ну что такое? — спросил он негромко. — Ты же умный человек, должна понимать, что если это он, значит, ты в опасности.

— И ты тоже!

— Ну, я тут ни при чём.

— Да?! — крикнула Маруся. — А если он тебя убьёт?

— Я не дамся, — заявил Гриша с невыносимым высокомерием.

— Ты что, Железный Человек? И у тебя есть суперкостюм? Гришка, я тебе серьёзно говорю — никуда ты не поедешь, ни в какое лесничество. Или я с тобой поеду! Вот. Выбирай.

— Ты какая-то невыносимая стала, — сказал Гриша с досадой. — Что такое?!

— Да ничего!

Не могла же Маруся ему признаться, что она страшно, необъяснимо, до дрожи в животе — хотя дрожь, согласно любовным романам, должна происходить вовсе от другого! — за него боится и переживает. Раньше не боялась, а теперь вот боится и не знает, что с этим делать.

Они пошли рядом — как будто вместе, но очень далеко друг от друга.

Не мог же Гриша ей объяснить, что лесничий Костя — это не скандалист Валерик, это противник серьёзный и опасный, он знает лес как свои пять пальцев, ему ничего не стоит повторить попытку — заманить Марусю в ловушку и... убить.

— Стоп, — вдруг сказал он и на самом деле остановился. И взял Марусю за руку. — Стоп, подожди. Зачем?!

— Что — зачем?

— Нет, я как-то не думал всерьёз... — Он скинул с плеча рюкзак и стал в нём копаться, привычка, которую Маруся терпеть не могла. — Зачем он на тебя напал? Если это на самом деле он?.. Зачем стрелял по нашему участку — понятно. Зачем подкинул дробовик — тоже понятно. Но ты-то тут при чём?

— А я о чём! — воскликнула Маруся. — Я тебе об этом и говорю! В этом месте у тебя... у тебя... производная рвётся!

Он распрямился и вытаращил глаза:

— Что ты сказала?

— Помнишь, — зачастила Маруся, — у тебя на какой-то стенке то и дело рвалась производная? Ну, в эксперименте! Ты мне это рассказывал! И в этом месте тоже получается дырка. Ему незачем меня убивать!

Гриша, позабыв, зачем полез в рюкзак, бросил его, шагнул к Марусе и поцеловал её в губы. От всей души. Так, как надо.

Маруся обняла его и прислушалась к себе — в животе ничего так и не задрожало, даже наоборот, то, что дрожало от страха, наконец улеглось. Целоваться с ним было приятно и радостно.

— Маруська, прости меня, — сказал Гриша, перестав целоваться. — Я просто пока не умею... заботиться о тебе как следует! А ты не умеешь меня слушаться!

— Как?! — поразилась Маруся. — Тебя я тоже должна слушаться? Не только папу и тётю? И заведующего кафедрой? И старшего преподавателя? И Марью Константиновну?!

— Шут с ней, с Марьей, — сказал Гриша решительно. — Мы потом подумаем, кого имеет смысл слушаться, а кого нет, хорошо? Сколько нам нужно сахару? Пять мешков?

— Пять килограммов! И банку томатного сока.

— Пошли! Заодно, может, продавщица Зина нам что-нибудь расскажет про лесничего. Она наверняка его знает лучше всех! Он же к ней в магазин приходит.

Но продавщица рассказала совсем не то, что ожидал услышать Гриша.

— Хороший мужик, — сказала она, насыпая сахар в пакет и не отрывая глаз от стрелки весов. — Не пьёт особенно, слов этих ваших матерных не употребляет, я их терпеть ненавижу!.. Как придут мужики, так после них хоть уши с мылом мой, таких гадостей наговорят! А чего он тебе дался-то?

— Говорят, он Валерика терпеть не мог, — вступила Маруся. — Помните, когда тот возле магазина буянил, как Константин ему наподдал?

— Да ещё сильней наподдать бы надо, — сказала Зина, сняла пакет, старательно завязала и стала насыпать сахар в следующий. — Извёл тут всех. На меня только и делал, что жалобы писал! Хорошо, что тем разом Костя здесь случился, а то бы Валерик до вечера орал!

— Вечером Валерика убили, — напомнил Гриша.

— Ну и упокой его Господи, да и ладно! Найдут, кто убил, и дело с концом!

— А может, Константин убил? — ляпнула Маруся. — Ударил по голове, и всё! Вполне возможно!

Зина от возмущения даже перестала сахар насыпать и бросила пластмассовый совок в мешок. Упёрла руки в бока. И выпрямила спину, выкатив вперёд необъятный бюст.

— Да кто ж это выдумал глупость такую?! Егорьевские менты, что ли?! Нет, ну вы поглядите! Костя Валерика убил!

— Вы думаете, не убивал? — осторожно спросил Гриша.

— Да чего мне думать, чего думать-то! Пусть за нас правительство думает, может, чего и надумает! Только я точно знаю, что Костя никакого Валерика не убивал и убить не мог!

— Откуда вы знаете?! — Маруся так обрадовалась, как будто у неё на глазах близкого человека освободили из-под стражи и выпустили на волю. — Зина, откуда?!

— А чего мне знать-то?! — Она повела плечами. — Он в тот раз в деревню зачем приезжал?

— Зачем? — эхом повторил Гриша.

— За лещами! — объявила Зина. — Он на старой запруде всегда лещей ловит и сам вялит! Угощал меня! У них там своё озеро, в лесничестве-то, только лещи плохонькие, а у нас как лапти! Так он, как наподдал Валерику, и ушёл на запруду! А вечером, значит, обратно идёт, с куканом. А я как раз магазин запираю. Наловил? — спрашиваю. Он мне кукан показывает. А я и говорю: ну, с тебя пара лещиков к пивку-то. А сама на дорогу и к остановке. А он мне: ты куда собралась на ночь глядя? А я ему: в Егорьевск еду! Сын-то в лагере, так мне подкупить кое-чего нужно, вещичек собрать. А Костя мне: давай я тебя подвезу! Чего тебе в автобусе трястись! Хороший мужик, говорю же!

— А вы? Согласились?

— Нет, — с сердцем сказала Зина, — отказалася! Сначала полем при до остановки, потом жди там сколько неизвестно, потом час с лишним стой да трясись, они под вечер полные, автобусы-то, народ с работы едет! А потом ещё до дому шкандыбай!

— То есть вы с ним поехали? — уточнил Гриша.

— Ясное дело, поехала! Он сказал — в лесничество заедем, рыбу там оставим, всё равно быстрей выйдет и удобней, чем на автобусе! Ну, мы и поехали!.. Ой, всю дорогу хохотали! Он мне какие-то байки травил, я ему тоже порассказала... про покупателей своих! Вон одни Прокопенки — это ж анекдот целый, фильм «Сваты»! А потом ещё пели!

— Пели? — не поняла Маруся.

— «Катюшу» пели, «Синий платочек», — обстоятельно объяснила Зина. — Сколько сахару-то сыпать, я забыла? — И вновь взялась за совок и пакет.— «Горную лаванду» тоже. Но тут уж я пела, он помалкивал. Так и доехали. Это уж двенадцатый час был! А он меня до самого подъезда проводил, даже дверь мне придержал, вот какой мужчина! Я ему говорю, небось поздно в лесничество-то ехать? А он отвечает: да я и не собираюсь туда, в городе переночую, маманю проведаю — у него в Егорьевске дом в частном секторе, маманька старая совсем, а про жену, про детей не знаю ничего.

Тут Зина фыркнула так, что сахарный песок полетел в разные стороны:

— Когда ему было Валерика-то вашего убивать? Утром если только! Он сюда лишь к утру вернуться мог!

— Опля! — сказала Маруся и засмеялась, Гриша посмотрел на неё с удовольствием. — Что я тебе говорила?!

— Говорила, говорила.

— Чего ещё давать, кроме сахару?

Они взяли томатный сок и четыре мороженых — два съесть по дороге, а два отнести Лиде с Агриппиной.

— Какая у него машина? — уже в дверях спросил у Зины Гриша.

— А такая кургузая, двухдверная. «Нива», что ли!

Навстречу им попался Саня, который пожаловался, что колёса у него порваны, как пить дать придётся новые покупать, а Зина сообщила ему, что Гриша — чего удумал! — подозревает Костю-лесничего в убийстве Валерика. Саня отмахнулся и сказал, что наплевать сто раз, кто Валерика прикончил, ему нужны полиэтиленовые пакеты.

— Ты их жуёшь, что ли? — удивилась Зина. — На прошлой неделе брал, на этой опять берёшь!

— Твоё какое дело? Я в них приманку рыбью насыпаю! Я ж рыбак!

— Рыбак, рыбак, — отозвалась Зина, доставая упаковку пакетов. — Горе одно, а не рыбак! Вон Костя пойдёт и сразу наловит, а ты?..

— Так он места знает, а ещё небось браконьерничает!

Тут Зина заругалась на Саню, а Гриша с Марусей вышли на улицу.

TATLYA...

Маруся сняла бумажку с мороженого — своего и Гришиного, у него одна рука была занята банкой, которая не влезла в рюкзак. Они шли и ели мороженое.

— Костя ни при чём, — констатировала Маруся. — Ла-ла-ла!..

— Ты его прямо всей душой полюбила, а, Марусь?

— Потому что у меня женская интуиция! И я знаю, кто хороший человек, а кто плохой!

— А твоя интуиция что говорит про убийцу Валерика? Кто из местных плохой человек?

Маруся пожала плечами. У неё было превосходное настроение.

Выступая на этот раз единым фронтом, они насели на тётю Лиду и с горем пополам уговорили её отпустить их в лесничество — ненадолго. Лидия Витальевна сопротивлялась, как могла, но всё же отпустила.

— Гриш, вы только лесом не ездите, — попросила она напоследок. — Мало ли что! Хоть вас и двое, а кто знает! Вы по дороге.

Гриша обещал ехать исключительно по дороге и, подумав, велел, чтоб ни Лида, ни Агриппина с участка не выходили. Они пообещали.

— Господи, — сказала тётя Лида, когда Гриша с Марусей сели на велосипеды, выбрались на дорогу и скрылись за поворотом. — Вот и не знаешь, что лучше... Маленькие детки — маленькие бедки, большие дети — большие беды.

— Маруся — очень хорошая девчонка, — отозвалась Агриппина и покивала, подтверждая, когда Лида на неё посмотрела. — Мой дед так говорит, а дед, знаете, насквозь людей видит.

— Хорошая, — повторила Лида. — Конечно, хорошая!.. Только жизнь у неё не очень... складная, Грунечка. Росла без матери, брат мой — человек добрый, но резковат, да и в детях ничего не понимает! Особенно в девочках! До сих пор считает, что она за сорок секунд должна одеваться, как в армии! И не переучишь его, и не объяснишь ничего — военный человек. А Маруся лишнюю шмотку себе купить не может, папа не разрешает. И я всё боялась, вдруг какой обмылок ей попадётся вроде вашего Антона, что мы делать-то станем?.. Ведь, ей-богу, в беду попадём, в самую настоящую!

— Так у неё же Гриша! — удивилась Агриппина. — Он замечательный парень.

— Да! Как же, Гриша! — Тут Лида засмеялась. — Это ж первый раз она у него на чердаке-то...

— Да что вы?! — ахнула Агриппина, и глаза у неё загорелись от любопытства. — А я думала, у них роман давным-давно!

— Да они выдумали себе дружбу эту и дружили! Гриша её на свидания приглашал, а толку-то? Я отцу говорила, надо нам их как-то друг к другу подтолкнуть, что ли! А то ведь так вся жизнь пройдёт, молодость пройдёт в вечных свиданиях, а потом уведёт его какая-нибудь коза драная, и наша девка с носом останется.

— Не-ет, его не уведёшь, — возразила Агриппина. — Он её любит, слепому видно.

— Слепому-то, может, и видно, а они всё кругами ходили! Да если б не детектив этот, так и не получилось бы ничего!.. Я уж отцу звонила, как сводку с фронта сообщала! Ну? А ты? Есть подходящий?

Агриппина пожала плечами:

— Не-а. Одни обмылки.

— Как же так, — сказала Лида грустно. — Такие девки замечательные, а кавалеров нету.

— Кавалеры есть, — возразила Агриппина. — Подходящего никого нет. И потом — я умных люблю. А умных всех давно разобрали, да и где их сейчас возьмёшь!

— А говорят, нынешним девкам только богатых подавай.

— Ну, деньги лишними не бывают, — рассудительно сказала Агриппина, — только я точно знаю, что их зарабатывают, а не крадут и с неба они не падают. Заработать и вместе можно, что тут такого? Мне дед с бабушкой так всю жизнь объясняли.

— А что? — осторожно спросила тётя Лида. — Родители где же?

— Нет родителей, — легко ответила Агриппина.

Лидия Витальевна ещё посидела немного, потом поднялась и погладила Агриппину по голове. Оказалось, девочка — сирота, и её тоже нужно жалеть, оберегать, наставлять. Хотя на сироту не похожа, ох, не похожа!..

— Давай сворачивать производство наше, — решила она. — Ну его, успеется. Будем в гамаке лежать и книжки читать! А вечером баню истопим и шикарный ужин закатим! У меня, знаешь, в подполе даже шампанское есть.

Путь до лесничества оказался долгим, трудным и, главное, жарким! Очень жарко было ехать по пыльным просёлочным дорогам, крутить педали, налегать, когда приходилось взбираться на пригорок, притормаживать, чтоб не улететь, когда катили с горки.

— Гриш! — то и дело звала Маруся. — Я больше не могу!

— Терпи, — отвечал он, — ещё немножко!

Но «немножко» всё никак не заканчивалось, всё приходилось крутить и крутить педали, и Маруся выпила всю воду из Гришиной фляжки. Вода была тёплой, с привкусом пластмассы, очень невкусной.

Маруся ожидала, что лесничество — нечто вроде небольшой деревни, только гораздо красивей и ухоженней, как в американском кино. Представлялись ей лошади, луг, огороженный длинными жердями, большие собаки, озеро с лодкой, беседка и каменная печь...

Лесничество, которым заведовал Васильев К. Д., оказалось большим деревянным домом посреди опушки. За домом виднелись какие-то постройки, возле которых бродили куры. И больше ничего — ни лошадей, ни собак, ни озёр. Ещё была бесконечная поленница дров под навесом, и там же, рядом, верстак — тоже бесконечный. Под каким-то другим навесом торчал Гришин мотоцикл с коляской и стояла пыльная старенькая «Нива».

Маруся спрыгнула с велосипеда, как только увидела дом, и чуть не упала — ноги не понимали, что им делать, заплетались и как бы продолжали крутить педали. Маруся бросила велосипед в траву и уселась рядом. Силы у неё иссякли.

— Костя-я! — крикнул Гриша и прислушался. Свой велосипед он аккуратно прислонил к поленнице. — Гости приехали! Костя!!

— Ты чего орёшь?

Из-под навеса шагнул Константин с какой-то железкой в руках. Он щурился на солнце, лоб, голые плечи и живот у него были мокрыми от пота.

— Здорово, ребята, — сказал он довольно приветливо, разглядев гостей. — Ты за мотоциклом, что ли? Я к вечеру сам бы подогнал! Или чего? Срочно надо?

— Да мы просто так приехали, — сказал Гриша и оглянулся на Марусю, которая всё сидела в траве. — Ради прогулки.

— Ну-ну.

— Можно воды? — издалека попросила Маруся. — Очень пить хочется!

— Видать, утомились на прогулке-то, — посочувствовал Константин, сунул Грише в руки железку и пошёл в дом, на высокое крылечко. — Воды или, может, квасу? Квас холодный!

Выпив огромную кружку кислого кваса, Маруся икнула и поняла, что теперь может дышать, стоять и даже ходить, не крутя ногами педали!..

— Слушай, парень, — говорил между тем Константин, — помоги мне железку в гнездо воткнуть, одному несподручно! Я уж и так и сяк, но никак! Давай вдвоём!

И они ушли за верстак.

Маруся обошла опушку, прислонила свой велосипед к Гришиному, подумала, как же они повезут их обратно на мотоцикле, на прицепе, что ли?.. И уселась на лавочку под куст давно отцветшей сирени.

Мужики за верстаком что-то громко обсуждали, грохало железо, стучали какие-то трубы.

Маруся сидела неподвижно довольно долго, наслаждаясь отдыхом и чувствуя только, как гудят чугунные ноги — это было даже приятно, — а потом что-то грохнуло так сильно, что она вздрогнула и, словно собака, прижала уши.

Из-за верстака показались Гриша и Константин, очень довольные друг другом.

— Я бы до завтра канителился, — говорил Костя, вытирая руки. — Спасибо за помощь! А теперь выкладывайте, зачем приехали.

Гриша умылся из бочки, на которую ему показал хозяин, уронил в песок очки и заодно прополоскал их тоже.

— Вы не знаете, кто убил Валерика? — спросил он, нацепив мокрые очки на нос. — Мне это важно знать, он же и на Марусю напал потом!

— Давай на «ты», — предложил Константин. — Мне так проще.

Грише так было сложнее, но он согласился.

— Пошли вон там сядем, на терраске. Здесь слепни лезут, да и жарко.

По высоким ступеням они поднялись на терраску, неухоженную и захламлённую, но тем не менее уютную и обжитую. Видно было, что хозяин проводит здесь много времени и ему нравится это место.

— Он же на вас кляузы писал, да? — спросила Маруся, пристраиваясь на ковровый диван.

— Да он на кого только не писал, — сказал Константин задумчиво. — На всех подряд. Или ты про что, девочка? Ты хочешь спросить, может, я его убил?

— Мы знаем, что не ты, — вступил Гриша, запнувшись на слове «ты».

— Нет, не я, — подтвердил лесничий и засмеялся. — Я б его ещё поучил малость, уши надрал пару раз, а убивать не стал бы. Тут другое. Зачем убийца на девчонку напал, вот что важно. Я всё думал, думал, голову сломал, — он развёл руками, — а придумать ничего не могу.

— И я не могу, — признался Гриша. — Смотри, Костя. Дробовик, который возле тела нашли, не его, не Валерика.

— Иди ты!

— Так жена сказала, она точно знает.

— Ты и жену нашёл?!

Этот вопрос Гриша оставил без ответа.

— Значит, по нашему дому Валерик не стрелял, а стрелял тот, другой, чтоб на меня навести. Вроде Валерик нас обстрелял, ну а я сгоряча его и прикончил.

— А к тебе уже являлись... правоохранители?

Гриша помотал головой:

— Времени мало прошло! Но наверняка явятся! Тут же всё очевидно! В меня стреляли, я отомстил. Но это понятно, с этим, считай, мы разобрались! А зачем... Марусю-то?

Константин задумчиво выудил из кучи вещей на плетёном кресле клетчатую рубаху, натянул на необъятные плечи и начал её застёгивать.

— Ты вот что, — сказал он Марусе. — Вспомни всё, что видела или слышала в тот день. Чем-то ты его напугала до смерти, он, видишь, решился среди бела дня почти на глазах у компании вашей тебя ударить, да ещё на старую лесопилку свезти. Это днём-то, когда по лесу полно народу шастает! Чего-то он в нетерпение впал, понимаете, ребята? Ему страшно сделалось, что ли?..

Маруся стала честно вспоминать тот день. Даже губу прикусила, чтоб лучше думалось.

— А вообще... здесь много хулиганов? — спросил Гриша. — Ну, браконьеров, поджигателей каких-нибудь! Леса-то кругом горят! Бомжи, может?

— Какие в лесу бомжи, нечего им тут делать, — отмахнулся Константин. — И браконьеров не так чтоб, знаешь, толпы бегали!.. Кого тут браконьерничать-то? Лосей и кабанов? Их мало осталось, а особо прытких охотников я всех разогнал давно, и этих, которые с электроудочками, тоже.

Он сел за стол, положил на него руки. Стул под ним скрипел — тяжёлый мужик, здоровый. Как-то верилось, что он разогнал браконьеров. При таком особенно не забалуешь.

— Другое дело, — продолжал лесничий, — что у нас тут наркокартель завёлся. Как в Бразилии, только свой собственный.

— Это что значит? — не понял Гриша.

— Коноплю дурóм сажают, — объяснил Константин. — Я на своём участке делянок семь насчитал. И припрятаны от глаз так... грамотно, в такие уголки, куда народ не забредает. Я туда не суюсь, это дело опасное, серьёзное. ОМОН надо вызывать, подкрепление. Там травы растёт на миллион, а может, и больше.

— Так, — сказал Гриша. — Только этого нам не хватало!

— И когда дурачка-то этого прикончили, Валерика, я, грешным делом, подумал, что он на такую делянку набрёл и, может, видел на ней кого. Вот его и... замочили.

Гриша вскочил и стал ходить по террасе. Ходить было особенно негде, он всё время натыкался на разные предметы.

— Может быть, и так, — согласился он. — Валерик любил за людьми таскаться. Может, и так... А участковый знает про коноплю?

Константин отрицательно покачал головой.

— Я же тебе говорю — это не участкового вопрос! Чем меньше народу знает, тем лучше. Он мужик простой, трепанёт где-нибудь, так его тоже прикончат! Это дело такое, — он вздохнул, — опасное.

— У Валерика в доме полно всяких бумажек с кляузами.

— Откуда ты знаешь?

— Знаю, — быстро ответил Гриша. — Нужно среди них искать! Кого он мог шантажировать, если на самом деле как-то напал на эту делянку?

— А я? — подала голос Маруся, про которую все забыли. — Я же не нападала ни на какую делянку! Я вообще не знаю, как она выглядит, эта конопля!

Константин махнул рукой:

— Когда сушёная — обыкновенная трава, как чай аптечный! Её в пакетики фасуют и продают.

Гриша всё продолжал ходить.

— Надо думать, — повторял он время от времени. — Надо думать...

А Маруся подумала про чай.

Кто-то где-то рассыпал по пакетам чай, она видела это собственными глазами. И пакетов было много... ты что их, жуёшь, что ли?.. горе-рыбак, никакой рыбы... Трава, похожая на чай, и электронные весы на столе... а я за сахаром пришла...

— Гриша! — завопила Маруся, и он наткнулся на кресло. Кресло перевернулось. — Я пришла! А Зина к сыну в лагерь уехала! Когда я в первый раз ходила за сахаром! А он чай рассыпал по пакетикам! По таким с застёжкой!.. Помнишь?! Ты ещё с Прокопенко разговаривал возле футбольных ворот?! А я пошла за сахаром!

— Кто, кто он-то?!

— Саня, — выдохнула Маруся, — у которого колёса пропороты! Валерик на дороге какие-то «звёздочки» раскидал, чтоб мимо него не ездили, и Саня колёса пропорол!

— Точно, — растерянно сказал Гриша. — Я ещё думал про эти его колёса! Там все ездят, а никто на «звёздочки» не наехал, только он один. Вон Костя на «Ниве» проехал, и Прокопенко, и соседи, которые...

— Потому что «звёздочки» не Валерик, а я разбросал, — сказал Константин решительно. — И не возле деревни, а в траве на подъезде к одной делянке. Там машина как раз проходит! Чего сидим, молодёжь, встаём, и в деревню быстро! А я пока в Егорьевск позвоню, пусть подкрепление высылают.

— А может... это не Саня? — дрожащим голосом спросила Маруся. — Может, в пакетиках как раз чай был, а не эта... конопля?!

— Может, и не Саня.

Константин ушёл в дом и говорил оттуда приглушённо:

— Только уж больно похоже! И чай, и пакетики, и колёса у него пропороты, а я и не знал про колёса-то!..

Он вернулся на террасу, одетый в камуфляжную форму, с какой-то портупеей через плечо.

— Маруська, — сказал Гриша и присел перед ней на корточки, — бедная моя. Ничего не поняла, даже не разглядела ничего! И из-за этого чуть не... погибла.

— Сжёг бы он её, — сказал Константин, — точно сжёг бы в сторожке этой. Конопля денег бешеных стоит, Маруся могла кому-нибудь ляпнуть, вот хоть мне!.. А я бы догадался два и два сложить. Тем более знак я им подал, что знаю про делянки,— «звёздочки» подложил! Ах, сволочи!..

Он поплотней затянул на поясе брюк солдатский ремень, подошёл и погладил Марусю по голове:

— Молодец, что вспомнила про чай-то в пакетиках. Может, оно всё и не так, но проверим, проверим! Видать, время пришло. Молодец, девчонка. И красивая. На тётку свою похожа. Ты мне скажи вот что, — он вдруг улыбнулся. — Тётка-то у тебя замужняя?

Маруся моргнула. Помолчала.

— Ты чего молчишь? Замужняя, что ли?

Гриша вдруг засмеялся, и Маруся оглянулась на него.

— Не-ет, — протянула она. — Тётя не замужем и не выходила никогда. А зачем вы... почему вы спрашиваете?

— Нравится она мне! — объявил Константин и поправил свою портупею. — Я в тот день, когда тебя искали, к вам на двор пришёл, чтобы с ней познакомиться. Меня Григорий позвал, и я подумал: чем чёрт не шутит, поеду да познакомлюсь! Так просто, посреди улицы, подойти неловко. А?!

— Неловко, — согласилась ошарашенная Маруся.

— Ну, я и хотел по-людски. Очень красивая женщина, — вдруг по-гусарски добавил он. — Ну, значит, поедем следующим порядком: ты, Гриш, на мотоцикле, а мы с Марусей на моей машине. Велосипеды на крышу приладим, там у меня рейки специальные лежат с держателями. Если он нашу кавалькаду увидит, не заподозрит ничего — приехали из лесничества, привезли велосипеды.

— Если это он, конечно, — уточнил Гриша.

— Вам тётя нравится? — уточнила Маруся, которую этот вопрос сейчас занимал более всего.

— Очень, — серьёзно ответил Константин. — Пошли, Гриш, велосипеды поднимем.

К вечеру волнения в деревне улеглись.

Саню в зарешеченном фургоне увезли «егорьевские штукари», следом проскакал по деревне полицейский «газик», притормозил у дома Натальи, из машины вылез участковый Илья Семёныч, вошёл в дом и через некоторое время вышел вместе с Оксаной и Натальей. Наталья на всю деревню распространялась, что Оксана ни в чём не виновата, а участковый повторял, что её никто и не обвиняет, только дело всё равно требует протокола, и этот протокол он сейчас и составит по всей форме. Потом, округлив глаза, прибежала к Лидии Витальевне продавщица Зина и застрекотала, мол, знать не знала и ведать не ведала, что Санька такой бандит и прохиндей, она-то его просила в магазине подежурить, а он там наркоту свою проклятую на весах вешал и в пакеты ссыпал, не иначе теперь придётся звать батюшку Евпсихия, чтоб стены святой водой покропил и молебен отслужил!

— Валерик неугомонный, видишь, узнал про наркоту-то! Выследил его. И плату требовал за молчание! Так Санька его прикончил! У него такой чугунный обрезок от лома к мотороллеру приделан! Он Валерику этим обрезком и заехал! И дробовик возле тела оставил, как будто Валерик по вашему фонарю стрельнул! А дробовик не его, не Санькин, кто-то из дружков ему спроворил, чтоб на него и не подумали! Он этим обрезком и Марусю вашу в лесу шарахнул, паразит паразитский! Лид, что ж это делается? Какая молодёжь, одни бандиты!

— Какую вырастили, такая и молодёжь, — сказала Лидия Витальевна. — Оставайся, Зина, ужинать.

Но продавщица ужинать отказалась наотрез — ей страсть как хотелось ещё с кем-нибудь обсудить «кошмарную историю», а Лидия никогда подолгу не сплетничала, и это было всем известно.

Солнце уже почти село, когда явились герои — Гриша и Константин.

— Отпустили? — издалека спросила Лидия. Она спешно накрывала на стол. Агриппина ей помогала, Маруся помогала тоже.

— Потом ещё придётся в Егорьевск съездить, — отозвался Константин. — А на сегодня отделались.

— Слава богу! Ну, зажигайте, зажигайте мангал, мужики! Пока угли подойдут, мы с голоду помрём!

Маруся очень внимательно смотрела за Константином — непонятное дело, но она очень волновалась за тётю и даже ревновала как будто!.. Ей совершенно не нравилось, что явился посторонний человек, им незнакомый, да ещё в дурацкой портупее, да ещё объявивший заранее, будто тётя ему нравится, и теперь что?.. Теперь он станет за ней ухаживать, что ли?! За её собственной, любимой тётей Лидой, почти мамой?! Этот человек будет говорить ей разные слова, обнимать её и целоваться с ней, как Маруся целовалась с Гришей, — было в этом нечто оскорбительное и требовавшее неусыпного Марусиного внимания!

— Перестань жечь его взглядом, — тихо сказал Марусе Гриша. — Ты же не маленькая, всё понимаешь!

— А если он... плохой человек?

— Он хороший мужик, — возразил Гриша. — И ты это отлично знаешь! В тебе взыграл энфан террибль, ужасный ребёнок. Возьми себя в руки.

— Лидочка, — зычным голосом спрашивал Константин, — может, ещё одну лавочку поднести? Все поместимся?

— Смотри сам, Кость!

— Ну вот, — прошипела Маруся, — он теперь ещё и Костя!

— Хорошо, что не Евпсихий, как батюшка. А?

Маруся прыснула, и Агриппина, которую страшно интересовало всё происходящее, прыснула тоже.

Лидия выскочила из дома, оглядела шикарный стол — свежий хлеб, огурцы, помидоры в большой миске, баклажаны, разноцветный жизнерадостный перец, белые грузди пластами, буженина толстыми кусками, смородиновый морс в кувшине...

— Пирог в духовке, — проинформировала она. — Груня, притащи, девочка, подстилки, на лавочках расстелем. Они в коридорчике с правой стороны, под дождевиками. Где зонты.

Константин вытряхнул из самовара холодные угли и подошёл, держа его за одну ручку. Он поставил самовар на чурбак и боком сел на лавочку, вытирая о брюки большие руки. Маруся, раскладывая приборы, покосилась на него.

— А я однажды девчонке знакомой зонт подарил, — вдруг сказал Константин каким-то странным, размягчённым голосом. — Сто лет назад это было. Или двести. Мы на остановке стояли, дождь полил проливной!.. И она мне говорит, как же я с автобуса до дома дойду, у меня зонта нет! Я побежал в магазин и купил зонт. Как она радовалась, девчонка эта! Так радовалась. Даже поцеловала меня.

Лида смотрела на него странно.

Маруся замерла с вилкой в руках.

Гриша в отдалении насаживал на шампуры толстые куски розового мяса и ничего не слышал.

— Тётя Лида, — закричала из дома Агриппина. — Картошку ставить?

— А что потом было? — спросила у Константина Лида. Требовательно так спросила!..

— Когда? — не понял тот.

— После того как ты зонт подарил?

— А... Она замуж вышла, по-моему, на третьем курсе. А я сессию завалил с горя и в армию ушёл. Потом доучивался уже с другими, её редко видел.

— А... где ты учился?

— В лесотехническом, — удивился Константин. — А что?

Лидия вздохнула:

— А я в историко-архивном.

— Тётя, — осторожно спросила Маруся, — ты что? Плачешь?

— Да что ты! — воскликнула Лида. — И не думаю даже! Неси, Марусенька, свечи, которые в бокалах. Что-то, мне кажется, света у нас мало!..

Когда наконец сели ужинать, водрузив в центре стола большущую деревянную миску с шашлыком, — Константин уселся рядом с Лидой, — явился участковый Илья Семёныч, а с ним... Марусин отец!

— Папа! — закричала Маруся, выбираясь из-за стола. Гриша придерживал её за талию, чтобы она не упала. — Как хорошо, что ты приехал!

Отец улыбался, что редко с ним случалось, был чем-то очень доволен, мужики немедленно выпили «по первой», закусив необыкновенным пирогом с капустой Агриппининого приготовления.

— Ну и дела тут у вас творятся! — сказал Марусин отец и налил по второй.

— Пап, у тебя же печень... — вякнула Маруся.

— Да переживёт моя печень, и не такое переживала! Ну, за всех присутствующих, постоянных и вновь прибывших!..

— Папа, мы тебе должны столько рассказать! Вот Костя, они с Гришей меня спасли, только ты не волнуйся!

— Да я не волнуюсь, я радуюсь, — отвечал отец, что тоже было на него не похоже. — Лид, Лид, а подарок-то наш? Подарила?

— Забыла! — вскрикнула тётя и полезла из-за стола, как давеча Маруся. Константин аккуратно, но крепко придерживал её за талию. — Сейчас, сейчас!..

Она помчалась в дом и вынесла какой-то пакет.

Маруся вытянула шею, чтоб посмотреть, что там, но понять было невозможно, хотя на этот раз во дворе горели все лампы.

Лида сунула пакет своему брату, тот под столом вытащил что-то, отвернулся и стал производить некие манипуляции.

— Ну па-ап! — не выдержала Маруся.

Гриша сообразил первым, и у него стало растерянное доброе лицо.

Сергей Витальевич надувал резинового тигра. Родного брата Васьки, на которого они с Марусей прыгали с берега в Северку, и тигр очень быстро порвался. Так его и не смогли тогда как следует заклеить!..

Сергей Витальевич дул, тигр расправлялся и оформлялся, и это уж точно был Васька, его ни с каким другим надувным тигром нельзя перепутать!

— Васька, — проговорила Маруся, когда отец кинул ей тигра через стол. — Гриша, это же он?!

Гриша кивнул.

— Он к нам вернулся, да?!

— Он от вас никуда и не девался, — пробурчал её отец. — Ну, мужики, чего сидим-то, как поповны в гостях? За любовь давайте!..

Содержание

Литературно-художественное издание

ТАТЬЯНА УСТИНОВА. ПЕРВАЯ СРЕДИ ЛУЧШИХ

Устинова Татьяна Витальевна

**ВСЕЛЕНСКИЙ ЗАГОВОР
ВЕЧНОЕ СВИДАНИЕ**

Ответственный редактор *О. Рубис*
Редактор *Т. Семенова*
Художественный редактор *С. Груздев*
Технический редактор *О. Лёвкин*
Компьютерная верстка *А. Щербакова*
Корректор *Е. Дмитриева*

В коллаже на обложке использованы фотографии:
Alex_Vinci / Shutterstock.com
Используется по лицензии от Shutterstock.com

ООО «Издательство «Э»
123308, Москва, ул. Зорге, д. 1. Тел. 8 (495) 411-68-86.
Өндіруші: «Э» АҚБ Баспасы, 123308, Мәскеу, Ресей, Зорге көшесі, 1 үй.
Тел. 8 (495) 411-68-86.
Тауар белгісі: «Э»
Қазақстан Республикасында дистрибьютор және өнім бойынша арыз-талаптарды қабылдаушының
өкілі «РДЦ-Алматы» ЖШС, Алматы қ., Домбровский көш., 3«а», литер Б, офис 1.
Тел.: 8 (727) 251-59-89/90/91/92, факс: 8 (727) 251 58 12 вн. 107.
Өнімнің жарамдылық мерзімі шектелмеген.
Сертификация туралы ақпарат сайтта Өндіруші «Э»
Сведения о подтверждении соответствия издания согласно законодательству РФ
о техническом регулировании можно получить на сайте Издательства «Э»
Өндірген мемлекет: Ресей
Сертификация қарастырылмаған

Подписано в печать 04.03.2016. Формат 84×108¹³/₃₂.
Гарнитура «Newton». Печать офсетная. Усл. печ. л. 18,48.
Тираж 80000 экз. Заказ № 384.

Отпечатано в ООО «Тульская типография».
300026, г. Тула, пр. Ленина, 109.

ISBN 978-5-699-87934-2

Татьяна УСТИНОВА

Больше десяти лет своей жизни Татьяна Устинова посвятила телевидению. Как большинство деловых женщин ценит семейный уют. В детективах Устиновой всегда есть место романтической истории. Ее герои дружат, ненавидят, мечтают, а главное – любят... Они живут полной жизнью на страницах книг.

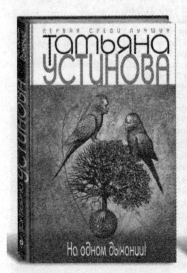

закрученные детективы от любимого автора!

0000-072

ТАТЬЯНА УСТИНОВА

 РЕКОМЕНДУЕТ

Татьяна УСТИНОВА знает, что привлечет читателей в детективах Екатерины ОСТРОВСКОЙ и Марии ОЧАКОВСКОЙ! «Антураж и атмосферность» придуманного мира, а также драйв, без которого не обходится ни одна хорошая книга. Интригующие истории любви и захватывающие детективные сюжеты – вот что нужно, чтобы провести головокружительный вечер за увлекательным чтением!

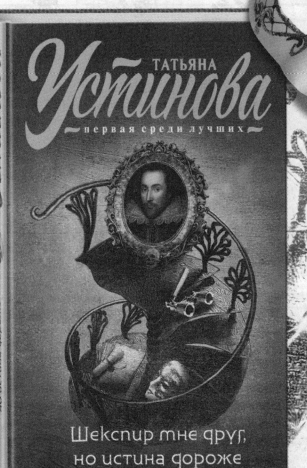